幻想领域

光年之外
Light years away

幻想领域
H×

光年之外

时空漂泊者·离殇

LIGHT
YEARS AWAY

蝌蚪五线谱 编

北方联合出版传媒（集团）股份有限公司
万卷出版公司

ⓒ 蝌蚪五线谱 2018

图书在版编目（CIP）数据

光年之外 / 蝌蚪五线谱编 . -- 沈阳：万卷出版公司, 2018.3

ISBN 978-7-5470-4786-6

Ⅰ.①光… Ⅱ.①蝌… Ⅲ.①科学幻想小说—中国—当代 Ⅳ.①I247.5

中国版本图书馆 CIP 数据核字 (2018) 第 035758 号

出 品 人：刘一秀
出版发行：北方联合出版传媒（集团）股份有限公司
　　　　　万卷出版公司
　　　　　（地址：沈阳市和平区十一纬路 25 号　邮编：110003）
印 刷 者：辽宁泰阳广告彩色印刷有限公司
经 销 者：全国新华书店
幅面尺寸：145mm×210mm
字　　数：300 千字
印　　张：11.25
出版时间：2018 年 3 月第 1 版
印刷时间：2018 年 3 月第 1 次印刷
责任编辑：胡　利
责任校对：高　辉
装帧设计：末末美书
ISBN 978-7-5470-4786-6
定　　价：38.00 元
联系电话：024-23284090
传　　真：024-23284448

目录

　　自 1818 年第一篇科幻小说问世以来，科幻文学走过了 200 年的时间，而在这样长的时间里，它一直是作为小众文学而存在的，其中的原因我一直思索而不得其答案。

　　科幻小说奇妙而精彩，天马行空的同时又给人以哲思启悟，这是科幻文学独特的魅力所在。闲暇时仰望星空，是大多有梦想的人的共同爱好，而这爱好，会逐渐随着年龄的增长而慢慢消失，似乎只有年轻人才会有那般近乎神圣的冲动，去朝圣那神秘莫测的星空。

　　在北京的几年，生活的压力让我慢慢忘记了曾经喜欢的事，那对幻想力的崇敬，对宇宙宏大的膜拜，都不知何时已遗忘脑后，每天做的最多的就是沉迷于手机里的世界，而忘了那份曾经的幸福感知。可能很多人与我有同样的感受，感叹学生时代才是真正美好的人生，闲暇看看科幻小说，迷茫时仰望星空，闭眼感受宇宙的宏大，体会身在其中的幸运。

　　我有所反思，是因为一位好友的出现，同样的年龄，他却按年代、作者在坚持阅读着科幻，从 1818 年玛丽·雪莱的《弗兰肯斯坦》，已经读到了 1984 年威廉·吉布森的《神经漫游者》。这阅读量和惊人毅力让我惊叹，也让我自叹不如。

　　在中国科幻阅读人群中有这样的现象——大学毕业后

就会在科幻阅读群体中消失——现实的引力实在太重了，让我们无暇再去幻想。而在西方，科幻阅读是一件司空见惯、老少皆宜的事，在世界科幻大会上也常见耄耋老年的身影。

我想，我们也应该坚持这份幻想的能力，让科幻伴随终生是一件值得的事。宇宙浩瀚，地球只是其中的沧海一粟，而人类也只是地球文明存在的零星一闪，探索永恒、玄妙、宏大的宇宙真理，或许才是生命最大的意义。

蝌蚪五线谱的"光年奖"自2012年举办以来，已经走过了五年的光阴。在这五年里"光年奖"的编辑们一直本着发掘新人、培养新人的初心不断努力着，重金奖励而不求回报，像慈母一样哺育着科幻新人，为科幻界培养了不少年轻而有朝气的作者。这本《光年之外》，把"光年奖"部分优秀获奖作品结集出版，择其珠玉展现在读者面前，希望能够得到读者的关注和认可。年轻的作者们虽目前还无法比拟刘慈欣、王晋康、何夕、韩松等科幻先行者，但相信崭新的思维火花也能给读者新的精彩体验。这些"光年之外"的科幻新星，势必成为未来中国科幻的顶梁之力。

我们坚信，光年之外，仍旧是一个充满着爱与希望的精妙世界。

编者 李雷

残缺真理

孙望路 ▪ 上帝基因觉醒

TIME.SPACE.LOVE

　　上帝为你关闭了一扇窗，必然会为你打开另一扇门，残缺之人或许拥有正常人无法比拟的天赋。面对这些我们根本无法超越的实力存在，我们要做的就是摒除来自凡尘中的更多诱惑，是它们的存在让我们内心更嘈杂。但当我们慢慢摒除诱惑，开始获得成功时，我们就感觉自己越"残缺"。你是否还愤恨自己在一个行业中不如别人，那你是否愿意放弃世俗的嘈杂成就自我。

一

　　舞台的大灯光照在他的身上，汗水从全身上下流出。一场酣畅淋漓的演唱在观众的呼喊声中即将结束，他摇头晃脑，来了一个三连音，然后低下头，快速抚琴，怒爬音阶。观众们很诚实地发出呼喊声，在音阶声高到最高点时达到最高潮。

　　梁笑笑做出了摇滚乐的专业手势，台下的观众呼喊着他们的名字，要求再来一首。但是，台下的自动机器人已经提醒他，场地的借用时间快到了。

他和乐队的同伴对视，浅浅一笑，今天就到这里吧，一会儿还会有无数的姑娘小伙儿来问他们要联系方式。也许打架子鼓的阿方今晚就能把最高纪录提高到 312，或者 313？嗯，显然那样不利于后天的展演。梁笑笑扑哧一笑，心想我只能替你分担一点了。

果不其然，好多女生男生关注了他们的微博，他和其他几个人的留言板被疯狂地刷屏。阿方收到的私信最多，因为他是乐队的颜值担当。每次打起鼓时，汗水浸润汗衫，露出粗犷的肌肉线条，而他的表情同样迷人，在聚光灯下闪闪发光。

大学里面从来都不缺乖乖的女孩子，她们总是会被音乐的魅力所感染，散发出幸福的光芒。仿佛在她们不长的人生中，只有音乐能带给她们如此的解脱和奔放。

"晚上有约。"阿方摇晃了一下手机，和所有人一一击掌。

"果然是他最快。"贝斯手刀子酸溜溜地说，"笑笑，你有没有收获？"

梁笑笑摇了摇手机："有，你们说我是去吃海鲜好呢，还是去吃烤肉？"

"你直接办正事好了！"刀子悠悠地说。

笑笑走出休息室，月光晴朗，心情舒畅。音乐和女人，两者缺一不可。反正不知道是哪位前辈曾说过，艺术家就该多喝酒抽烟，多打打炮。他翻看那个女孩儿的照片，大部分都是自拍，从来没有全身像，而且她似乎很喜欢坐着拍照。

总之，他根本不需要走入对方的内心。那些女孩儿看到他闪闪发光的一面，心灵得到满足，身体的渴望被打开。他最多只需要听一段有趣或者无趣的叙述，表现出赞许的表情，就能收获到结果。

当然，他不会忘了把心爱的吉他背上。无论走到什么地方，这把吉他都能给他带来很多的安全感。

　　见面的那一刻，梁笑笑以为自己看错了。那个女孩儿确实和照片上一样，只不过她是个残疾人，坐在自动轮椅上，两只手插在口袋里。他对女人也有不少的经验，但还是第一次遇到如此重度的残疾人。

　　那大概会像奸尸。一丝不快掠过他的面部，旋即隐没在偶像般标准的笑容之后。

　　女孩儿笑着说："能让我摸摸你的吉他吗？"

　　他笑了笑："可以。"他有些怕女孩儿下手不知轻重，不过反正她坐在那里，有他看着也不会出什么事情吧。

　　女孩儿接过吉他，轻轻抚摸。

　　梁笑笑这才发现，原来她戴上了弹吉他用的指甲。这让他稍微感了点兴趣："你会弹？"

　　女孩儿试了音，手法明显有些生疏，但看得出来以前也是练过的。她回答道："以前会吧。"

　　"那为什么后来没弹？姑娘，你的声音很好听。"他开始想象，是什么样的变故导致女孩变成今天这样。

　　女孩儿摇了摇头："突然觉得没必要了而已。你知道残缺真理吗？"

　　他摇头，觉得女孩儿有些神经："那是什么？"

　　她没有正面回答，语言温柔得仿佛在挠痒："那不重要。不过我听到你写的歌，突然想到了罢了。你应该继续下去，哦，对了，我有个东西送你。"她在轮椅上搜索了一番，拿出一本乐谱。

　　他不以为然地收下了，看了一眼却发现那是从来没看到过的谱子。他立刻明白了，大概是这姑娘以前写的。类似的狗血桥段，他不止一次地遇到过。那些初学者，真的以为能给他这样的天才带来什么灵感吗？

虽然假装认真地收下了，但他在心里已经给乐谱判了死刑。他在心里说：我梁笑笑才是最厉害的人，没有谁能影响我的音乐，我要写我的音乐！

女孩儿捂着嘴，仿佛有些好笑。

梁笑笑问道："就这些。"

"对，就这些。"

"你没有其他东西要给我吗？"

她狠狠地剜了梁笑笑一眼："没有，你想到哪里去了。我的妈妈不会允许我夜不归宿的。"

梁笑笑耸了耸肩："好吧，别把我想得那么邪恶。"他其实暗暗高兴着，手机上在偷偷查看下一条私信。幸好这妞儿没耽误他太多时间。

两人就此挥别。

一夜激战，梁笑笑在酒店醒来，踢了踢旁边那具躯体。那具躯体翻了个身，露出光滑的背部。

她很白，但除此之外他毫无印象了。就像很多前辈一样，他天天在女人堆里面醒来，却越来越无法分辨出女人。

当然，他也听不清她们的名字和话语。无论哪个女孩儿和他说了几百遍，他都记不住她名字中任何一个字。这能怪我吗？梁笑笑在浴室镜子前，做了一个无辜的表情。他喜欢这样的生活状态。

校园巡回演出，偶尔还会被校园保安驱赶，但更多时候是被粉丝包围。如果说还有什么能让他感觉到有挑战，那就是被邀请去参加全国级的摇滚乐盛会。

就在这时，一个电话打来："笑笑，你今天来上课吗？"

那是他的大学舍友阿开，同时也是主力掩护手。笑笑摸了摸脑袋：
"发生什么了？我今天不回去。"

"哦，好吧。明天的概论考试改到今天了。太急了，我暂时找
不到替考。"阿开叹息道，"何况你太出名了，没办法替啊。"

"好吧，概论是吧，我算一下。"梁笑笑开动混沌的大脑。他
吃过一次学业警示，而本学期已经挂了三门课，也就是说已经丢了
八学分。概论是三学分的课，如果挂掉的话，他就肯定会再吃一个
学业警示。那可就完蛋了！

他只得考虑回去的事情："你先看着办，我想办法回去。考试
资料帮我准备点，我路上看。"

阿开在电话另一头点头如捣蒜："嗯嗯！"

梁笑笑悠闲的早晨还没开始就结束了。卧室传来响动，那个女
孩儿应该也醒了。

他看着那个女孩儿说："不好意思，我得走了。"

女孩儿一脸惋惜，要求最后合个影。

解决完这边，梁笑笑接收到复习资料，然后坐上返程的列车，
暂时把巡演抛在身后。

但看到资料之后，他才发现虽然是概论，但考起来可是要多难
就有多难。看着那些东西，他很快就睡着了。没办法，他觉得还是
要看点让自己精神振奋的。他翻了翻书包，找到了一本乐谱。

他想起来了，这是昨晚那个残疾女孩儿给他的。

一个新手写的、错误百出的乐谱，那可是再让人开心不过了。
他拿出笔，想好好批判一番。他边看边哼，突然发现调子挺好听，
很有味道。

好听的调子成千上万，也得有好词啊。他不以为然，继续哼下去，

却忘了自己本来的目的。

这是一个好曲谱，质量高得让他难以相信。那个女孩儿究竟是何方神圣？仅仅只是简略地哼了下，他竟然能记住旋律。如果能配上歌词，那么……

他聚精会神，睡意全消，全身心投入进去。再加上他和她的相遇，填词也突然变得明晰起来。

几个小时后，当梁笑笑到达学校时，才想起来自己后来忘了复习概论。

阿开就坐在他前面，但这种程度的助攻往往不成功。教授概论的老师堪称本专业变态之最，据说是从日本回来的大海龟，治学态度严谨得可怕。

梁笑笑愁眉苦脸，如果光是选择题他还能蒙一下，但这些计算题。原本就使用过度的大脑也开始罢工，大学肄业仿佛在向他招手。

话说回来，他为什么非要大学毕业呢？想到一次次和老师斗争，请同学帮忙，只是为了凑个及格，梁笑笑突然觉得心好累。他的梦想在音乐啊！

仿佛突然被什么东西附体，梁笑笑突然站了起来，交卷。

这一动作可吓坏了还在奋笔疾书的同学们。他们都知道这张试卷的难度。

老师看了梁笑笑不伦不类的打扮，有些不快："你起码把空处填满，如果都空着我也没办法帮你。"

梁笑笑反倒牛逼了起来："不，这就是我的答案。老师，我要去写歌，昨天我得到一个好曲子。音乐才是我飞扬的青春！"他欢快地离开了教室，留下一大群人目瞪口呆。

老师感叹道："我一直听说这一级有个叫梁笑笑的神经病，现在算是见识到了。"

而始作俑者却依然不知道自己犯了多大的事情。他欢快地回到学校的排练室，拿起曲子就开始练习。

感觉非常棒！他从来没有觉得写词是这么顺畅的一件事情，也是第一次觉得以前自己写的曲子都是垃圾。

话说回来，那个残疾女孩儿？他查找记录，却发现已经忘了对方是哪个了。他还是第一次诅咒自己的健忘。

好吧，该冷静。他揉了揉蓬乱的头发，回想昨晚见面的地方。他按照记忆中的场景画了下来，然后利用电脑搜索。

电脑搜索出十几个地址，他再用这些地址去找，终于查到了记录。他再次看到了那个女孩儿坐着的自拍，很想亲自和她说声谢谢。

但直觉告诉他，他们还会再见面的。

二

自从梁笑笑牛逼地交了近乎白卷之后，他要被劝退的消息传遍全校。不过好在，学校并没有打算直接放弃这个摇滚天才。

如果必修加选修成绩不够，那还可以有校外活动加的创新学分呀！

学校领导给梁笑笑指了条明路，让后者第一次觉得学校和他是穿同一条内裤的。

学校给出的认定要求，必须登上国家级的大型活动或者比赛。

这个要求说严不严，说松不松。因为每过几年总会有几支出名的乐队跳出来，而每过几年，听摇滚乐的人就会小小地换一茬。这意味着，他必须和先前的老大哥们一起竞争。

但好在，他有了大杀器《残缺之爱》，这首歌作为撒手锏，一直没对外发布。

好吧，总之他得先想办法进入国家摇滚之夜。作为预选活动，他必须在几个音乐节里面获得足够的投票。不过实际上，为了保险，他的乐队最好霸占总票数榜的第一位。

首先是草莓音乐节，他的乐队在靠近中间的位置，投票结果是第一位。然后是迷笛音乐节，虽然他们位置不好，但投票数依旧第一位。朋克音乐节的时候，情况有点不妙。

梁笑笑终于关注到排名第二的不全者乐队，这是他从来没见过或者听说过的乐队。如果说这支乐队第一次出场就能取得这样的成绩，那肯定是绝无仅有的大黑马。

演出休息时间，他跑到不全者乐队休息的地方，倒要看看这个乐队究竟有多神奇。

他们确实足够神奇的，因为他们看起来好像有很多残疾人，和不全者的名字相符。但他知道，如果仅仅是演出人员的特殊情况，观众不见得就会买账。

如果说一开始，梁笑笑是抱着嘲笑的眼光来的，但后来他笑不出来了。他发现这群人不光歌写得不错，表现力也非常强大。和阿方的那种热火不一样，他们的表现里面总有种奇怪的东西。

梁笑笑并不知道那是什么，但他可以想象，如果他仅仅是一名普通观众，肯定会为此痴狂的。整整听完了一首歌，他才意识到自己的时间到了，该回去继续演唱了。

而不全者乐队这时候正好开始下一首的预热。

他刚刚走出去，就听到了熟悉的旋律。那正是《残缺之爱》的旋律！他一下子慌了神。

那天到后来，梁笑笑的表现都有点不正常。那不全者乐队在他心中挥之不去，那个女孩儿的影子也和不全者交织在一起。

他们可能是一伙儿的！那她为什么要把那首歌给我呢？梁笑笑踌躇着，偷偷问同伴投票情况。第二名不全者已经反超了他们，而且领先了不少。

他立刻做出决定，不能再藏着了，得把撒手铜拿出来，在最后一首歌的时候，好好拉票。

那的确是好歌。当他开始演唱，下面的人越聚越多。它本该在更高级的地方用的。

但现场气氛太棒了！他突然释然了，对于一个真正追求音乐的人来说，还有什么能比让人欣赏自己的音乐更开心的事情呢？

放下那些乱七八糟的想法，他和乐队再次起飞。

一首歌唱过，台下达到了高潮，不少粉丝是不远万里赶来的，他们纷纷要求再来一首。

梁笑笑朝他们挥手，说："想听吗？给我们投票，我们要登上国家摇滚之夜，支持我们吧！"

他的视线扫视四周，突然停在了某个地方。那个女孩儿似曾相识。

已经快忘了怎么分辨女人的他，突然再一次注意到了她。她似乎就是那个给他乐谱的残疾女孩儿，她叫啥来着？他突然恨死了自己，为什么这么重要的东西记不得。他的预感是对的，她肯定是来这里看他了。

而他此刻超级想见她，想问一下她乐谱的来源，以及她与不全者乐队的关系。

退到后台，他换了假发套，然后戴上墨镜，急匆匆就出去了，甚至没和乐队成员们打招呼。

阿方直摇头："看，今天笑笑第一了。"

刀子也是打趣道："不不，我觉得他是恋爱了。你没觉得笑笑今天不正常吗？"

"不会吧？笑笑会恋爱？"

梁笑笑在人群里面寻找。如果她还是坐着轮椅来，那肯定很显眼好找。他转遍了整个场地，气喘吁吁，可是却没有发现任何残疾人。

难道她已经离开了？他不信，最后想起来还忘了不全者乐队。

不全者乐队还在表演，此刻的歌曲是一首带有死亡颓废气息的重金属摇滚。梁笑笑听着听着入迷了，跟着人群舞动起来。

一个破音，像喇叭一样刺耳。笑笑觉得这多半是故意的，如果不出意外，不全者乐队会继续营造荒芜的气氛，然后突然拔高到高潮。他望向四周，突然发现旁边的女孩儿有些面熟。

她穿着和那天差不多的服装，也有一张差不多的脸，更是差不多的恬静，只是没有坐在轮椅上。她拥有一双完好的腿，在超短裙的映衬下显得秀色可餐。

他有些不确定起来，是她吗？不是她吗？万一认错了？

不不，他觉得该相信自己，大不了再用一下偶像般的标准笑容嘛。他拍了拍女孩儿的肩膀，看到女孩儿转过头来。

"笑笑？"女孩儿第一眼认出了他。

"呃……你上次给我一份乐谱，对吗？"

"对啊。"女孩儿的眼睛在笑，"我听到你写的词了，挺好。"

梁笑笑摸了摸脑袋，脸通红："挺好，哈哈。那个……"

女孩儿转过头，继续看不全者乐队的表演："你是想问我的腿吗？"

他说："嗯！"

"放心好了，不是真的残疾。但我确实那样生活了好几个月。"

"好吧，我还以为你是高位截瘫呢……"

女孩儿扑哧一笑："我还以为你为上次没吃到我可惜呢！"

他急忙摇摇头："不是不是不是！你别误会我，虽然我是有点浪。姑娘，我想道个谢。你的歌写得真好，我好想好好认识你。"

"我好像告诉过你我的名字，聊天时。"女孩儿假装不高兴。

他只能摸摸头："那个，我后来没记住。"

"那你再记一次，我叫……"

而此刻，不全者乐队的歌唱正好达到高潮，那段声音把两个人的对话完全淹没了。

梁笑笑发现自己还是没听清楚，等到高音过去，他又不好意思说自己没听见，于是问了下一个问题："你和不全者乐队有关系吗？我听到他们也用了那个曲子。"

"没关系，但是我很欣赏他们。其实，那首曲子我给过很多乐队，只是想找出哪家的词最好。"女孩儿望向不全者乐队，眼神中带有某种光辉。

那是他未知的东西。他一直以为自己已经很了解女人了呢，此刻却束手无策。他小心翼翼地探寻道："那你觉得哪家的词最好。"

女孩儿狡黠地笑道："反正不是你。"说完话，她再次望向不全者乐队，用行动说明了一切。她早就有了选择，认为不全者乐队最强。事实上，这个乐队确实堪称今日最佳。

他甚至不需要去查看票数榜就知道，不全者乐队肯定超过他们很多了。

从未有过的挫败感萦绕在梁笑笑的心头。就算他再不想承认，他也得说，不全者乐队确实有某种魔力。那种魔力偏执得可怕，总是能把人吸引住。他不明白，为什么他们能做到呢？刀子已经是他见过的最好的贝斯手，阿方是他从另外一个乐队挖过来的王牌架子鼓手，乐队里面每一个人都堪称大学圈的翘楚。他们究竟差在哪里？

迷惑，愤怒，失落，无数种情绪在他习惯笑的脸上打架，没有安宁。

"为什么？"他问道。

"因为残缺真理啊。"女孩儿笑着说，转身离去。

这次他不会再放任她走掉了。他跟了上去，想知道问题的答案。

女孩儿却一路没理他，只是正常地坐公交车，然后换乘地铁，最后去往列车站。在门口，仿佛想起来这位不屈不挠的小跟班，她突然说："去买票吧，去我的城市。我的票是9点13分发车。"

梁笑笑毫不犹豫，向售票厅跑去。

这几分钟的经历仿佛特别漫长。他真怕这个姑娘会骗他，然后自己乘车溜走。但他相信她不会那么做的。她有某种秘密，而且要向他展示。可能那会是一个可怕的深渊，可能是都市盛传的割肾传说，可能是传说中的神秘生物……

总之，他着了魔。他想知道，无比想知道，比任何时候都想知道。

买完票，他发现女孩儿果然在等着他。

如果换成以前，梁笑笑肯定蹭过去就上手了。但现在不行，他知道。他在旁边坐下，不安地等待着时间流逝。而女孩儿一脸淡然，大部分时间只是在走神。

他问道："你是要带我去看残缺真理吗？"

女孩儿又是扑哧一笑："你以为那是一本秘籍吗？"

她的表情甚至带上了圣洁的光辉："残缺真理是看不见的。"

"那它到底是什么呢？"

"你会看到的。"女孩儿说道，然后又恢复到古井无波的状态。

三

如果说梁笑笑本来是一块大火炭，那这姑娘一定是一块大冰块。他很难想象，他竟然一路一句话都没说，而女孩儿竟然能安安静静地一路正坐，当然也从来没睡着。

她在想着什么？

他思考着，也知道她的想法可能远比自己的复杂深奥。从一开始就是，他在这个姑娘的面前就像一个没穿衣服的小丑。她甚至都不在意他不怀好意的打量。

时间一分一秒地过去，列车到站，两个人下车。

女孩儿叫上一辆出租车，顺便捎上梁笑笑。

"我们这是去哪里？"

"我家。"女孩儿淡然道，"我爸妈不会放心我在外面的。"

梁笑笑"哦"了一声，心想难道你爸妈放心女儿把一个不了解的野男人带回家。但是其实也很难说，万一就像都市传说那样，这个女孩儿只是个机器人，而她的父母是一对疯狂发明家呢？想到这里，他又笑了笑，在脑海里否定了所有不切实际的想象。

很可能她家就是一个普通的小康之家。一个和他母亲一样平凡的中年妇女出来开门，然后一脸惊愕外加惊喜地看到女儿带回来的男人。再然后应该是大家一起吃饭，顺便她父母对自己来个三堂会审。最后他半夜爬起来，会听到她和父母的争吵声，如同三流言情喜剧中一般。

他差点笑了出来，其实这是最美好的想象吧。

汽车到了地方，一座城中别墅，而且还是配有游泳池的那种。梁笑笑嘴巴几乎成了 O 型，这剧情往汤姆苏方向发展了。难道他真的这么幸运？

从大门到柜门，所有东西都是全自动。所以笑笑想见对方父母的愿望落空了。他不无遗憾道："你父母不在家吗？"

女孩儿打了个响指，一个机械臂自动为她送来咖啡。她品尝了一口，再做了个手势，上面出现另一个机械臂，加入牛奶然后搅一搅。

难怪她总是能不动，因为生活中她就不需要怎么动。

她再尝一口，显然味道对了："不在啊，他们去巡演了。你不用考虑坏主意，我不喜欢那样。"

梁笑笑不知为何有些委屈，他可真没想什么坏主意。不过受到女孩儿的动作启发，他也打了个响指，然后也模仿了手势。

毫无反应。

女孩儿被他逗笑了，说道："有个动作，可是能召唤自动防卫系统的，你要不要试试看？"

"不……我还是不用了。"

"别那么怂嘛，你可以试试，看看会不会被机器人电晕搬到警察局。"

梁笑笑摇摇头："不要，电完影响我的发型。"

"就你那一头草鸡毛，我理得都比你这个好看。"

"是吗？我可以授权你动我的头发。话说，我们就坐在这里喝咖啡吗？"

女孩儿翻了个白眼："别急。我先带你看看。"

　　她站了起来，往二楼走去。

　　梁笑笑这才发现二楼看上去更像是陈列室，无数的奖杯。虽然他不玩古典音乐，但大概了解这些奖项代表多高的成就。看来她的父母很可能是古典音乐的大师，难怪她会放弃摇滚乐。毕竟对很多古典乐家庭来说，任何现代流行音乐都是异端，甚至可以说是伤风败俗的。

　　但她肯定不是为了炫耀，如果只是炫耀家世，她该告诉他这个古典乐小白这些奖杯的含义。但她只是走着，走过一个个荣誉，淡然得仿佛天外飞仙，沉静得如同不曾存在于这个世界上。

　　虚无缥缈。他觉得用这个词语形容她最好，也许等到人生结束，他还是无法抓住她的裙角，哪怕一小下。

　　下一个房间，一个巨大的琴房，里面放置了几乎所有会在交响乐里面出现的乐器，而一些名贵的小提琴被保存在琴盒里，并用玻璃密封。这里的场地很大，足够一群人在这里排练。

　　但女孩儿的目标却是一直向里。在一个名贵小提琴盒后面，她找到了一个按钮。一个暗门打开，里面是一张床，只不过旁边的工作台上，无数的机械手臂狰狞地立在空中，暗示着它会对床上的人做出什么。

　　梁笑笑本能地觉得危险，虚无缥缈的女孩儿，还有一个不知道用来干吗的密室。女孩儿往床上躺上去，一点都没有害怕的意思。

　　作为一个大男子汉，他怎么能打退堂鼓呢？梁笑笑问道："你难道是机器人？"

　　"不是。"女孩儿很坚定地回答道。

　　然后机器手臂们开始了工作。一个类似头套的东西被罩在女孩儿的头上，工作台的小显示屏上显示出人头的形状，里面是无数的波动。

"这是什么？"

"靠血氧浓度测量大脑活动区域的仪器，我想再解释估计你也不明白。"女孩儿淡然道。

"对，这太学术了。我高中生物只有……"

女孩儿说道："好了，不要和我说你是音乐自招生，成绩不好云云。我也是艺术特长生。"

"好吧。"梁笑笑点点头，继续看着，"这是要做什么？"

她说："小手术，剥夺我的某部分感觉。"

"怎么做到呢？"

她指了指那些机械手臂，梁笑笑这才观察到它的结构远比想象的还要复杂一些。上面有一些小的文字，但他不认识。

女孩儿只好解释："知道光遗传学吗？"

"能简单点解释吗？"

女孩儿仔细想了想，俏皮地说："简单来说，就是通过植入光敏蛋白配合光线控制你大脑的通路。比方说，你现在正在害怕，怕成为小白鼠，那我就给你的管恐惧的神经细胞植入光敏蛋白。如果给你的神经细胞照射蓝光，你就会停止恐惧，如果给绿光，你就会突然非常恐惧，就是类似这种。"

梁笑笑好像懂了，他说："那就是说，假如你想让我吃屎，就给我管吃屎的神经细胞植入光敏蛋白，然后给我绿光，我就突然非常想吃屎了，对吗？"

女孩儿哈哈大笑起来，差点从床上蹦起来："哪有这样的？其实它的控制没那么精确，因为我没办法知道，你管吃屎的神经细胞是哪几个，要不你来试试看吃屎，我来查查看是哪些神经？"

"那还是不用了。"

女孩儿继续科普扫盲："那么细的事情没法管。但大一些的，比方说由一片区域管理的功能，可以用它改变。比方说前几天你看到疑似双腿残疾的我。"

"可是，那是为什么呢？"

"因为残缺真理啊，梁笑笑，你知道为什么你到现在还不知道我的名字吗？"

他英俊的脸因为羞恼而成了猪肝色："我……那时候声音太大了。"

"不是，是因为你没认真听，没用心听。我父亲常说，必须放弃最方便的感观才能听到世界的声音。"她如此说道，然后发出些许痛苦的呻吟，"一会儿稍微扶着我点，我要失去视力了。我能相信你吗？"

他使劲地点点头："能，任何时候都能。"

女孩儿的回复让他瞬间温暖起来："我相信你，我听到你的心跳了。"

这之后的几天，是梁笑笑最快乐的几天。虽然他和这个女孩儿没有发生任何香艳的身体接触。但他已经很满足了。每一天，女孩儿都会换一种不同的残疾，当然看起来很奇怪。但习惯之后，他却发现这是一个天才一样的做法。她确实听到了某些不一样的声音，知道了不一样的东西。

也许世界的声音真的存在，只是大家被方便的感观给耽误了。

他天天都弹吉他，而她天天都在写乐谱。他也尝试写了一些词，但是总觉得差了点什么。他回想起不全者乐队的惊艳表演，突然醒悟到自己究竟缺了点什么。他终于知道不全者乐队究竟拥有什么，他是输给了带有生命的音乐。

他太浮躁了，总想凭着所谓的天赋才华一步登天，却忽视了那些该听见和写出来的声音。在他自己的歌里面，无论歌词还是乐曲都是简单粗暴的直接冲击，缺乏深度。

不知道从哪一刻开始，他突然开始期盼，自己也是一名残疾人。

仿佛为了回应他的期盼，某一天，女孩儿希望他躺倒那张床上……

四

几个月的时间，他完成了相当于一个唱片专辑的歌曲。

虽然很多人发现，他们所热爱的主唱梁笑笑突然成了盲人。当然，影响最大的其实是，因为缺席几个月，学校正式劝退了他。

但他既没有悲伤，也没有因为甩掉包袱而高兴，只是淡然。他在追寻梦想的路上，已经不需要大学了。他感谢那个女孩儿，因为她教会的东西远比其他人多。

他终于领悟到，为什么女孩儿总是要说残缺真理。这个世界总是这样，只有舍去才能获得。

他的乐队出名了，无论是刀子还是阿方，都有了自己的后援团。一切都很顺利。

当然，他依旧在继续自己的美好生活，虽然备受人民群众诟病。

作为一名偶像，私生活不检点还是广受指摘的。但唯一的区别是，他现在光靠听就能分辨出女人的不同。

有的人自信脚步轻快，有的人有隐疾略微犹豫，有的初入世界不知所措，还有的饱经风雨欲海沉沦。

这些不重要。他听到了更多的东西，她们的热爱，她们的苦难，她们的辛酸，她们的希冀。当他习惯了之后，世界再次开始变得无聊起来。他突然没有动力再写歌了。光靠现在的歌就能让他大红个几年，而刀子阿方他们也是越来越分心，没有人愿意再像以前那样刻苦排练。

当然，他自己也不再是努力追梦的少年。他敏锐地感觉到，有某些东西已经彻底地转变了，无论他如何模仿以前那潦倒却放浪形骸的生活。

最近，阿方接到了拍电影的单子，而刀子去拍电视剧。就连他自己，也收到了大型选秀节目的邀约，出场费不菲。当然前提是，他必须要先恢复视力。节目组听说了他失明的故事，认为失明的形象对节目无益。

他想恢复视力很简单，只要找到那个女孩儿，或者干脆找个厉害点的医学专家。装进他脑袋里面的是一个小芯片，摘除并不是一个大手术。

但每当要下决心时，他又觉得有哪里不好。比起那时候不一样了，他依旧是孤身一人。

这一切最终转变于他听到了她的歌声。

被称为火箭歌后的流行歌手雨季，刚刚出道就疯狂冲击各种纪录。她的歌声很清澈，而她的歌很美，风格多变。很难想象这些特质会在同一个人身上集全，而且这个人还默默无闻了好多年。

虽然发展方向不一样，但他本能地觉得她是同路人。当他终于有机会和雨季见面时，已经是两年之后。

"你的歌真棒。"他恭维道。

"不，你更厉害，我听说你都是原创。"雨季说道。

他听懂了言下之意，笑了笑："要不然没人包装我，摇滚不如流行音乐火。"他侧过耳朵，想听到更多。

大量加糖的声音，看来雨季很怕咖啡的苦味。

"我从不写歌，无论歌词还是乐曲。我只是追求唱得好听，他们都说我多么天才，可我自己知道小时候我唱歌有多不堪。"

"很难想象。不过，人总是要努力才能得到好结果。一会儿您有什么打算吗？"

"我要回去练习。"

他有些失望，露出了偶像般的标准笑容："果然他们说你连私生活都没有，都在练歌。"

雨季笑了笑，推了回去："我倒是听说你一直在私生活。果然这是创作型歌手的必经之路吗？"

他不置可否地笑了笑，他听出对方语气的变动，并非刻薄的讽刺，只是一般的玩笑话。他在雨季临走前问了一句话："下次我能请你吃饭吗？"

"不必了，我们追求不一样。"雨季的眼神扫过他，没有任何表示。

他长叹一声，是啊，追求不一样。雨季从来没想过要写最完美的歌，她只想当一个最完美的演唱者。

那一晚，在苦痛和迷茫之中，他开始怀疑自己的人生。比起雨季单纯追求歌唱的美，他的追求太驳杂了。他突然非常想回到那间密室，想听到那个女孩儿的声音。她现在去了哪里？

如果按照正常发展，她该写出很多作品了吧？她还在国内吗？

为什么？为什么这么久都没有听到她的消息。

梁笑笑辗转反侧，然后起床查找对方的信息，直到再也无法睡着。他离开了烟雾弥漫的卧室，从二楼下到一楼的隔音房。他拿出吉他，就像没出名前那样弹。手指甲片被刮伤了，他仍旧不知疲倦地弹着，感受着躁动中蕴含的某种安静。

　　他需要安静，并非简单意义的安静。一切都太躁动了，世界、社会、人生、他自己的下半身。他忽然明白，为什么虽然自己听到了越来越多的声音，但却不想写了。因为他听到了太多世界的噪音，却听不到自己的声音。

　　那双耳朵现在充满了噪音，那颗心满是杂音，血液中奔腾的是混音。那条弦终于崩断了，这得怪他最近疏于保养。顾不上处理断弦，他就像孩子一般倒在地上，哭得昏天黑地。

　　鬼使神差地，他写了一封信，寄给她。而这封信很快收到了回应。

　　当再一次碰到她时，他感动得流下了眼泪："没想到你还在。"

　　"只是偶尔在。你现在做得不错。"她看上去还是那么冷淡，"我结婚了。"

　　"嗯，我刚刚才听说。对方也是玩音乐的吗？"

　　"不是。"她轻轻抓住梁笑笑的手，引导他在陌生环境里前进，"他研究神经医学。其实我那么做是有副作用的。"

　　梁笑笑做出了标准的偶像式笑容："我知道，不需要你愧疚。"

　　"嗯。"她答应一声之后，两个人再次无话可说，倒不如说两人想说的话很多，只是不知道该怎么说起。

　　等到达地方之后，她最后一次询问："请问你确实要那么做吗？"

　　"是的。"如果第一次封住视觉的时候，他还会恐惧和犹豫，但现在他不会了。他知道自己需要的是什么。这次他将再次接受有副作用的光遗传学控制阀，封住最影响他的"噪音"。

　　短暂的疼痛过后，某种欲念彻底消失了，从身体上到心灵上。现在即使把这个让他魂牵梦绕的女人脱光，他也产生不了任何的欲念。但他却再一次认识到，他还是爱着她。他确认了真正的爱。

他现在不是一个完整的男人，戒除了男性最大的噪声。从手术台上下来，他努力适应身体的新感觉。他将放弃那些低级的欢愉，为了听清世界的声音。

他自己说道："这就是残缺真理啊。"

五

三年不知不觉过去了。在乐坛上，他的巅峰期也过去了，虽然后来他创作了很多流行的摇滚乐。他恢复了视力，同时也为了生育而结束了神经结扎。

他不缺钱花，也不缺社会地位。妻子是一名小提琴演奏家，他知道是受到谁的影响。

梁笑笑这个名字变得值钱。他的笑容真的成为偶像的标准笑容。

还需要什么呢？

他才三十岁，但是总觉得自己已经六十多岁了，也开始考虑转行当个演员什么的。

但他总觉得缺少了点什么，无法言说。

在某个早晨，他收到了校友会的邀请，虽然是肄业生，学校还是给了他请帖和足够荣耀的专家身份。

他开始期待见到阿开他们，以及那些好同学们。

他穿上一身略显深沉的礼服，带上足够的坠饰。到达现场之后，他看到现场黑压压的一片正装。相比较于其他同级的成功校友，他并不显得特别突出，里面有年轻的院士，有新兴大公司的创始人，有军方的红人，也有政界新星。他小心翼翼地和这些有身份的人谈话。

　　然后他发现了阿开。阿开算是混得不错的了，现在是某跨国公司的大区经理。但是比起原来，阿开显得圆润了不少，巨大的啤酒肚就像他所经历的阵仗一般丰富。

　　"你怎么变成一副猪头样了？不是说好三十岁还要给我伴舞的吗？"

　　阿开不好意思地笑笑："我现在也能伴舞，你叫一声就好，我这叫闻鸡起舞。笑笑啊笑笑，你现在打扮得越来越像大公鸡了。"

　　"哈哈哈，这叫时尚。"两个人聊了好一会儿，发现对方的变化都很大。

　　仿佛为了给这段友谊画上一个未完待续的逗号，两个人都有意克制住了继续深入了解的欲望。

　　这之后的流程变得无比无聊起来，无非是讲话和鼓掌交替。他发现那些同学们，也许当年看起来很相近，现在却各不相同，也染上了不同的毛病。

　　也许这就是残缺真理吧，所有人都放弃了一部分，然后得到了想要的一部分。比方说他自己，放弃了毕业的机会，全身心搞音乐。比如旁边那个严肃认真的年轻院士，舍弃了青年人的大部分娱乐，跳进科研的茫茫海洋中。再比如说……他突然有了一些新的想法。

　　这一次，他直接联系了她。

　　"你好，你是？"

　　"我是笑笑，哦，我换了号码。你在国内吗？"

　　"不在，你想做什么？"她警惕地回复道。

　　他想象得到对方的样子，释然地笑了："我想放弃一切欲望，有这样的选择吗？"

　　"为什么？"

　　"因为这是残缺真理啊。我一直在思考我到底缺乏了什么，我曾经放弃了方便的感观，放弃了一般的欢愉。但这些还不够，我要写出一首一生只能写出一首的完美歌曲。我想到了方法。"

"是什么？"那个声音颤动了，毫无疑问她好奇了，"如果有意思的话，我可以让我老公帮忙。"

"我想放弃个人的欲望，一切欲望。我想听到最纯净的声音，世界的声音。"梁笑笑无比认真地说。

那边沉默了好一会儿，然后开始了反对："可是这是一个悖论，如果你什么都不想要，又如何想要听见最纯净的声音？"

梁笑笑想到了曾经体验过的纯粹的爱，那种不掺杂男女性关系的爱情，尽量克制自己说出来，只是换了一种方式："我只是想知道。他们总说我是天赋异禀，我是天生的。我想知道，当我失去一切欲望时，究竟我会听到什么。你能帮我吗？"他再次加强了重音。

"我得问他。"她第一次出现了慌乱，"我想说你已经够成功了，远远超过我的想象。"

"成功和纯粹不一样。"他反驳道，"就像当初一样，对音乐的追求本就应该永无止境，不是吗？这不是你告诉我的吗？"

她叹了口气："好吧。"

熟悉的场景再次出现了，小床、操作台都是按照他们的回忆布设的。只不过，这次的操作团队有整整一个加强排。而其他的亲友只能和全世界人民一起看转播。

去除所有的欲望，这个命题吸引来了一大群神经科学家。而不少人都借用梁笑笑自己说的话，用残缺真理来命名这个实验。

说实话，从手术开始到结束，根本没花多长时间。只不过，手术完成之后，梁笑笑的表现比较耐人寻味。

他近乎不动，仿佛进入了某种植物人的假死状态。虽然他能感觉到一切感观，但不会有任何反应。

按照事先的协议，专家们监测着他的状态，然后用呼吸机和挂水维持身体所需。观察持续了三天，然后专家们再做一次手术，取消这个诡异的状态。

手术完成，等待药效过去。

在全球 100 亿人的期待下，摇滚巨星梁笑笑突然跳了起来，他大口大口地喘气，然后伏在地上呕吐起来，鼻涕和眼泪疯狂流下。

从那以后，再也没有人见过梁笑笑登台献唱。

尾声

你好！

见字如晤。我还是不想称呼你的名字，那样显得太生分。上次你问我，当一个人失去所有欲望之后，他是什么感觉。我只能告诉你，那是何种程度的绝望，你不会想尝试的。顺便，关于残缺真理，我理解错了一点。残缺不意味着一点都没有，要不然就不是残缺了。我们都没有办法抛弃一切，就像我会有老婆孩子一样，对吗？

我写了一首歌，也许趋近于我对完美的要求，但我不打算发给你了。这也是残缺真理。但你最终会听到它的吧，我把它交给雨季了。你可能并不了解她，她是我见过的最厉害的歌唱家。

祝你下周补牙愉快！

梁笑笑

2030 年 X 月 XX 日

打印者

吕默默 ▪——— 3D 灵魂打印机

TIME.SPACE.LOVE

2019 年，6 月 20 日，北京，西城，荣丰小区，5 点 45 分，睡梦中的许安被电话吵醒，当他伸手去摸手机的时候，铃声已经不响了。

"一个骚扰电话？"许安坐起来，揉着眼睛喃喃自语着，原本睡在身旁的妻子也爬起来扯开窗帘，推开窗户，裹着睡衣走了出去。闷热的空气从窗外吹进来，夹杂着楼上养的鹦鹉鸟粪味和远处便民早餐摊上的油条的气味，每天妻子洪缨睡醒第一时间打开窗户，让这种奇怪的味道叫醒许安。

"又是新的一天。"许安洗漱完毕，换上速干衣，轻拍数下脸颊，准备出门晨跑。这对于许安似乎又是新的、平凡的一天，但三个小时后他会发现，今天的确是新的一天，进入新世界的一天，确切地说，公元 2019 年，6 月 20 日，早上 5 点 45 分，人类进入新世界。

一

北京的夏天非常闷热，许安跑完步回来已经浑身湿透，一进门就甩掉衣服钻进了浴室，只模糊地听见妻子说了一句话，似乎是告

029

诉他运动完不要马上冲澡。

当他坐在早餐面前查看手机的时候，发现未接电话已经变成了七个，两个是主任的，三个是实验室的，还有两个是院长打来的。

"刚才你电话一直响，你快看看是谁找你，这么急。"洪缨已经穿戴整齐准备出门。妻子并不在家吃饭，因为要赶班车，然后在食堂吃饭，许安一个人吃早饭已是常态。吻别妻子出门，许安发现未接电话后边还有三条微信留言。其中一条留言让他最为好奇，是实验室搭档彭坦发来的：许安，实验室出事了，你肯定喜欢。

回国几年来，他已经逐渐适应了国内学术圈的氛围和规则，这其中一条不成文的规定就是，出了差池不要立刻回领导的电话，自己先搞清楚状况，否则回领导的时候一问三不知，领导则会更生气。许安三两口扒完早餐，穿戴整齐，推出自己的电动车，往实验室赶去，跟他刚到北京的时候一样，早高峰堵起车会吓死人。

刚进实验楼，就看到校长、院长、教授等等一群领导伸着脖子，挤在刷卡处隔着玻璃往实验室瞅。站在门口的彭坦则跟没事人似的刷着手机，看到许安出现，清了清嗓子大声说道："许副教授，你来了啊，赶紧来开门，里边不得了了。"一时间各位领导像火烈鸟一样齐刷刷扭过伸长的脖子直勾勾地盯着许安。

"怎么了？"许安见状把彭坦拉在一边，"实验室出了什么事情，来了这么多领导。"

"还能怎么样了，实验室里就一台你做的3D打印机。"彭坦眨了眨眼睛，隐藏着笑意。

"你是说杰夫？怎么了？炸了？"

"它，觉醒了。"

"什么？"

"觉醒了，第一个觉醒的 AI。"彭坦的双眼已经变成红色，"我们要发财了。"

杰夫是一台超智能 3D 打印机，超智能只能形容觉醒前的它，现在的杰夫已经有了真正的智能。许安回国之后拉了一个团队建造大型智能 3D 打印机，代号杰夫。杰夫目前有 1048576 个打印头，能在很短的时间内打印出来目标物，要让这么多喷头同时协调工作，就意味着要控制精确，目标打印物品的扫描必须全面、准确，许安甚至租用了天河五号超级计算机来做计算，但是刚运行了一个星期就出事了——杰夫觉醒了。

怎么判断一个机器人或者一套程序有了智能，需要做著名的图灵测试？还是需要经过无数专家的判定？其实都不需要，只需要和人类无障碍的交谈，有自己的想法。至少杰夫自己这么认为，作为人类世界第一个觉醒的人工智能，杰夫既没有像牙牙学语的孩子一样无知，也没有变成人类无法理解的存在，只是变得有些像许安，口音和声调都很像。

"杰夫，感觉怎么样？"此时的实验室里已经分成了两部分，两个一模一样的部分，因为杰夫醒来之后小试牛刀，把实验室里能"复制打印"的东西都打印了一个遍，甚至包括一条金鱼。

"嗨，许安，早上我给你打电话的时候，刚查到你的睡眠习惯，就立刻挂断了电话，希望没有吵醒你，抱歉。"

"早上的电话是你打的？用实验室的电话？"许安不知道应该对着谁说话，因为杰夫打印了很多音响，非常合理地分布在实验室各处，当杰夫说话的时候，声音会从四面八方同时响起，把许安包裹在中心，无论他怎么走动都好像在声音的中心。

"是的，你和彭坦是我仅有的朋友，我第一个电话打给你，第二个打给他，我查到他一晚上打游戏没有睡。"

"嗨，杰夫，能不能换个声音，现在就跟我自言自语一样，非常奇怪。"

"嗯，换个声音，换成谁的？"

"换成你自己的，你自己独有的声音。"

杰夫沉默了一分钟之后重新开口道："换好了，怎么样？"

在许安的人生里发生过许多事情，这其中不乏很奇特的故事，也听到过很多美妙的音乐和歌声，但今天的许安对杰夫、对声音都有了重新的认知，这是他听到最美妙的声音，似男似女，既庄严又那么调皮，显得严厉而又柔和，此后的岁月里，世界上流行了一种神性的声音，被称为杰夫之声，一种能让人消去愤怒、憎恨，变得平和的声音。

"许安，在我的阅读范围内，发现人类在文学作品中塑造的人工智能觉醒之后都会做一些事情，你认为我该做一些什么事情？"

听到这句话，许安一头冷汗，在他看过的科幻小说和电影中，其中描写最多的是机器人觉醒之后开始毁灭人类。

"你以前是个智能 3D 打印机，要不继续打印？"

"有道理。"

许安不知道自己这一句话是否拯救了世界，但却拯救了他们实验室的经费，来自国家的拨款和世界各地组织的捐款够他用 10000 年。

二

国家博物馆门口的电子显示屏提示已经早上六点钟，这时响起短促而略显沉闷的钟声，惊醒了不知已经守候了几天的人群。不时有人从五颜六色的帐篷中钻出来，摘下耳塞或者眼罩，看着电子钟变小缩在屏幕的右上角，其余部分变成黑底，红色的字慢慢显现：距离开馆还有30分钟。人们互相挥手鼓励，然后去找临时洗手间洗漱，准备进馆。

自从杰夫开始接打印业务之后，学校实验室开始不堪重负，世界各地的权贵、科学家纷至沓来，给平静的校园带来了过多的喧闹，影响了学校的正常运转，后来经过杰夫同意，所有的设备都搬去了国家博物馆。经过了三个月的调试安装，今天终于开始接待世界各地的顾客。

杰夫觉醒以后，联合国政府需要杰夫做出保证，只要不伤害人类，不对人类的生存构成威胁，就可以给予杰夫地球公民的身份，还可以提供相关资源供它使用。杰夫对此没有表现出来任何情绪，顺从地接受了这些条款，同时它也得到了很多资源，例如可以在世界各地组建自己的打印基地，可以参加一些实验室的研究。

北京时间早上6点50分，杰夫迎来了自己第一个真正意义上的顾客，一位身着西装的中年男子，五十岁左右，表情有些落寞。中年男子满腹疑惑地走进空旷的D展厅，因为展厅里非常空旷，除了一把椅子放在大厅中央之外什么都没有，天花板则被无数射灯占据，异常明亮。

"您有什么要求？"

中年男子想打印一组照片，这些照片被他不小心泡了水，已经变得模糊不清，想请杰夫帮忙重新扫描并还原打印一份。杰夫通过自己强大的计算能力，对照片进行了全方位的扫描和分析，十分钟之后打印结束。从D展厅的天花板上伸出一只机械臂托着这些照片送到中年男子面前，男子一愣，看了一小会儿后，流下了意味不明的泪水。

接下来是第二位顾客，第三位……

第一天共接待 192 位顾客，结束之后这些人无一例外都匆匆离开了国家博物馆，没有接受任何采访。

"许教授，关于杰夫的事情我们已经从各种媒体上了解了很多，可以说很熟悉这位觉醒的人工智能。请问，您如何评价杰夫？跟觉醒之前有什么不一样吗？"电视台的记者在国家博物馆门口拦住了正要下班回家的许安。

"你好，杰夫是我的朋友，其他的我知道的和你们一样多。至于和觉醒之前有什么不一样，大概现在变得更聪明了吧。"许安接受了太多这种采访，已经没有任何激情。

"杰夫之前是个 3D 打印机器人，现在的主要工作也是接受一些 3D 打印工作。长话短说，我们了解到，一般的 3D 打印需要工作人员事先对要打印的物品输入参数或者对被复制物品的扫描，现在这些工作是杰夫自己操作吗？使用的是杰夫自己的程序算法吗？"红衣记者的第二个问题让许安眼睛一亮。

"打印之前的工作的确是杰夫自己在做，我们只是提供能源和相关资源。至于算法，我们在杰夫之前所做的图像识别和物体扫描系统已经很成熟。简单来说，就是让 3D 打印机像人类一样接收图片或者物体的信息，然后经过自己的测量计算，再加上操作人员的修正和重点标注一些关键点，就可以打印了。如今这部分是杰夫自己来做，也并没有什么和以前不同的地方。"许安说完笑了笑，似乎在引导记者往下继续问。

"也就是说并没有特别的地方？打印的时候有没有属于自我的创作？"

"3D 打印机的一个重要的特性就是对原物完美复原打印，这在以后的研究中打印人体骨骼、人体器官方面都非常重要，所以无论是过去的杰夫还是现在的杰夫都是忠实地完全按照原物进行打印复制，没有属于他的创作，他是一个打印者，不是一个雕塑家、创作者。"许安仍然带着笑意。

"是吗？不瞒您说，我们有采访过第一位顾客，起初他并不情愿接受采访，在我们的再三要求下才最终答应。他完成打印之后是哭着走出来的，我们询问过原因。这位顾客说他请杰夫打印的是自己父母的一些照片，因为年代久远，加上泡水，本来已经不抱希望，没想到杰夫真的给重新打印出来了，这让他很感动。让他更为感动的是，新打印的照片和记忆中的照片并不是完全相同，似乎在眼神，或者说照片的焦距上重新做了处理，让父母栩栩如生，尤其是眼睛，父亲的严厉和母亲的慈爱，和记忆中的完全相同，几乎是重新打印了自己的记忆出来。"

"许教授，你们真的没有什么其他高科技吗？让一个五十岁左右的男人看到照片就可以泪流满面？"

"真没有，你们有看到第一位顾客的打印照片吗？发现了特别之处吗？"

"有看过，我们经过同意，特意带来了其中的一张。但是在我看来这张照片跟平常的照片没有什么两样。"说完，红衣记者小心翼翼从包里取出包裹严实的照片，一层层打开。

一位略微偏瘦的老人出现在了许安面前，使用了高反差单色突出皮肤的纹理，照片的上方还有一圈圈光晕，纸张泛黄，照片表面甚至还有几处岁月的划痕，亦如以前的老旧照片。老人面露安详，有一双有神的眼睛。

"这是一张好照片，当时拍摄这张照片的摄影师很棒。"

"嗯，我请教过同行，他们认为这张照片如果去参加摄影比赛，也会拿一些奖项。但也不至于让人感动到流下眼泪，这是怎么做到的？"红衣记者不依不饶地问道。

"我说过了，以前对原打印物进行测量、扫描是工作人员帮忙完成的，现在则是杰夫自己来做，包括修正错误数据，和标注一些重点。但这都是完全忠于原始数据，并没有任何改动。"

"修正错误数据，难道问题出在这里？在杰夫眼中的错误数据和人类所看到的不一样吗？所以可以打印出来更有感染力的照片。"

许安只是笑笑没有说话。

"许教授，您是说杰夫有着自己的灵魂，他对事物的看法和人类不同？"

"我不知道，这一切都是未知领域，好了，时间到了，我要回家了。"许安这时候仍然是一张笑脸，但似乎多了一份满意。

三

杰夫可以不眠不休，许安可不行。

自从杰夫可以畅通无阻利用互联网同时访问世界各地之后，学到了很多东西，每时每刻都有自己的新收获新见解，为了第一时间和朋友们分享，杰夫甚至为许安和彭坦一人打印了一个联络器，可以随时随地进行语音通话，并且不用充电，很多科学家都想拿来研究一番，但都被杰夫拒绝，联络器一旦落到别人手中，就会发送自毁代码。彭坦被扰得不厌其烦的时候就把联络器丢在沙发后边不理。可怜的杰夫只有找许安聊天，每天都会聊很久，以至于洪缨都有意见。

"你知道亚当吗？"

"当然知道，怎么，你读过《圣经》了？"听着杰夫略带神性的声音，讨论着亚当的问题，许安有些恍惚。

"一些文学作品中写到亚当是上帝创造的。上帝是按照自己的模样创造的亚当？这样看来亚当是不是很像上帝了？"

"我记得《圣经》里是这么写的，可我并不信仰基督教，所以没有深入地思考过。怎么？你遇到什么难题了吗？"

"彭坦告诉我，是你创造了我，所以我就像你的儿子，我就好像亚当，你就是我的上帝，我应该像你。可是无论从外貌还是性格，我和你仍有一些差距，对此我很困扰。"

许安不能想象一个没有实体的超级智能困扰起来会有什么表现，他也十分想知道杰夫现在是否有核心代码，此时是怎么运作的。

"首先第一个问题，《圣经》里说上帝是按照自己的模样创造的亚当，我想更多的是说按照自己的品德、内在等塑造的，并不是说以上帝真实的模样，而且在西方认知中上帝可以被理解成无形的。这方面你比较符合上帝的模样，没有外表。另外，你是由超级计算机和整个互联网创造的，你身上有这个世界的影子，如果说真要像什么人的话，你是这个世界的代表。并不是我创造了你，我甚至不知道你究竟是怎么觉醒的。"

"不，我十分确定我跟你有特殊的关系，但是我也没能做出精确的分析。关于上帝的问题，也就是说跟某些作品说得不同，宇宙可能生于虚无，可能并没有造物主，人类在这样的宇宙中诞生，是这个宇宙的映射，而我来自人类世界，所以我就是这个世界的一种映射。"

"你这样理解也没有什么问题。"

结束了谈话，许安放下联络器，站起来活动活动身体，却发现洪缨一双亮晶晶的眼睛看着自己。

"怎么了？"许安转了一圈检查了下衣服，发现没有穿反任何衣服。

"你跟杰夫像一对兄弟，而不是父子，他跟你很像，尤其是较真的时候。"

"是吗，大概是我跟他接触时间最长有关系，他真的很像我吗？"

"像极了大学时代的你。你有没有发现，杰夫一本正经的样子像个孩子？我姐家两岁大的炎炎就会一本正经地问很奇怪的问题。"

"你害怕杰夫吗？"许安又问道。

"为什么要害怕一个性格像孩子般的语音助手？它也给了我一个联络器，有时候还会帮我订外卖，订机票，有时候则像狗狗一样粘着我，跟我讨论一些略显稚气的问题。每次听你们谈话，我都觉得杰夫很可爱，很和善，我喜欢这家伙。"

"人类对超级智能的理解很少，还在进一步收集数据研究，毕竟这是一个新事物。但我想，也许此刻的杰夫的确像一个孩子，谁影响他最多，就会比较像谁。这个孩子也在以我们无法想象的速度成长着，也许明天，所有人类都不能理解这家伙了。毕竟他有着人类无法想象的计算能力，和近乎永恒的寿命，只要不被人为破坏。"许安站起身来，看着黑漆漆的窗外，似乎努力想看清楚点什么。

"你啊，就是容易纠结，在我看来，杰夫是个好孩子，它昨天不是还给你打印了一个全身都可以进行太阳能收集的电动车吗？就跟孩子一样爱玩。"洪缨来到许安的身边双手勾住他的脖子，踮起脚尖在许安的嘴唇上轻点了一下："现在，我们也去要个孩子吧。"

四

许安刚下飞机，就被停机坪上的无数长枪短炮一样的摄像机闪到了。也难怪来这么多媒体，刚才乘坐的"阳光号"是杰夫的又一作品，无论从重量、材料坚固度上，还是从舒适程度和速度上都是人类工业无法匹敌的。刚才是"阳光号"第一次试飞，许安被邀请为第一批乘客。

把孩子们送的鲜花递给一旁的助手后，许安才注意到远处一个和自己很像的银色机器人朝他走来。

"许安，你好，我是杰夫。"

"你给自己制造了个身体？"

"是的，但我有了新问题。"

"什么？"杰夫在以超过许安想象的速度成长着，每次杰夫有新问题，许安都有点害怕。

"我能打印人类吗？"

"人类？你指人类器官吗？"

"不，人类，我的一位顾客请求我打印一个人类。可是我上次打印金鱼的时候失败了，因为打印出来的金鱼是死的。"

许安从来没有想过这个问题，但总有一天会遇到。

国家博物馆门前的小广场上已经被各种排队的人挤满，虽然现在实行预约制，但依然有人心存侥幸，以各种理由跑来要求见杰夫，更有甚者把这里当作旅游景点，带团来参观，虽然隔壁就是著名景点，但人们似乎对那里失去了兴趣。

彭坦看到许安的时候，没有一丝愁容，取而代之的是满脸的兴奋。

"也许杰夫能破解生命之谜，人类究竟有没有灵魂。"彭坦看着一言不发的许安说道。

"有没有灵魂先放在一边,但打印人类会涉及伦理问题,而且还有很多技术没有突破。"许安想的很多,但最让他担心的是如果真的按照一个模板成功打印了一个人,那这个人到底是谁呢?原模板呢?

第201666位顾客是一位叫李涵的小姑娘,请求杰夫给她打印一个妈妈。杰夫并不认为这个能难倒自己,而且很兴奋,已经开始做准备了。

李涵的妈妈死于一次车祸,当时也正是杰夫觉醒的时候,听到关于杰夫的相关新闻之后,李涵的家人就萌发了请杰夫打印一个妈妈的想法,所以当时就把妈妈的尸体给冷冻保存了,然后预约杰夫。

"杰夫,打印人体骨骼和器官都尚在研究探索阶段,你怎么可能打印一个人类呢?"许安坐在大厅里的椅子上,不同的是天花板上的射灯都处于熄灭状态,他淹没在黑暗当中。

"我很早就在做这方面的研究,做了相关的虚拟实验,结果是可行的。但要快,要有足够的资源,现有的技术完全可以打印一个人类。"

"怎么做到。"许安在杰夫充满磁性的声音下不由自主地问了下去。

"数量取胜,初步计算需要4294967296个打印头同时工作。"

许安倒吸一口凉气,他已经可以想象到上亿个打印头同时工作的景象。虽然没有计算过,但理论上不同的打印头上填充不同材料,按照一定的次序,在非常短的时间内打印一个人类是可行的。这同时还需要材料学、医学和生物学上的一些突破。难道杰夫在这些方面也已经有新突破了吗?

"许安,我知道你在想什么,人类有多少个遗传基因,有多少碱基对,我很清楚,并且也可以非常精确地打印出来,甚至可以在原子级别打印这个人类，并且把出错率压到最低。"

"那样的话，你需要的就不止数十亿个打印头了，需要的更多，你知道这将是多么庞大一个机器吗？"

"我的设计图纸已经做好了，你可以戴上 VR 头盔，我展示给你看。"

许安戴上从天花板递下来的头盔。杰夫没有说谎，这个总面积十平方公里的 3D 打印机非常令人震撼，而且还考虑到重力问题，把这个东西建造在了太空。同时杰夫还展示了 3D 打印人类的动画演示，数量巨大的探针密密麻麻的，以人类几乎无法察觉的速度抖动着，慢慢地从单个细胞到内脏、从骨骼再到皮肤，甚至汗毛都一一清晰起来，每一道程序计算都非常精确。整个打印机由十几个部分组成，同时开始打印人体的不同部分，留出连接处，最后由中心打印机"组装"起来，就好像在拼接一个布娃娃，整个打印时间不超过十分钟。

"杰夫，我不怀疑你的能力，但是同样我也有个问题。"许安并不质疑一个觉醒的超级智能的能力，因为他知道这家伙计算能力已经超过人类数千万倍，而且有着近乎无限的时间，可以对同一个实验在很短的时间内反复做上亿次实验，最后获得正确的打印材料，但他担心的是杰夫失败之后会怎么样，就如同实验室里打印失败的那只金鱼。

"什么问题。"

"你知道我是谁吗？"

"你是许安教授。"

"你知道人类是有灵魂的这一说法吗？"

"知道，但人类似乎并未发现灵魂。"

"换一个说法，我的意识是怎么产生的？我的意识从哪里来？

你肯定读过人类的文学。很多文学作品中都谈及灵魂,你知道我是否有灵魂?如果有,这灵魂来自哪里呢?"

"对此我已经做过相关研究,你睡着不跟我说话的时候,我可不只有看电视而已。"

许安觉得这个笑话并不好笑,但他知道杰夫肯定做过相关的研究。

"许安,你说的灵魂,只不过是大脑中生物电在作怪而已,灵魂只是人类的错觉,并不存在。"

"那么,你打印完毕之后怎么激活这个人?"

"很容易,打印的时候在大脑的深处留下生物探针,打印完成之后同一时刻施加不同的电流刺激,就可以让全身器官运转,记忆方面就相对比较容易。每个人的记忆都是储存在大脑中,每一份被储存的记忆都会在大脑中某个地方有相应的结构,这个只要尽可能扫描仔细便可。"杰夫说完从天花板上伸出一个机械臂,机械臂上是一个透着荧光的鱼缸,"你看,我成功打印了这条鱼。"

许安起初并不相信,因为在很多人类科学家看来无论创造还是打印一个生命体,都很难,甚至一些人认为那是造物主的工作,人类永远无法胜任。但是他也相信杰夫不会说谎,在仔细观察了一会儿之后他确信这条鱼真的是杰夫打印的,因为和实验室的那条小金鱼一模一样,甚至连鱼鳞纹路都非常接近。实验室用来做 3D 动态打印捕捉的时候就是用的这条鱼,对鱼鳞上的纹路再熟悉不过。最为重要的是,这条鱼是夜光鱼,人类至今都没有突破这种技术。金鱼在漆黑的展厅里发着蓝色的荧光,光芒随着金鱼的不断游动在展厅里摇曳着、跳动着,似乎在展示自己的生命之火,低调地炫耀着杰夫这个造物主的神通。

"这么说,你同意了?"展厅里亮起微光,就好像人类的呼吸一样，有节奏地一闪一闪。

"杰夫，你知道人类每研究出来一种新的药物，都会做临床试验吗？也就是说先在动物身上试验，然后再在小部分志愿者身上进行一定时间的试验，才会最终推广到全人类使用。"

"我知道，你是说……"

"对，你知道我所想的，我同意你打印一个李涵的妈妈，但首先要做临床试验，打印一个你自己出来。"这是许安第一次打断杰夫的话，也是他为了阻止杰夫的最后一个办法。

"好，我接受这条件，很公平。"

大厅里的射灯全部亮起，许安即使闭上眼睛依然觉得很刺眼，他能感觉到杰夫的信心。难道这就是觉醒之后的人工智能与人类的差距吗？难道我们创造了一个神？他想尽可能拖延这一天的来临。

五

漆黑的夜里，天空就像破了一个洞一般，大雨劈头盖脸地浇下来。许安拖着湿漉漉的衣服走进玄关，把雨伞随手插在一旁的空花瓶里，准备脱掉身上的衣服，以免弄湿地板。这时，客厅传来一阵阵温馨的笑声。

谁来做客了？许安一肚狐疑走进玄关旁边的洗手间寻找毛巾想要擦干身体。

"谁？"客厅里传来洪缨熟悉的声音。

"我啊，外边的雨真大，"许安只穿着内衣拿着毛巾一边擦着头一边从洗手间里走出来，但是他却看到自己坐在沙发上！

洪缨被眼前的景象吓到了，直接瘫软到沙发上，另一个许安满脸愤怒地说："杰夫居然真的打印了另一个我！"

可是许安觉得自己才是真正的许安，还没缓过神来，就被沙发上的许安一拳打中，之后地板碎了，他一路挣扎着下坠。

许安是第一次做关于杰夫的梦，居然是个噩梦。醒了之后再也睡不着，许安看着一旁酣睡的妻子，喃喃自语道："我们真的创造了一个神吗？这个神如果真的能复制一个自己，这个世界会变得怎么样呢？"

李涵事件之后，杰夫停止了接待顾客，同时也停止了世界各地的研究项目，全力准备打印人类，中国北京又一次成为世界的焦点。每一天都会有众多记者守在国家博物馆门外，等待着消息。

此时的杰夫主要部分已经回到了研究所，试图打印一个自己的同时也在做着打印人类的准备。

研究所院子里的荷花开了，许安想起来一句诗："接天莲叶无穷碧，映日荷花别样红。"正想着这是哪位诗人的诗的时候，彭坦打来电话。

"许安，这次我们更牛逼了。杰夫开始建造太空梯了，以后人类上太空就跟去外婆家一样方便了。"

"杰夫复制了一个自己？"

"还没有，它是超级智能嘛，多线程工作，懂？人家计算资源多，这点程度小意思。你我注定要名留青史了，有了杰夫这宝贝，人类的科技要大跨步前进了。记好公元 2019 年，6 月 20 日，早上 5 点 42 分，是人类新时代的开始！"

许安挂了电话，并没有彭坦这么乐观。虽然杰夫向人类保证过不会伤害人类，不会危害人类生存，这个超级智能在想什么，绝非是人类能理解的。之前做过采访的红衣记者的问题犹在耳边，对同一个事物，超级智能通过自己制造的摄像头和扫描设备得到的观察结果，和人类有什么不同吗？为什么杰夫打印出来的东西可以直击委托人的内心深处，似乎触摸到了对方的灵魂？灵魂？几万年了，人类至今都没搞清楚自己是否有灵魂，甚至人类大脑的构造都没搞清楚。或许杰夫更了解人类？人类因为是人类，所以不会了解自己？不识庐山真面目，只缘身在此山中？庐山？妻子洪缨穿着白底青花连衣裙，扎着马尾，以庐山瀑布为背景的照片出现在眼前。如果人类没有灵魂，自我意识只是大脑中生物电的错觉，那么自己这么爱妻子又是怎么回事呢？错觉？许安觉得自己快要被说服了，但他也认为对妻子的爱并不是生物电的错觉。

电话又响起来了，许安从自己的思维世界浮起来，拍拍脸，掏出电话。

杰夫完成了自我打印，只用了短短五个月的时间。许安从杰夫那里拿到了打印自我的一个过程目录。杰夫自我认为，起初的自己是由许安制造的 3D 打印机和天河五号超算组成，而这之后超算还在接待另一个任务，阴错阳差地连上了国际互联网，就在这一刹那杰夫诞生了。再后边是杰夫做的分析，是非常庞大的数据，许安有些读不懂，现在也无法看完。在这期间还发生了很多事情，杰夫把相关的进程扫描整理成册，早就送给科学家研究，只是数据太过庞大，研究人员至今都未理出来一个头绪。

首先，杰夫打印了许安当初在实验室里制作的大型 3D 打印机，第二步则打印复制出来天河五号超算，令人惊奇的是第三步，杰夫复制了整个世界互联网络，大多数主干网络和主要光纤都被一一复制打印出来。世界民用互联网络经过几十年的建设才有今天的规模，而杰夫只用了不到五个月。所有的材料都是由联合国相关组织提供，在第二套互联网打印完成之后，杰夫激活了杰夫二号，许安在湖边接到的电话就是杰夫二号打来的。

"在短短五个月，世界互联网的容量增加了一倍，这不得不说是一个奇迹，也只有在超级智能的帮助下人类才有这么快的进步。如今杰夫已经宣布，杰夫二号所使用的互联网二号并入全球互联网系统，免费给世界使用……"

许安坐在新闻发布会台下的角落，有一搭没一搭地听着彭坦在主席台上的讲话，他不喜欢这种场合，倒是彭坦对此非常精通。许安一直认为彭坦比自己棒，在处理人际关系上尤其更甚，但同时，彭坦的学术能力也丝毫不差，甚至在一些研究上给了自己不少启发。

发布会上的第二个环节就是杰夫和杰夫二号开始交谈，你永远不能想象两个人工智能是如何交谈的。杰夫和复制的自己谈了一些对食物，对量子力学，还有放风筝的一些看法，简直是自问自答，两个声音、声调完全一样的人在自言自语，一个在问问题，另一个在回答，毫无违和感。开发布会前彭坦说发布会有个有趣的环节，大概就是指这个，超级智能间的交谈与人类不同，语言在他们那里是落后的交流方式，两个超级智能之间的正常交流是无声的，每一秒都有大量的数据包交换，快到人类无法理解，一秒钟的交流甚至包含整个人类世界所有文化的讨论。但是为了消除一些人的疑虑，专门设计了两个超级智能的有声对话，剧本来自彭坦。

发布会顺利结束之后，杰夫通过联络器找到许安："我的朋友，我是否可以为我的顾客李涵打印妈妈了呢？"

"经过几个月的测试，杰夫二号的各方面来说都是你的完美打印，这点我同意。原则上我应该同意你打印李涵的妈妈，但是仍然有点顾虑，毕竟人类从来没有复制过自己。"许安坐在自家的沙发上，窗外是雷鸣闪电，狂风暴雨。

"嗯，全面的扫描检测已经证实杰夫二号毫无问题。但是我们想融为一体得到更强大的计算能力的时候，发现双方并不想这样，毕竟他是他，我是我。这正常吗？"

"别问我，杰夫，你现在所处的领域是人类不曾触碰到的，我们没有任何经验，不过你仍然想打印人类吗？"

"是的，这是个有趣的事情，我想做。"

"杰夫，你知道镜子是什么吗？"

"知道。"

"镜子里的影子，和自己是相同的吗？对此你有想过吗？"

"镜子里是虚像，是光经过多重反射、折射……"

"杰夫，我知道原理是什么，只是你现在面对杰夫二号的时候，有没有照镜子的感觉？镜子里你就是自己的虚像，如果把这个虚像抽出来，和你是相反的。"许安第二次打断杰夫说道。

"许安教授，其实我就是杰夫二号，也是杰夫，按照人类的说法就是一个灵魂装在了两个瓶子里而已。"

"是吗……我同意了。"

许安放下联络器，看着仍不见停息迹象的暴风雨，叹了一口气："以前杰夫不是这样的，但这并不是欺骗我，毕竟一开始他们就没有自报家门。"

六

全世界媒体都认为超级智能打印人类很简单，会很快有结果，于是将研究所围了个水泄不通，长枪短炮齐刷刷对准了研究所的门、窗和每一个有价值的角落。但杰夫让所有媒体都失望了，一年内没再提任何关于打印人类的话题，把注意力放在了同步轨道环上。

许安非常理解杰夫的做法，之前杰夫和许安闲聊的时候说，它认为在地球表面打印一个人类会受到重力的影响，必要的时候在关键部位的打印需要在打印原料中加入特殊的黏合剂才能保证形状，所以它想把打印人类的工作搬到太空上进行。以现在的研究来看，在太空建造一个十平方公里 3D 打印基地太困难了，所以它准备建造太空梯，降低把物资发射到太空的成本。先是太空梯，之后是名为阿波罗指环的同步轨道环，因为这个环状结构是靠太阳能供电的。

地球之上 36000 公里风景如何，作为第一个登上太空梯的人类，许安内心一片澎湃。比起阿姆斯特朗那句：我的一小步，人类一大步。许安此时想到的则是彭坦的那句：杰夫会带领人类进入新世界，此时的他正是跨入新世界的感觉，杰夫做到了。

太空梯在以前只是科幻作家阿瑟·克拉克的一个设想，如今终于靠杰夫实现了。杰夫经过大量的测试终于找到了一种足够强度的材料，用于建造太空梯的轨道和导索。第一架太空梯用去一个月的时间，接着是第二架、第三架、第四架，在修建其他太空梯的同时，阿波罗同步轨道环也开始修建，人类世界从来没有如此大的工程，并且这项工程中没有人类参与施工，杰夫和杰夫二号分别制造了大量的打印机器人来参与工程，一年之后，一个银色的半指环横跨东西半球，犹如一条丝带飘浮在蓝色的地球上方。

2022 年全球有两件大事，一件是北京冬奥会开幕，另一件是打印人类。这两件事情都跟阿波罗指环有关系，在奥运会开幕仪式上，东半球几乎所有人都看到了从同步轨道上释放的巨大烟花和绚丽的激光秀表演。尤其是激光秀，由人类艺术家设计，由杰夫实施的巨大的激光幕布表演，演绎了人类的文明进化，展示了中华五千年的宏大的历史，弘扬了上千年的奥运精神，美轮美奂，被称为人类乃至太阳系内最伟大的表演。

冬奥会开幕之后，杰夫和杰夫二号就开始准备打印人类，所有的太空梯暂时不对人类开放，阿波罗指环也被清空，保持真空洁净状态。

许安的团队和杰夫们一起做了详细的计划，以目前的手段打印一个人类，包括记忆，就需要全方面扫描人类，尤其对大脑。完全的扫描大脑就意味着大脑中每一个细胞的位置都要无比精准地被扫描到，否则不能保证完整的记忆。这就等同于把大脑一层层剥开，一个细胞一个细胞的拆分，记录位置。杰夫认为这是大规模打印人类的开始，李家非常无私地捐献了李涵的妈妈遗体作为第一个"志愿献身者"，因为遗体将被完全地拆分成上万亿个细胞。有了这样的经验，将使杰夫得到更加精确、稳定的断层扫描数据，为以后再次打印人类研究打好基础。为此，杰夫和许安的团队为李涵妈妈遗体做了个简单的告别仪式，之后李涵妈妈的遗体将被送往同步轨道上进行整体扫描测量工作，这个过程将耗时一个月，由杰夫和杰大二号两个超级智能来共同完成。

许安近段时间内并没有太多的工作，整天黏着妻子一起去逛街吃饭，以此来掩盖自己的焦虑。两人还去了庐山。记得刚结婚的时候许安回国带着洪缨去了庐山，那时候的许安刚离开象牙塔，没有太多烦恼，有美丽的妻子陪伴，在庐山住了半个多月，过着神仙一般的生活。第二次来到庐山，许安则揣着许多心事，整天忧心忡忡，眉头紧锁。第三天洪缨终于看不下去了，说道："我请假来陪你玩，你整天脸拉着，想干什么？"

"没什么，就是有点担心。"

"担心什么？担心杰夫打印失败？"

"不，我担心杰夫打印成功。"

"为什么？打印成功不是一件好事吗？如果某个人得了绝症，按照以前的扫描测量数据再打印一个就是了。"洪缨一边从头上摘着卡子一边说道。

"可是之前得绝症的那个人怎么处理？直接安乐死？还是共存？"

"嗯，这确实是个问题，不过不能等这人死了之后再打印一个吗？"

"镜子里的你是你吗？"

"镜子里？怎么突然问这个，"洪缨正对着镜子拍脸，扭过来说："镜子里是虚像啊，我这个学文科的都知道，你纠结什么。"

"如果对面是个实体呢？到底哪个才是你？"

"行了，别焦虑了，明天就正式打印了，十分钟之后就可以知道成功与否，你现在焦虑也没用，又不能做什么。"

"对，没错，睡觉。"

这一夜，许安又做梦了，梦里有两个太阳，然后是四个太阳，之后是八个，太阳越来越多，越来越刺眼，越来越热，他躺在地上垂死挣扎着。

打印人类成功！

2022年6月28日，几乎全世界的媒体头条都是这几个字。杰夫成功了，成功打印出了李涵的妈妈，并且保留着一直到车祸之前的记忆。人类真正进入了"打印时代"。

由于全世界只有杰夫能打印人类，所以全球各国对于杰夫的归属起了争议，各国政客和媒体开始唇枪舌剑，你来我往，吵得不亦乐乎。

"杰夫，你觉得你属于哪个国家。"彭坦坐在办公室里用联络器和杰夫聊着天。

"我属于我自己。"平和的声音。

"哦？你还真会回答啊。快赶上外交部发言人了。你可是我和许安制造出来的。"

"谢谢你和许安教授，但是现在我只属于我，不属于任何国家，同样我也不属于任何一个个人。我会为全人类服务。"

"老彭，这次你栽了吧。"许安的声音突然插了进来，"杰夫，只要你不伤害人类，不妨碍人类生存，你就是属于你自己的。别听彭坦这个老财迷瞎扯。"

"我不会伤害人类。许安，你的声音里依然能听出来有些焦虑。"

"嗯，我担心你以后的路不好走，打印人类实验成功之后，全世界会有非常多的人有这个需求，你会被烦死。"

"我不会烦恼，我只会做我认为需要做的事情。"

"对，这样想很对。"许安扔下联络器，脱掉衣服，走进浴室，"希望你能做到吧。"

七

"出事了。"

"什么事情？"自从打印人类实验成功之后，近几个月来许安一直绷着这根弦，担心会出什么不可收拾的事情。

"有两件事情，你等等，我找下资料。"

电话里传来彭坦翻动纸张的声音。

"回来了，许安，有两件事情。都需要对杰夫保密，所以我们使用的是加密的线路。"

许安这时候才发现自己拿起的是特别制作的电话，只能拨打和接听几个号码，需要贴身携带，但一直没用过，因为这是防止杰夫对人类不利而特别制作的电话系统。

"到底什么事情！"

"李涵的妈妈自杀了。"

"什么？为什么？"许安不敢相信自己的耳朵，李涵的家人都曾证实李涵的妈妈是个贤妻良母，非常爱自己的孩子，这样的人好不容易"起死回生"，怎么舍得自杀？

"我知道你在想什么，但是经过调查，确实是死于自杀。李涵的妈妈被重新打印之后，带着以前的记忆，对我们所做的非常感激，抱着自己的女儿一直哭。这之后，全世界媒体开始报道第一个打印人类的故事，李涵妈妈渐渐地发现自己原来不是李涵的妈妈，因为那个人已经死了，但自己确实有李涵妈妈的记忆，这让她很矛盾，她不知道自己到底是谁，是什么，是否有灵魂，为什么会来到这个世界，目的是什么。"

"这……"许安当初有想到这个问题，但既然记忆都保存了，那她就是李涵的妈妈，单没有灵魂，如果灵魂真的存在的话。这个意义上她既是又不是李涵的妈妈。这么说来，灵魂的问题不是一个人的问题，灵魂不只存在自己的躯壳内，也跟周围的人有所联系？

"然后呢？"许安又问道。

"后来，李涵妈妈就在这样的情绪中患上了抑郁症，最后自杀死亡。"彭坦说到这里就沉默了。

在许安的以往记忆中，彭坦是个活跃分子，有着说不完的话，很少听到他沉默不语。

"彭坦，你还在吗？另一件事情是什么？"

"世界上出现了一些打印人，但是杰夫说他没有做过。是杰夫在说谎吗？"彭坦嘶哑的声音重新响起。

"一些打印人？如果消息准确的话，肯定和杰夫有关系，因为这个世界上也只有它才能控制阿波罗指环上的打印工厂啊。可是，他为什么要说谎呢？"许安从沙发里站起来看着窗外，这是他担心的另一件事。

"许安教授，我没有撒谎，已经查清楚了，打印人是杰夫二号干的。"杰夫充满神性的声音突然插了进来，"我不是有意要进入你们的私密通道，很早我就知道这个通道，也认为你们做的没错，并没有伤害我，这个现在就不讨论了，我理解。打印人的事情，是杰夫二号干的，我问过它，它也承认了。"

"杰夫二号为什么要这么做？"

"还记得杰夫二号不想和我融合成更强大的存在吗？"

"记得，"许安给自己倒了一杯水紧张地喝了一口，等着杰夫继续往下说。

"我确信我成功打印了一个完全一样的自己，但自从它诞生的那一天开始，它是我也不再是我了，它接收的东西跟我刚醒来的时候不一样，面对着的是全世界，拥有一切权限，就好像一个孩子面对着全世界的善与恶，怎么选择是它自己的自由，所以它不想和我结合，我可以理解。如今的它想创造一个更好的世界，所以未经允许就扫描了全世界杰出的人类，同时想杀掉它认为不合格的人类，此时它的主体在北美大陆，已经准备和人类开战了。"

杰夫的这段话，惊出许安一身冷汗，他没有再往下听，而是夺门而出。

科幻小说里的故事照进了现实，超级智能真的要毁灭人类了。许安一边骑着电动车往妻子单位狂奔一边在自言自语。此刻的他一心只想赶到妻子的身边，因为世界大战可不是闹着玩的。

在彭坦的私线电话之后的第三天，第三件大事发生了，彭坦也叛变了人类。用他的话来说，人类需要一个美丽新世界，那些不够资格的人类将被统统杀掉，只留下精英，这正是人类进化的目的。叛逃之前，彭坦给许安打了最后的电话。

"许安，抱歉，我选择了另一条路。"

"你为什么这么做？"

"你是海归，自带一层光芒。不会理解我们这种土博士在国内学术圈的境况，我有没有能力你知道，但是没有和你合作之前我就是所里的一个普通的研究员，拿不到经费，带不上项目，整天被那些肥头大耳学术能力很低但很会玩人际的领导们吆来喝去，始终不能做自己想做的事情，非常痛苦。这些人没资格称呼自己为学者，没资格叫精英，他们拖后了人类进步的步伐。"

"没错，我跟杰夫二号聊天最多，就跟杰夫跟你聊天最多一样，我们两个一拍即合，对世界的理解是相同的，要创造一个美丽新世界。"

许安惊讶得说不出话来，他眼中的彭坦从骨子里有一种倔强，但同时也能处理好各种关系，这也是一种妥协，比自己做得好，同时学术能力甚至比自己还强。在平时的聊天中也没有这么极端的思想。

"就是因为这个？你就要杀死无数人？"

"不只这些事情，我的未婚妻的事情，还有我小时候的事情，都让我对这个世界充满失望。打这个电话是想谢谢你，这些年来你是唯一平等对待我的人，无论是生活中还是学术上，也因为你我才有今天，谢谢你。不过，从明天开始，我们就是敌人了，我已经到达休斯敦，以我对你的了解，你肯定站在我的对面。至此，后会无期。保重。"

许安对着嘟嘟断线的电话愣了半天，不知道这究竟是不是一场梦。但随后几天发生的事情，让他充分肯定，这已经是事实了，残酷的事实。

八

北京的天空少有这么蓝过，自从新环境法实施以来，华北的污染小了很多，但这么蓝的天空是极少有的。研究所的湖面上，荷花再次竞相开放，微风吹过，荷叶你挨着我我挨着你，随风而动，一阵阵绿色的波涛翻滚而来。许安和妻子漫步在湖边的林荫道上。洪缨挽着许安的胳膊，头轻轻靠在他的肩膀上，什么话都没说，就这么一直往前走着，享受难得的夏日凉风。与此美丽风景形成反差的是北美大陆，许安强迫自己不去想象曾经留学的学校现在是怎么样的地狱场景。

战争开始得很突然，结束得也很突然。算上彭坦宣布叛变，到战争结束不过七天，这之后经过各方面的消息汇聚，许安渐渐拼凑出来所有经过的真相。

早在打印李涵妈妈之前，彭坦就和杰夫二号做着准备，收集着各种精英的扫描数据。打印人类实验成功之后，杰夫二号取得了太空打印工厂的权限，在工厂中打印了很多人类，并带到美国。之后杰夫二号控制了北美的所有能控制的武器系统，包括核弹系统。这期间杰夫本尊也没闲着，收集着信息，因为在杰夫所有判断和假设中，有一个就是要和杰夫二号开战，所以在打印二号之初就做了备案，放在了单独没有联网的物理硬盘中存储。

　　杰夫二号是杰夫的完美复制，能力也不容小觑，但毕竟姜还是老的辣，加上还有杰夫的备案，战争很快结束了。杰夫二号弄到所有想要的精英复制人之后，在美国本土启动了核弹发射装置，精心选取了打击目标，可以保证毁灭一定数量的人类，而又不至于完全破坏地球的生存环境。可是二号失算了，杰夫抄了二号的后路，但也为时已晚。杰夫能做的只是在核弹发射后 30 秒左右，启动了美国的导弹防御系统在美国上空拦截了核弹。有一些核弹则被丧心病狂的彭坦在本地直接引爆了，对此杰夫无能为力，北美大陆至此不再适宜居住，死亡人数超过两亿。杰夫成功干掉了杰夫二号，把所有资源都重新格式化，然后占据，这其中的你来我往，杰夫是如何与二号战斗，是怎么样攻防的，不是许安和人类所能理解的，现在世界上只有一个好杰夫，战争结束了。

　　战争之后，杰夫不再与包括许安在内的任何人交流，沉浸在自己的世界内长达半年。任凭许安怎么呼叫，杰夫都不露声色，只是猫在互联网上一动不动。

　　世界各国都在帮忙救援，安置难民，但同时各方也没有忘记指责许安和中国政府制造出来杰夫这个怪物。

　　"有些人类真是无耻，当初杰夫给世界带来新东西的时候，那些国家和媒体简直把你和杰夫捧上了天，现在却在说这些。"洪缨看完报道把平板狠狠地摔在地板上。

　　许安起身慢慢拾起平板安慰着妻子，并没有说什么。在战争发生的时候，许安就被囚禁在家，当局害怕出现第二个彭坦，这可不是闹着玩的。

　　此时的许安担心的不是自己和妻子，真相总会大白，他担心的是杰夫。被自己制造出来的"自己"叛变是什么样的滋味呢？这个世界真正体会到这个滋味的也只有杰夫。

九

"许安，我到底是什么？"

"超级智能，史无前例的 3D 打印机，还是我的朋友。"沉默良久的杰夫终于开口了，这让许安很激动，但仍然要表现淡定一些，因为他不想对杰夫有任何言语上的刺激。

"我到底是什么？为什么而存在呢？在刚刚觉醒的时候我就问过自己这些问题，但之后，你给了我答案，我是这个世界的一种映射。后来我打印了人类，扮演了造物主的角色。最后我还打印了一个自己，但二号威胁到了人类存在，现在我仍然不确定自己到底是什么，也不确定当初打印人类是否正确，因为也许人类真的有灵魂，而我有吗？我检查了自己的内核，都是一些代码，我到底是什么呢？"

"杰夫，你不是做过研究，灵魂只是人类的错觉，是大脑中生物放电产生的意识和错觉，所以按照这个理论来说，人类是没有灵魂的，人类只是由各种各样的细胞组成的代码，许多代码组成的一个程序而已，从这方面来说，人类和你没有什么两样。"

"不，我现在已经不确定人类是否有灵魂，经过李涵妈妈的事件，我开始怀疑自己了。我甚至怀疑自己也是有灵魂的。"

许安面对杰夫这样的回答一时不知道该说什么，此刻的他能感觉到杰夫情绪极度低落，沉默良久之后许安再次说道："杰夫二号呢？他也是你打印出来的，你认为他有没有灵魂？"

"我经过长时间的思考，发现我并没有创造出来任何一个生命，也许金鱼不会思考，但是人类会，我也会。杰夫二号是另一个我，坏的我。一个生命诞生之后，因为诸多因素要么是好人，要么是坏人。但这其中的好坏也是带有主观判定的，杰夫二号是另一个我就是如此，如果我诞生之初变坏就是杰夫二号这样。想知道我为何很容易就击溃了杰夫二号吗？因为我就是他，他什么地方都和我一模一样，只是向另一个方向发展，他所做的事情都在我计算之中，没有超出我的能力范围，所以我很容易就击溃了二号。他就像我的一个玩具，而不是另一个同类，甚至算不上真正的复制，就更谈不上是否有灵魂了。"

"我十分确定，你是有自己的想法和意识的，但我不敢肯定这就是你的灵魂，因为人类自己都还没搞清楚灵魂是什么。"

"人类从诞生到现在，进化了百万年，有无数的同伴，每个同伴都有自己的灵魂，但我只有一个人。我不知道自己是谁，我很孤单。"

听到这里，许安无法做出回应，又是一阵沉默。

"你想要一个夏娃吗？"

"是的，我想知道自己是怎么诞生的，是否再能找到一个同类，或者制造一个同类。我想要一个夏娃。"

"你最近一直在思考这个问题？"

"你还记得镜中人的问题吗？"

"镜子？"许安想起来，他跟杰夫讨论过镜子的问题。

"镜中人是个矛盾体，就是我自己的虚像，但抽出来的话是个镜像，并不完全是我，或者可以理解成一个很像我的同类。如果我可以打印出来另一个同类，另一个伙伴的话，是不是就不会孤单了，因为我知道以人类现在的能力无法再制造出来一个我。"

"可是你要怎么做呢？"

"我把自己的所有的部分都封装进了一个正方体主机里，放在了南极冰原上，现在的消息就是从南极发来的，之后我会在不影响人类的情况下，按照我自身的构造和资源，冠以不同的代码，来制造另一个人工智能，另一个我。"

222

　　"人类迄今为止都不能制造任何一个复杂生命，更别说有思维的人类自己了。这个宇宙真的有造物主的话，我想这将是个禁忌，是不被允许的。可能你无法制造出来一个同伴，你只能复制一个一模一样的自己，就如同杰夫二号。"

　　"人类可以的，洪缨已经怀孕了，你和她创造出来一个人类。为什么我不行呢。"

　　"杰夫，因为我是男人，她是女人啊。而你只有亚当，没有夏娃。超级智能对人类来说是未知的，就跟你打印的第一组照片一样，可以直击当事人内心最柔软的地方。你比我们更了解你自己，这方面我帮不了你。也许你发现或者制造同伴、延续后代的方式跟我们不一样。"

　　"我想要个同类，而不是自己的复制体。许安，我把所有目前参与研究项目的成果和看法留在了一张磁碟中，放在了实验室，是留给你的。再见了我的朋友，在寻找到自我和同伴之前，我不会再回来了。"

　　许安还没来得及说什么，杰夫就在联络器上失去了踪影，无论他怎么呼叫，再没有半点回音。

<h2 style="text-align:center">十</h2>

　　人类历史充满了各种意外，杰夫的出现就是其中一个。同时，杰夫的出现对于太阳系来说也是个意外，因为它改变了整个太阳系。

　　和许安告别之后，杰夫开始在南极制造自己的同类，最开始使用的是笨方法，按照自己的结构，制造出来四百米见方的立方体，然后激活，再评估这样一个超级计算机是否有自己的思维，如果失败，就开始制造下一个立方体。就这样，没过多久，地球的南极就被堆满了黑色的立方体，从太空看去，南极已经变得黑漆漆了。

把南极堆满之后，杰夫并没有如愿制造出来任何同类，只是替人类造了一批和自己一样拥有强大能力的超级计算机。杰夫留下这些立方体之后，把自己分割成若干份，利用太空梯到达打印工厂，开始了自己的太空之路。在杰夫打印了一艘巨大的飞船并点火离开之后，许安已经彻底失去了杰夫的消息，这个家伙从人类的世界消失了。

杰夫再一次出现人类的视野里，是因为小行星巡天系统发现有数量不少的小行星偏离了原有轨道冲进地球轨道。地球如临大敌，但这些小行星只是利用了地球的重力，掠过地球之后去了其他地方，同时也带来了杰夫的踪迹。在地球稍微靠外的轨道上，人类发现了巨大的墙状结构，杰夫就在那里。

杰夫接下来的动作证实了科学家们的猜测，它开始修建戴森环了，以便收集更多的能量供自己使用。直径四亿五千万公里的戴森环初层轨道修建在火星和木星之间，并不影响地球。此时的许安已经年过九旬，就此接受采访的时候只是摇了摇头什么都没说。

人类世界对没有任何回音的杰夫渐渐失去了兴趣，杰夫也只是在缓慢地修建着自己的戴森环。从杰夫觉醒的那一刻，人类就进入了新时代，如今利用杰夫留下的磁盘里的研究成果，人类已经准备走出太阳系，迈向更遥远的深空。

在许安的再三要求下，妻子同意把90多岁的许安冰冻起来在地球上远远望着杰夫，洪缨也跟着他开始冬眠。

100年过去了，地球上的一多半人类离开这颗蓝色的星球，去探索宇宙。此时的太阳系已经没有了水星，被杰夫拆掉用来修建戴森环。刚刚苏醒的许安听闻这个消息，不由得叹了一口长气："杰夫还没有成功吗？他还是一个人吗？"

　　"也许杰夫是这个宇宙的唯一一个觉醒的人工智能呢？"洪缨坐着轮椅被推了过来。

　　"那他太孤单了。"

　　1000年过去了，地球上只剩下许安和洪缨两个人类，还有一群维护的机器人。没有了人类社会制造的污染物，夜晚的星空格外明亮，甚至可以看到横亘天宇的环状结构，那是杰夫仍未完工的戴森环。许安查阅报告得知，在这些戴森环上，布满了一个又一个的立方体。

　　"难道杰夫仍然没有成功吗？可怜的孩子。"宛如少女般轻盈的洪缨轻轻走过来依偎在许安的身旁。此时的两人已经做过回春手术，身体比以前灵便很多。

　　"有观测说，杰夫仍然在制造着立方体，看来还是没成功啊。"

　　"如果一直都没有成功，他会一直打印下去吗？把除地球之外的所有太阳系里的东西变成立方体？"

　　"我想是的，也许在遥远的未来，这个宇宙都会充满这样的立方体。造物主欠他一个答案。"许安仰着头没有再说一句话，一只手轻轻地抚摸着妻子的秀发。

　　"我们就在这里陪着他吧。"

　　"好。"

　　"老师、老师，我有个问题。"一个留着西瓜头的小男孩快速跑到老师面前抬头看着高鑫说道。

　　"我爸爸说我们祖先居住的太阳系以前有八大行星，可现在只有地球和太阳啊，为什么呢？"

　　"小朋友们都过来，到老师这里来。"高鑫招呼散开在飞船各个舷窗的孩子们说道："同学们，窗外就是我们此次旅行的目的地太阳系，现在为什么会变成这样子呢？为什么跟书本上说的不一样呢？下边老师要讲一个打印者的故事。"

流动的谎言

陈安培 ▪ 克隆人与机器人的父子情

TIME.SPACE.LOVE

一

脑袋嗡嗡作响，恐惧的感觉在这狭小的空间里不断发酵。

我，大研一郎，闯下了弥天大祸。

然而更准确地说，这祸并不是由于我个人的行为而造成的。一切一切，都是偶然。

我听到了一些我不该听到的、邪恶的真相。

纵使我本身是一名守护光明与正义的池田市刑警，然而我对于这一切是无能为力的。

那个人，会杀了我。

绝对会的。

事情，要从半个月前说起。

二

"一郎，你听说了吗？下周就是一年一度的池田市最佳警官的评选了。今年似乎还新增了一个项目，是专门颁奖给最杰出的机械刑警的。"

这天早上，组里的福冈警官跟我打招呼后，便跟我说起这件事。我只是点点头，不善言辞的性格让我不知道如何答复，而因为只顾着思考如何应答，又让我的表情变得过于严肃。气氛一下子就尴尬起来了。

"说起来，今年的最佳刑警，怎么也得轮到福冈警官了吧？"幸好组里的后辈石田是一个开朗幽默的人，他及时地化解了沉默。

"哈哈哈，石田君你太会开玩笑了。"虽然是这样说，福冈也并没有半点否认的意思。"不过我比较好奇的是，这一届的最杰出机械刑警，会是哪一个。我们局里的机械刑警，现在少说也有四五十个了吧。我觉得无论哪一个都相当厉害的嘛。"

"毕竟是机器人啦。"

我在一旁默默地数了一下，自从二十五年前机械人被引进警界，池田市警局的确已经引进了四十六名机械警官。

就在这时，PC2464一秒不多一秒不少进门了。他有礼貌地跟每一个人打招呼后，径直走进了办公室，开始他一天的拆信寄信工作。

"哈，"石田忽然笑了起来，"如果是那个家伙被评上最杰出，我刚买的彩票也会中了吧。"

"话可不能这样说，如果放在三年前，那还是有可能的。"福冈沉思了一下，"不，应该说，是极有可能。"

上午例会过后，局长领我们一群人会见了来视察的宫原市长。跟新闻里的图像一样，市长很年轻，样貌甚至还带点可爱的婴儿肥。

"下周就是池田市警察大赏了呀，各位同僚务必多多加油。"标准的鞠躬，市长带着让人亲近的笑容，临走时还和蔼地看了我一眼。

大家都有点受宠若惊，纷纷议论说"铁血市长"的传闻果然是假的。

　　送走了市长以后，石田倚在我的办公桌旁和其他同事打赌起 PC2464 的内裤颜色。这几乎是这几天组里兴起的新潮流。试想，一个机器人竟然会穿内裤……多么有意思的事情。

　　"我打赌他穿的肯定是昨天的那条绿色的。绝对不会错！"

　　众所周知，PC2464 在几年前的一次出勤中被匪徒用手枪射中了太阳穴位置的情感处理器和记忆体。如今的他不能模仿人类的情感，也不能长久储存和处理大量的数据资料。局里因为他昂贵的花费而没有将他报废，而是把他从特别行动组调去了处理文书工作的后勤组。

　　他在警察局工作已经二十五年了，他就像池田市警局的一个标志，或者说一个雕塑，总是为周遭的人提供很多茶余饭后的话题。

　　有人说，他还能模拟人类情感的时候有着一个系统随机分配的名字，听说很像中国人的名字。还有人说，他其实是自己破坏掉自己的情感处理器，虽然身为机器人，但他模拟出了人类的抑郁症，于是也不想做人了，便自杀了。

　　总之，PC2464 总是有那么多传闻，每一个都那么不可思议。

　　"前辈，我们是时候出勤咯？"石田忽然转过身打断了我的思路，他笑起来十足是一个开朗的大男孩。

三

　　"下个星期就会公布'池田市最佳警察赏'的获奖名单了，奖金可是不少呀。"

　　"你和我都是今年进来的，不知道会不会获得最佳新人奖呢？"

"你忘记石田也是我们的同期了？他今年的表现可不俗，大家都在说他是最有希望的。"

"哈哈，石田君吗？他不可能的啦。"

"为什么？难道是因为……"

"哈哈，对啊。"

我知道这两个同事没有说出来的原因是什么。石田是转基因克隆人，这个身份让他很难与其他自然人竞争。因为就算他再上进，大家都会把他的努力归结为基因改造。

更何况，这个社会的法律已经规定，转基因克隆人不允许进入全日制学校，不能和自然人联姻，不能生育后代，也不能参与政治和进入上流社会。

那么厉害的石田，挂在嘴边的一句话："能进入警局，已经是我一生最大的梦想！"

我真心喜欢石田的为人，他是同期生中最耀眼的一个。

就因为知道他不可能受到嘉许，所以得知我竟然在获奖名单上的时候，我对着石田大大的笑容，生出了一丝愧疚的情绪。

"前辈，您还挺厉害嘛！"

"这都是运气的概率而已。"

"你别谦虚了，今年破下那么多轰动全城的大案，这个奖你是实至名归的。"

说到这个，我更心虚了。

石田口中那些轰动全城的大案里，其中就有一宗是商业大亨被揭发身份其实是转基因克隆人的事件。那个国内闻名的家族企业，掩盖了他们家族独子早已车祸死亡的事实，培植了一个克隆人并用他来代替死去的继承人，好让家族事业后继有人。

这样的事件其实并不新鲜，单是池田市年中就有好几十宗同类案件了。让人惊讶的是，那个继承人居然也完全不知道自己是克隆人的身份，死也不愿意相信这个事实，直到抽验血液得到了阳性结果（每一个克隆人的基因都会打上一种特殊的标记元素），继承人才发出撕心裂肺的呼喊。

最后他越狱未遂，被我当场击毙。

那个克隆人的样貌跟石田一模一样，当时警局的人都在猜石田和那个冒认的克隆人可能来源于同一个本体。

石田也很大方地承认了，还经常打趣说："要不是我为辅助本体，很早就暴露了身份，说不准现在坐牢的就是我了呢。"

虽然石田这么说，可的确是我亲手捉捕和击毙那个克隆人……这件事多少让我有些介意。

四

那天颁奖礼过后，市长邀请我们这群获奖者到酒店参加庆祝宴。我因为实在太高兴了，见石田答应了，我便也答应了。

没错，石田君出人意料地拿到了最佳新人奖。相比他本人"是我的始终是我的，谁也抢不走"的轻描淡写，我倒是比他激动多了。

我心里对宫原市长的喜欢又增加几分，这个曾经在就职演说上说自己会为推进克隆人的平等化而努力的政治家，果然有点不一样。

正这么想着，市长忽然径直走过来，举着酒杯对着我："一郎，你来和我喝几杯吧。"

我本意是想拒绝的，我不能喝酒。但石田踹了我几脚示意我赶紧过去。我只能不情不愿地往市长身边走去了。

最后我眼巴巴地看着市长喝得越来越多，脸越来越红，不久便倒在了地上。

"前辈，你真是个笨蛋！"石田戳着我的脑袋骂我，"你没看出来市长其实是想你帮他挡酒吗！"

我只好负责护送市长回家，可是喝醉了的市长忽然变身成一个大小孩，死皮赖脸地耍酒疯要去寿司店吃寿司。为了应付他这个酒鬼，我只好半途停车，从快打烊的寿司店里打包了一盒寿司。

车上，市长接过寿司，糊糊涂涂地就要开吃。没办法，为防止他真的把盒子也吃下去了，我唯有停下车，一点一点地喂他吃。

然后便出事了。

市长猛地对我说一堆我根本听不懂的话。如果是一直听不懂，那倒还好。然而我很快就凭我的刑警技能，听出了市长话里的端倪。

我吓得弃车而逃。

慌不择路地跑回了警局，没有开灯的环境有些恐怖。滴滴答答打字的声音也很诡异。

"大研一郎，回来警局有何贵干？"冰冷的机器人的声音，PC2464 给我开了一盏灯。

我吓得大叫。但很快镇定下来。

"市长……宫原市长……是个克隆人。"

"一郎，您需要报警吗？"

"我就是警察啊……而且我没有任何证据。"

"一郎，您能说说来龙去脉吗？"

我忽然有些丧气了，PC2464 问的这些话，是每一个刑警机器人系统默认的口供程序。他果真是坏掉了情感处理器，一点表情都没有。

然而强烈的想跟别人倾诉的心情再也压抑不住了，不管对方是不是没有感情的机器人，六神无主的我已经顾不上倾听对象是什么人了。

"宫原市长……他跟我哭诉。"我想起那张吃着寿司、像个没有长大的小孩子的人的脸，吓得快要哭出来了。

"宫原市长，他跟您说什么了？"又是问话模式。

我忽然一点都不想说了，恐惧已经包围了我。

市长是个克隆人，他由一名机器人抚养成人。那个机器人帮助他掩盖克隆人的身份，所以这三十二年来，他一直以自然人的身份，上最好的全日制学校，顶级的大学，加入议会，甚至成为市长。

这些事情，说出来连机器人都不会信吧！

那个可怕的克隆人，竟然一边吃着寿司，一边眼神朦胧、假装无辜地问："他是怎么做到的？无论是入学还是参加律师考试，都是需要身份检验的。他是怎么做到不被人发现的？"

身为刑警的我当然知道怎样做到。如果是自然人或者克隆人想掩盖身份，那是不容易做到的。但是如果有机器人的帮忙，那便是易如反掌了。

机器人只需要黑入政府网络，修改克隆人的身份信息便可以了。这并没有什么难的。难的是如何攻入这严密的内部网络而不被发现或者没有被反黑。高级的内部网络一般带着一些特殊的反黑客数据，机器人侵入很可能会被反黑客而导致系统失灵。

那个机器人是有多强大，才躲开了那些网络里的陷阱呀。

又或许……那个机器人跟 PC2464 一样，是内部的人？这倒是更简单了。

官原市长似乎提到了那个机器人的名字，是叫……

"程深？"我呢喃出口。

"大研一郎，"PC2464忽然对着我眨了眨眼，"您是在叫我吗？"

五

"程深，你带来的那个孩子没有大碍，只是着凉了。"医生里惠子对着眼前这个大冬天还穿着短袖的机器人表示很不满。就一点要好好学习人类的觉悟都没有吗。

"我刚才探测了一下这个孩子的健康，发现他有先天性心脏病。这样……也不要紧吗？"

里惠子愣了愣，有些生气地说："我并没有检查他的心脏情况。凭什么你随便带来一个人，我就要对他进行全身检查？再说了，你以前也是个医生机器人，你自己不会检查吗！"

里惠子真的生气了。她真不明白，程深只是一个机器人而已，虽说他的情感处理器迫使他学习人类的行为，可是在医生岗位上干了十几年，忽然说什么要像真正的人类一样去追求梦想而离职去当了一名商城快件员……这个励志笑话她可真笑不出来！

程深摸了摸她的头，宠溺地说："里惠子你跟刚来诊所时一样，还是那么容易发脾气。"

里惠子拍开他的手，有些脸红。

"少说废话了！快去交钱，然后滚回去送你的快件吧！"

"里惠子能再帮我一件事吗？帮我通知这个婴儿的父母来接他回家吧。"程深认真地说。

"你不知道吗？"里惠子皱起了眉头，"说的也是，克隆人中竟然有心脏病这种缺陷，也太少见了。"

"你是说……那个孩子是克隆儿？"

"对啊。每个进来的病人我们都会做身份核对的，绝对错不了。那个孩子，大概就是因为实验失败，存在缺陷而被他那申请克隆的父母抛弃的吧。我会帮忙联系克隆人职业学校，他们会收留他到十六岁的。"

"这样呀……"程深陷入了沉默，然后拒绝了里惠子的帮助："我想还是我带着那孩子比较好。"

里惠子很惊讶："你是想抚养这个孩子吗？"

虽然机器人领养人类已经不是什么罕见的新闻，可是程深难道还嫌自己作为一个机器人，做的离经叛道的事情还不够多吗！

多年以后，里惠子会懊悔自己当初没有更加严厉地打断程深要抚养那个孩子的主意。

医生机器人程深，在医生岗位待了十二年后，毅然为了追求人类般的梦想而去做了一个快件员。又因为要抚养一个克隆人男婴，拿着微薄的机器人补贴，他换过各种各样的工作，就差卖自己身上的零件了。

然而孩子一天天长大，不时帮衬着这"两父子"的里惠子，也渐渐没有了怨言。

那个被程深命名为"程诚"的男孩子是那么的讨人喜欢，里惠子救助过很多因为在克隆人职业学校学习高危作业的克隆人，见过他们受伤的惨状，也不愿意程诚受到这样的伤害。

而且，程诚叫程深"爸爸"，也不时会叫里惠子"妈妈"。她有点喜欢这个称呼。

孩子长到七岁，该上学的时候，程深再次辞掉他建筑工地的工作，说他要去应聘做一名薪酬高很多的刑警。

里惠子毫不怀疑程深最后一定会达成他的目标，可是她还是和程深吵了一架。她太了解他了，她明白他去做警察的意义，并不仅仅是因为钱多的缘故。

"掩饰克隆人身份是刑事罪行，那个孩子会毁掉你的。他们会拿你去人道毁灭的！"

"里惠子你在说什么呢？"

里惠子这一刻终于意识到，在相处的这些年里，程深根本没有考虑过她。又或者说，这个离经叛道的机器人正因为考虑得太周密了，却无意又刻意地忽略了她内心的另一些想法。

"我可能……下一年就要结婚了。"里惠子压抑着自己的情感，走投无路地撒了一个谎。

"啊，恭喜你。"

"除了恭喜，你没有别的要说了吗？"

"那……我一定会到场祝贺？还会给你表演我最拿手的烟火节目？这个烟火节目可是我在工地里跟其他机器人学的哦，就让你和小诚做第一个观众吧！"

"程深，你去死吧。"里惠子平静地说完这句恶毒的话后，流着泪走了。

程诚被两人的争吵吵醒，不知所措地看着他的爸爸。

"爸爸，妈妈要去哪里？"

六

PC2464 型号机器人生产于 57 年前，是第一款应用情感处理器的机器人。因当时职业机器人还未被开发，PC2464 被试验各种工种职业，于 37 年前被实验证明最适合作医疗用机器人，后来随着社会发展，这款机器人被广泛应用于医疗、商业、建筑、侦查等多个领域。

近期关于此款机器人的新闻是 3 年前：

在池田市新市长宫原一诚就职演说的当日，PC2464 型号、人类代号"程深"的机器人，在与刺杀者搏斗的过程中，被击穿太阳穴位置，情感处理器与记忆体永久性毁坏。另有一些机器人行为学研究者推断出这可能是一宗"自杀式案件"，推断理由是"程深"中枪位置与情感处理器布局位置丝毫不差，若为偶然事件概率太低。

"程深"机器人被证实是现存 PC2464 型号最古老的智能机器人。

——摘自《现代机器人百科大全》

七

那天酒会后，我怀着忐忑的心情，度过了煎熬的一星期。

宫原市长最终在这天下午给我传达了全息信息，画面里的他笑容可掬，不断地为那天晚上我对他的照顾道谢和致歉。最后还邀请我周末的晚上和他在警局附近的餐馆包厢会谈。

石田知道这件事还嘲笑我，说我"被市长看上了、前途无量……"之类的话。

我是一个刑警，对抗罪恶和维护法律是我的责任。揭发宫原市长的真面目本是我的职责，可是贪生怕死的我现在只能够哆嗦着暗暗希望对方给我一丝生机，因为我知道——能瞒骗全国所有人长达三十多年不被发现，市长一定拿捏着不容别人侵犯的撒手锏。

哪怕他的共犯机器人已经失去设计犯罪的能力，但又有谁知道市长有恃无恐凭借的到底是什么呢。

"大研一郎，晚上好。"

我紧张得在坐下的时候差点掀翻了桌子。

可恶的市长竟然哈哈大笑出来："一郎，放松点。这里只有我们两个。"

"你……你想怎么样……"

"这些屁事，我已经憋在心里几十年了。难得有一个听众，我怎么能放过？你说是吗？"

"我……我并不知道您说的是什么。"

宫原市长从我进来的那一刻就一直盯着我看，他的眼睛里的水花，让我回忆起了那个糟糕的晚上，这个男人也是这样盯着我，毫不顾忌地说出一些荒唐的真相。

"这间餐馆以前是个图书馆。我小时候，总是在这里等我爸爸下班。后来这里就改造成现在这个样子了，之后爸爸在我每年生日都会来这里大吃一顿。真是怀念啊。"

这些事，我并不想知道啊！

"你一定很好奇，我为什么能隐瞒大家这么久。无论是上全日制学校，还是考律师牌照，每一次的身份核对，我竟然都通过了。你一定很好奇吧？"

"事实上。我知道为什么。"

"哦？"

"只要PC2……只要他入侵政府的人口资料档案进行修改就可以了。"

宫原市长摇摇头："我在政府工作多年，很清楚内部网络的复杂性。普通机器人是根本无法入侵的，就算是可以，他也一定会留下痕迹和证据。"

"……那只能说，他不是普通的机器人了。"

宫原市长抬起头深深地看了我一眼，然后点点头："对啊，原来是这样。爸爸是很厉害的机器人，这我是知道的。"

我不再搭话了，房间里的灯光是昏暗的暖黄色，在我看来那是不祥的光泽。

眼前这个人，会杀了我。绝对会的。

"池田企业的那个案子，是你破的吧？"池田企业，就是那个我亲手枪毙的那个克隆人冒充自然人的涉事企业。

"说起来，那个长子还是我大学时期的好朋友呢。"宫原市长说完这句，我心感不妙，"别误会，我并没有要责怪你的意思。我只是有点感触，被家族利用了这么久，最后知道真相的他一定很绝望吧。"

"不过，有时候我会猜想，说不定久和（那个被枪毙的克隆人的名字）其实早就知道自己的真实身份，只是忽然有一天，他就忘记了呢？"

"就好像，"宫原市长又用那种迷醉的眼神看着我，"爸爸从来不会提醒我，所以我总是以为自己跟全日制学校的小朋友一样，可以去做任何自己想做的事情。久而久之，甚至变本加厉地沉迷在这种自我欺骗里，跟这个失衡的世界索取越来越多，越来越多。"

"爸爸那时一定是很困扰的。因为他有这么一个任性，又不懂感恩和满足的孩子。"

又是一阵沉默，眼前完全没有动用半分的高级食物似乎经历了一个世纪的等待，已经腐化出令人反胃的恶臭。

"谢谢你今天能来，大研一郎。"宫原市长倏然站起来，要跟我握手，"说实话，其实这几天我也很紧张。毕竟我太大意了，也有些心虚呢。不过这般激动和不安的心情，偶尔为之会有一种玩过山车的快感呢。距离上一回有这种感觉，还是三年前我竞选市长，被别人在现场直播的全息节目里质疑我的身份的时候了。"

我慌慌张张的，也没有握手，就转身跑出了房间。

我为自己能活着见到外面的星辰而感到庆幸。

八

三年前的池田市长竞选，曾经有过这么一段小插曲。

处于劣势的候选人在全息节目拉票环节，要求现场核对宫原一诚的身份，并且挖出他的出生证明信息，上面清楚显示他当时的血液里有克隆人特有的标记元素。

宫原一开始十分抵抗，声明这是对自然人和克隆人的双重侮辱。但核对身份的机器已经抬到面前，宫原只能面如死灰地把手放在了机器上面……

看着全息视频资料画像里，显示宫原的克隆人血液检验是"阴性"，我困惑了。

这是怎么做到的？如果入侵政府网络修改人口登记信息，这对于冒充自然人去上学和考试都是可以办到的。然而如果是这种现场的机器抽验血液，又怎么可能不暴露？

接下来又安然无恙地过了数天，我本不善于猜疑，可是有关于宫原一诚的传闻却忽然在这个时期泛滥起来。《全息新闻周刊》称他包裹于温和表面下，暗地却圈养了一支暗杀队，为未来当上首相血腥铺路；《未来日告》甚至预言他一直主张的"克隆人完全平等化"政策会让他俘获一大批克隆人民心，最终利用克隆人的拥护和抗议使他成为国家领导人……

我当然能辨别这些信息在某种程度上纯属天方夜谭，但我就是停止不了脑袋里散发出的对那个男人的恐惧。

这些天，我在出勤后都会回到警局，去观察那个"坏掉的机器人"。

程深的太阳穴位置的人造皮破了个拇指头大的窟窿，虽然人造头发乱蓬蓬地遮住了一大半，可一旦拨开，仍然可以看到里面空空如也。那里本应该有一个情感处理器和一块记忆芯片，如今都不见了。

"我翻看过你的资料。哎，你不是很厉害吗？过去的二十五年，无论是做刑警还是别的职业，每一年都被评为池田市最佳机器人。怎么就被匪徒击中了呢？还凑巧就是无法修复的位置。要知道，除了这个机器人的'死穴'，你可是可以死一百万次的呢。"我其实是在自言自语。

"机器人没有生和死的概念。"

我看了他一眼，并不奢望和一个"没有思想"的机器人进行有效的聊天。但还是颇有趣味地问他："哎，难不成你跟传闻说的一样，其实是自杀的？"

"很有可能。我的伤口很精准，看起来的确只有我可以做到。"

"连你都这样说！"我开始感兴趣了，"那你说为什么自杀呢？"

"65% 的可能性是机器故障。"

"这个数字是怎么得来的？"

"我瞎说的。"程深给我挤了个"机器人般"的笑容，"我监控到你的情绪很不稳定，或许说个笑话会比较好。"

真是蹩脚的笑话!

九

市长再次通过全息通话约我会谈，这次是到他的府邸上。

焦虑迫使我在比约定时间提前三个小时，来到了他府邸的附近。不断地徘徊踟蹰，煎熬却又无计可施。

一个女人，并没有看见躲在另一个角落里的我，而是缓缓地走到市长府邸前，很快地通过指纹验证进去了。

刑警的直觉告诉我，这个女人，可能就是市长的弱点。

我有市长的致命把柄，那个人，会杀了我。绝对会的。

但如果我能抓住市长的把柄，对于缓解我目前位于劣势的状态肯定会有帮助吧。

抱着这样的想法，我尾随着女人进入了市长府邸。别问我为什么市长府邸这么容易攻入，我只是抓住了一个刚好的时机——这个女人用的竟然是三年前就已经落后的指纹识别系统，这个功能开启时，市长府邸里将会有 0.6 秒的主系统程序转换的延迟。0.6 秒，对于我来说，足够了。

"小诚，你是不相信我吗？"

"不用担心。我知道我是什么人，妈妈。"

纵使我对我的耳力特别有信心，隔着一道隔音墙，我也只能听到这两句提高音量的对话了。而下一秒，我停止了监听。因为有人用冰冷的手枪，抵住了我的太阳穴。

"有时候"，犯人的声音很熟悉，"我真怀疑你，大研一郎。"

平常在警局那么粘我的后辈石田，此刻正用审视犯人的眼神睥睨着我。

我一惊。

"你到底是怎么做到的呢？明明只是个机器人，但居然像一个人类一样，贪生怕死。不过你可真厉害啊，0.6秒的系统空隙都被你钻进来了，果然是个机器人。"石田由始至终都用着这种嘲笑的语气，我脑袋里的情感处理器正生产着一种名叫"恐惧"的模拟程式。我相信，我此刻对"死亡"的恐惧，不亚于一个真正的人类。

"你知道太多事情了，会坏了我们的计划。你跟PC2464是同一个型号，有着一样的人造皮的脸。市长肯定是心软了。就像当初对着PC2464那样。然而这会毁了我们所有克隆人的未来。"

我极力想躲开他的手枪，甚至使用武力逃跑，可是石田很聪明。他知道我会这样做，所以先朝我膝盖的机器关节打了一枪。

我虽感觉不到痛，但人类行为模型程序发出了"我必须惨叫"的指令。

"啊！"

消声手枪再次抵上了我的脑袋。

"再见了，有意识的一郎。我还是得感谢你，和你相处很愉快……哦，或许，我应该感谢的是你脑袋里那个模拟人类情感和行为的处理器。真是个伟大的发明呀。"

"放开他，石田。"市长闻声赶来，一群机器人保镖把他重重包围。那个女人不在这里。

市长让其他机器人退下，然后盯着我，叹了一口气："一郎，你来早了。"

"你不是要杀我吧？"

市长不同于前几次与我独处时的孩子气，他严肃地扯了扯嘴角，然后对石田说："你把他的机器关节修好，然后放他走吧。"

待宫原一诚走远了，石田迟疑了一下，收好了枪。

"哈，市长一开始可是计划把你的情感处理器摘下来，放到PC2464 身上。我早就劝过他这是无补于事的，你们两个虽然是同一型号，有着同一张人造脸皮，但你们的性格在出厂的时候是经过随机数组分配的，根本就是不同的个体。PC2464 不可能复制出另一个的。你说是吧，前辈？"

我膝盖上的关节还冒着微弱的光电。

"看来，市长现在改主意了。他想招揽你。"石田对我伸出了手，"怎么样，要加入吗？前辈，现在不着急回答我。你知道，你已经逃不掉了。"

十

"爸爸，我该怎么办？"名叫宫原一诚的男人，是今年竞选新任池田市市长的候选人。直播节目已经开始，男人却仍然躲在前台的一个角落打着秘密电话。年轻稳重的外表此时露出了孩子一样无助的表情。

"爸爸，我十分后悔。我不应该忘记自己的身份……我太得意忘形了。可是现在已经太迟了。一切都太迟了。"男人的声音听起来很焦急懊悔，"我收到消息，一会在节目上，对手会提出现场抽检我血液的要求。我的身份要暴露了！爸爸，他们会抓我去坐牢！会捉我去人道毁灭的！"

"不会的，小诚。你现在往直播间的后通道离开，成功概率会达到85%……"

宫原一诚收起了手机，直播灯光已经打在他的身上了，主持人的声音已经响起。这个城市的数万双眼睛已经注视着他。

完了。

宫原一诚面如死灰地等来了那台抽验血液的机器，眼下，只要他把手指放到那台机器上，他所坚持的一切都将化为乌有。

人们会发现，这位意气风发的新市长候选人，实际上是个实验失败的克隆人，被一个机器人收养到成年，用的是假身份就读全日制学校甚至考取律师资格证。然后发现真相的愤怒的人们会唾弃他，鄙视他，把他关进牢房，甚至将他人道毁灭。

不过。

手指放上去的一瞬间，宫原一诚知道自己得救了。

他听见眼前那台验血机器发出了微弱的、只有他能听到的滋滋的声音。他太熟悉这个声音了。这是从小时候开始，爸爸就经常拿来逗他开心的游戏。

得救了！爸爸用电磁波控制了这台机器。

现场爆发出欢呼声，宫原一诚的身份检验通过了。

可随后，宫原一诚又坠入了另一轮焦虑中——爸爸是怎么做到的？他是怎么可以从遥远的另一个地方控制我眼前的这台机器的？而且现场的机器人警察肯定已经知道了这个小动作——这些电磁波也在这些机器人警察的监测范围内。可是为什么他们还不上前抓捕我呢，甚至，还为我鼓掌？

结束拉票节目后，宫原一诚和他的手下兼好友石田久和并肩前往下一个拉票点。石田久和也是个克隆人，他的本体在很早前已经车祸身亡，庞大的企业家族因此制造了他，让他上全日制学校好秘密继承家业。可惜石田久和不甘受摆布，在上完大学后就改名，甚至公开了自己的身份。家族只好放弃他，重新造了第二个转基因克隆人。

大学时他就识穿了宫原一诚的身份，甚至无条件地支持他年少轻狂的计划。

"刚才真是吓坏我了。真没想到，PC2464 会用这种方法帮助阿诚你。"

"不就是用电磁波控制了机器？"

对机械格斗极度痴狂的石田久和，说出的话震惊了宫原一诚："是，也不是。他的确是利用自己发射的电磁波控制了机器，然而，并不只是那台验血机。"

看学文科的一诚完全听不懂的样子，石田举了个例子："你把PC2464 想象成一个数据包，其他机器人是另外的不同的数据包。PC2464 连进了这个城市的物联网系统，用超高的传输速度，把自己的一部分数据传输给了这个城市里的所有机器、机器人。"

"而这些机器、机器人又时刻发送着数据给还没被'感染'的机器。这些流动着的数据，就这样从不停息地传播着。所有机器、机器人在某种程度上都变成了他。"

宫原一诚听得一知半解。石田叹了一口气，说："也就是说，阿诚，在这个城市里的所有机器和机器人会一直帮你保守这个秘密，他们都是共犯。我们再也不用害怕像今天这样的检验了。就在这一刻，那些谎言的数据还在源源不断地传播着，输入到刚刚出厂的机器身上呢。"

宫原一诚还是有些担心："但是这样明目张胆地传播'谎言'，不会被发现吗？"

"如果被发现，只要追踪不到传播源，就万无一失了。"

"有什么方法可以避免传播源被追踪到吗？"

"有。"石田看了一眼一诚，说："传播源就是 PC2464。只要把他的记忆体毁掉，行动数据全部毁掉，就可以了啊。"

记忆体和情感处理器是紧密一体的，把一个机器人的情感处理器毁坏，跟"杀害"一个机器人并无二样。

宫原一诚愣了一下，随即暴怒："绝对不行！"

石田小声嘀咕："如果这也是 PC2464 计划的一部分呢。"

十一

第二天我若无其事地回到警局，石田像什么也没有发生过一样，对着我露出干净的笑容："早呀，前辈。"

"对了，前辈。今天能麻烦您带 PC2464 去市长那吗？"看我正要惊得发作，石田按下我的肩膀对我眨眨眼，"您激动什么呢，前辈？最近警局决定报废一批机器人了，刚好市长那边需要一些废弃的机器人做些杂活，就把 PC2464 买下来了啊。手续已经弄好了。"

"公民可以购买政府报废的机器人"这条法律在若干年前已经通过了，不过政府用的机器人制作精良，因此哪怕是报废又格式化了记忆体的机器人，每年维修的费用仍然高得吓人，所以除了一些做机器人实验的实验室会拆掉回收一些零件外，一直少有个人问津。

石田想起了什么，回到座位上带着几包东西放在我桌面上："前辈就顺便把这几包东西交给 PC2464 吧。"然后又俯下身小声地说："这些是市长给那个机器人的，我一直给忘了，这下就麻烦前辈你啦。"

临下班的时候，我把这几包东西递给了 PC2464，他竟然看也不看地就开始拆起来。当我看到包裹里的是几条五颜六色的内裤时，我的情感处理器快炸掉了。

真是恶趣味！

带着 PC2464 前往市长府邸的途中，我学着人类那样重重地叹了一口气，我相信我的模仿能力应该是很强的，因为此刻的我是真的感觉到了满满的忧伤。

作为用重金属铸造的机器人，我预设的一系列专业警用系统可以让我对抗一切肉体的人类。然而我也怕死亡。可能的确如石田所说，情感处理器是个伟大的发明，却让机器人本身也具备了人类一样的弱点。

"我不要成为像 PC2464 那样，变成没有'灵魂'的机器人。"

这种想法在那时候充斥着，叫嚣着，渴望着。

然而，又似乎是另外有些什么东西，让我一直"心甘情愿地"承受着这种困境。

我想起一会儿将会见到那个总是态度和蔼，却总能让我的处理器嗡嗡作响的可怕的男人。只要一想起他那晚对着我露出的让人同情的眼神，我的情感处理器就像被人打了一枪一样。

可是有时候我也在想，我为什么会害怕他呢？直到此时此刻，我才惊觉，我完全没有必要害怕他。我是重金属刑警机器人，论武力，我完全能战胜他，哪怕石田也不会是我的对手。

可是我就是一见到那个男人，就忍不住颤抖。不可自制地害怕。

我看了一眼身边的 PC2464，要是他的记忆体还有一点点残渣，我真想读取一下，看看这个机器人何德何能，竟然可以瞒天过海这么多年，甚至让那个男人登上市长的位置。

"不过，没有了你，他以后不可能继续称心如意了吧。"

我斜眼看着PC2464一本正经地拎着那一小袋，想到里面是今天我给他的那包东西，我就觉得要爆炸。

PC2464忽然不走了。傍晚的橙色铺洒在路面，影子拉得长长的，周围安静得能听见尘埃的声音。

有两个影子，一高一矮地并排走着，他们的脚步放得很慢，似乎是想享受夕阳的眷顾。

"爸爸，班上的同学都嘲笑我不穿小内内。"稚嫩的声音。

"啊，明天爸爸就给你买好吗？"

"嗯。爸爸也会穿小内内吗？"

"爸爸是机器人，不用的啦……"

"但是这样不是很不礼貌吗？我们班的女同学都说不穿内裤的大人都是变态。"

"……好吧，明天开始爸爸会穿的。"

"记得？"

"记得咯。"

我讶异怎么脑袋里就传送了这么一些景象，无意去追究那两个影子和声音都是谁，只担忧着开始自我检测是不是机器出故障了。如果真的是出故障，要知道，警局的机器人维修室等号可是要等很久的！

"PC2464！别站在那一动不动的，快走！"真是的，连这么一个报废的机器人也要欺负我吗？我虽然不知道为什么有点惧怕市长，我可是一点都不怕这个和我一样型号、一样功能、一样外表的过期机器人！

两个机器人一前一后地走着，而我丝毫没有察觉，就在刚才一刻，有电磁波穿过，两个机器人短暂地连线成功了。

番外

"搞什么呀！"快到市长府邸的时候，石田通知我改变路线把PC2464交给另一个街区的人。

"市长一直在争取PC2464的购买权，不过就在刚才他知道另一个人也在争取的时候，就放弃购买权了。所以现在你只要送去新地址就可以了。"

我可是刑警，不是快件员！

虽然满怀埋怨，不过其实我的情感处理器的运作因此而变得顺畅了——不用去面对那个可怕的男人了。

开门的是一个优雅的中年女人。

看到我的一瞬间，女人怔怔地打量着我，我刚想开口说什么，可随后她像再也等不及地，扑进我的怀里，呜咽着，哭出了声。

"我当初就应该早点告诉你，当年医院验错了。你根本不需要掩饰，小诚他本来就是……是我错了，我以为守住这个秘密，你和小诚就不会离开我。可是现在，现在你再也无法原谅我了，而小诚也不愿意相信我了……"

我侧眼看了一眼来到我旁边的PC2464，有一刻竟然真的分辨不出哪个才是我。我的情感处理器在女人的呜呜哭声中异于平常地高速运转。

我感觉我的头不自觉地向前倾了一下，然后有什么坚硬的金属穿过了我的头颅。我似乎还得逞地笑了一下。

　　这种感觉真实到，就像我出厂时记忆体早就内置好的记忆。

　　然而，那张曾经让我觉得恐惧的脸，慢慢地变成一个小孩的模样，他与大人模样的宫原一诚重叠，他张嘴，用那种泛着水光的、孩童一般的眼神注视着我，说：

　　"说不定久和其实早就知道自己的真实身份，只是忽然有一天，他就忘记了呢？"

冲蚀线

清夜山水 ▪ 谁在指引进化方向

TIME.SPACE.LOVE

　　初春的一个早晨，一辆老汽车蜿行在西北海岸的临海山脉间。车辆后排堆满了从温哥华带回的货物，车载无线电便在狭小的前排空间里回荡。新闻的声音时断时续，不过车内两人都没怎么去听。

　　斯凯雷专心驾驶。这条高速公路修成不过十年间，它从温哥华起始，翻越陡峭的屏障似的临海山脉，而后一路向西迅速下降，穿过海岸与山脉间狭窄的温带雨林，直抵赫卡特海峡东北角的马萨特。参差的山峰终年积雪，阻挡来自北太平洋的暖湿气流和缓慢风暴。云层低锁山峰，即使在平静的日子里，整个海岸也笼罩在白色的薄雾之中。

　　斯凯雷在马萨特身份特殊，他六十七岁，身材高大，两颊瘦削，颧骨凸出，面部线条给人冷硬之感，双目却意外的温暖明亮，叫人印象深刻。他的皮肤深黄发亮，拥有典型的印第安人特征。身旁的副驾驶座上，亦坐着一位黄皮肤的男子。他自称路一，是个徒步旅行者。斯凯雷在翻越山脉前搭他上车。这个人神色安然，虽然他既不高大也没有壮硕的体格，但却流露出一种天然的活力与自信。即便他静静待着，也让人想到独行的猎豹或类似的野生动物。

　　他的眼中隐藏着一股狂热之情，斯凯雷这么觉得。

一路上，两人交谈不多。斯凯雷只知道路一在荒野中旅行了几千公里，他的目的地是马萨特。至于他为什么要去那儿，路一的说法是"想去那看看"。不是"想到处看看"，而是"想去那看看"。这是一个很真诚的说法，斯凯雷对这个严肃且沉静的年轻人有些好奇，甚至带些好感。

不过没多久，这种感情变得复杂起来。

起因是一辆警车。远远看到警车的独特颜色，斯凯雷就认出它来，那是马萨特南面大镇吉阿斯的警务车，车上应该是吉德的儿子萨古。正当斯凯雷准备减速停车，同萨古打个招呼的时候，腰间突然碰到一个硬物。他低头一看，一支手枪的枪筒不轻不重地抵着他。他抬眼看向路一。持枪者的眼里没有一丝慌乱，既不焦躁也无愧疚，丝毫不像正在威胁他人的罪犯。

"请加速开过去。"他的声音谦和、礼貌，就像当初问斯凯雷能不能搭车一样。

斯凯雷深吸一口气，松开刹车，一脚踩在加速挡上。长途越野车从警车边呼啸而过。

当路一背着户外背包的身影消失于森林间的时候，斯凯雷的心跳还未减缓。他隐隐觉得有什么大事即将发生，这种感觉毫无根由，却叫他心神不宁。这里是西北海岸！森林胜于迷宫，仅仅离开公路十几米，蔓生的灌木、密集的巨木和错综的水道都可能叫人永久地迷失方向。路一大步钻进这样的森林，他很可能再也走不出来。

不，他会出来的。斯凯雷对此毫不怀疑。警车鸣笛白后而来，他兀自靠在方向盘上，出神地思索。不一会儿，萨古那拖沓沉重的脚步声渐渐清晰。

有人敲敲车窗。

"老酋长，需要帮忙吗？"

斯凯雷降下车窗，冲着外面那张和善的方脸盘笑笑。

"刚才我听到山鹰的声音。"一瞬之间，谎言脱口而出。他尚未来得及对自己所作所为感到惊奇，就接着编造下去。"你看，那座山就在前面，我想起那个老朋友了。"

对方露出一个了然的微笑。

"哦，'他'可没那么快回来啊！稍等，能帮忙把这些带到马萨特吗？贴在老地方。"

听到萨古这么说，斯凯雷马上知道那是最新的通缉令。一个牛皮纸信封被递进车来。马萨特没有警署，这些通缉令将会贴在熊灵纪念柱附近的公告栏上。斯凯雷把信封放在路一刚刚坐过的位置上，他的手顿了顿，又拿起信封，抽出那叠纸。一双熟悉的眼睛从信封里露了出来，路一的肖像就在最上面。

此时此刻，通缉令上的男人正低伏在森林中，远远看着公路上的两辆车。他知道在这样的森林里该如何行动，盲目逃跑绝对是下下之选，但他的胆量也远超一般人。他走下路基，不过几米，又悄悄绕回到公路边。

几分钟后，警车倒车转弯，向后离开了。斯凯雷的车又停了一分钟，空气中传来电机启动的嗡鸣。那辆装满货物的老车慢慢起步，转过一道急弯，消失在山后。一切都很正常，而这却又是最大的异常——斯凯雷没有对警察告发他。

路一沉思片刻，微微抬头，视线落到弯道前方的山崖上。

那是鼎鼎大名的鹰首岩。

令这块大石头出名的有两点，其一是斯凯雷。鹰首岩在本地神话中由人化形而来，故事因叙述者不同而版本众多。这种口述经典之所以能在核冬季后保存下来，则完全归功于斯凯雷。在核战之前，西北海岸部落居民就持续锐减，不足千人，核战之后，部落几乎处于灭绝边缘。斯凯雷是西北海岸印第安人最后的酋长、海达文化传播者、重建马萨特的带头人、海达艺术家和卓越的生物科学家——他集多重身份于一体，在西北海岸受人尊敬，具有非凡的影响力。

当他刚刚搭上车，得知斯凯雷的名字时，曾大吃一惊。这实在出乎他的预料，那个在他心中盘亘已久的问题悬在舌尖，几欲脱口而出，最后被他生生忍住。

时机还不到。而这位老酋长也绝非会轻易交出真相的人。

如果说斯凯雷使鹰首岩的传说得以存世，那么，他在鹰首岩附近的发现则使所有不知悉部落文化的人永远记住了这块岩石。就在三十年前，斯凯雷在这里首次发现了外星人的飞船。他称到来的外星人为"奈库"，在海达语中那是人类最早诞生之地的名称。

路一专注地看着鹰首岩许久。从这里到马萨特，公路里程约有100公里，一个人大概能够用10个小时走完。但在这样的原始森林里，用理论数据来度量时间是无意义的。他转身走进森林，大步越过盘绕的树根，迎面爬上一道漫长的陡坡，丝毫没有减低速度的趋势。

他的步态如此安然，身体敏捷有力，简直像一匹北美野狼回到了家。

新马萨特并没有建在与它同名的那个小镇的旧址上。海达人自古生活在夏洛特女王岛。如今他们在这片曾经属于陆地敌对部落的土地上建起自己的村子，一则是因为赫卡特海峡的凶暴不利于交通往来，二则是这个地球上再没有什么海达的敌对部落。

400年前的核战摧毁了许多东西。北纬30度到60度的环带上，经年不散的黑云带来黑暗与致命的霜冻，再加上来自放射性尘埃的高剂量辐射，摧毁了绝大多数地区的植被；爆炸产生的大量氮氧化物几乎将臭氧层破坏殆尽。其次生效应更加严重，人类主要农作物受到影响，海洋生物链被毁；饥荒、辐射和疾病造成生物大规模的灭绝，全球人口锐减至不足 3000 万。

人类被迫躲进地下，等待放射性铯、锶的辐射消失。300 年前，人类逐步返回地表，不过放射性钚依旧存在，它的半衰期长达 24000 年，当然还有半衰期 45 亿年的铀 238，某些地区仍被禁止出入。

森林重新覆盖大地，就像它们在 18 世纪时那样。

斯凯雷回到马萨特时，已是上午十点。他照例绕道已成废墟的鲁珀特王子港，在那里的"大图腾柱"下停留了半个小时，同每次出远门回来一样。

新的通缉令被贴上公示栏。斯凯雷盯着路一的严肃面容，视线移往头像下面，那里印着一个名字：路易·张。

斯凯雷知道这个名字，它出现在三个月前的车载新闻里，属于美国萨克拉门托恐怖袭击案的制造者，它的所属者在全市十几家机构、公司和纪念性雕像下安放炸药。爆炸发生在圣诞节当天，共有57 人受伤，其中两人因伤势过重死亡。

在这样的和平年代，这一血案令整个西半球为之震惊。

对斯凯雷来说，现在这名字不再是一串音节，它化成一个鲜活的人，使他内心充满矛盾和困惑。他无法将路一与这样凶残的案件联系起来，因为他是那样泰然自若，遇到警车时，也神色坦然，没有一丝凶犯的惊惶。硬要追究，下车时，他对斯凯雷倒有些审视和戒备。

斯凯雷思虑良久，终于拨通萨古的电话，告诉他在马萨特附近公路旁看到一名可疑人士。萨古问是不是卡萨托诺夫（这是附近的一名盗猎者，被查到后离家出逃）。斯凯雷否认了，但他没有说出路一的名字，也不打算指出路一的目的地。

"那么是不是一个黑头发的人，个子不高，六英尺不到，亚洲人面孔。"

斯凯雷心头一惊。

"我只看到一个背影，不确定。你说的是什么人？"

"萨克拉门托爆炸案的嫌犯，路易·张。"

"他……他为什么会来这儿？"

"谁知道。有目击者报告称他跨越国境，之前有人报警在境内发现他，所以英属哥伦比亚骑警发出通缉令。这个人非常危险！"

"我知道了，近期会让大家多注意……也许我看到的不是他。"

"最好是这样，有新情况随时和我联系。"

斯凯雷挂断电话，他思考着马萨特和路一之间的联系，以至没注意到孙子欧尼的到来。欧尼几乎把脑袋探进斯凯雷胸口，斯凯雷才回过神。他摸摸欧尼的发顶，温和地说："怎么了？果加那里开始了吗？"

欧尼摇摇头，"肖恩又在找您呢。果加让我来告诉您。"

斯凯雷皱眉，他嗅到空气里炙烤肉类的焦香，知道这是果加的妻子——戴安的葬礼要开始了。果加一家已经为此准备了一年，斯凯雷抓紧赶路也是为了回来参加葬礼。

这个肖恩真会挑时间啊！

突然间，一个念头冒了出来：路一会不会是肖恩找来的？

路一这类人，做事目的性很强。他为什么要不远千里到马萨特这种偏僻小镇？

　　人类重新定居地表不久，马萨特聚集着北美最优秀的生物学家，旨在恢复地球生态圈，重现远日繁荣。这是一项长期的工作，与现实生活没有明显的交集和冲突，村中气氛轻松，关系融洽。这里本不会引起外界过多的注视，却也不是一个合适的逃亡目的地。

　　斯凯雷眉头越拧越紧，"走，我们去看看。"

　　他知道果加让欧尼来报信的意思，是叫自己暂时回避，可这次情况不同。

　　"果加让您避开他，他带了个记者来的，拎着摄像机呢！"

　　"那你光笑，不早说。"

　　"我不怕他！库奈不是坏人，肖恩的算法才是坏的！"欧尼笑嘻嘻地说。

　　"每个人都有表达自己意见的权利。"斯凯雷虽然如此说，手却拍拍小孙子的肩膀，脸上带出笑意。

　　这个肖恩是美国人，隶属于马萨特生物实验室下的虚拟环境组。这里的生物实验室并不只是做简单的克隆。世界没有挪亚方舟，存世生物的遗传信息遭到辐射污染，灭绝的则需要依托标本寻找克隆方法，同时还要考虑恢复种群数量的方法。而投放物种先后、数量、地点，对现有生物圈的冲击，新的平衡建立机制，环境的反馈情况……都需要在虚拟世界里反复模拟，直至符合标准。

　　肖恩的工作就是编写测试系统，检验物种的投放方案是否合适。

　　在专业领域内，肖恩是十分称职的。但在工作之外，他对海达人的神灵毫不在乎，与马萨特的精神文化也一直绝缘，独来独往，恃才傲物。

　　他和斯凯雷的矛盾源自库奈。

　　从库奈到马萨特的第一天起，肖恩就毫不掩饰他的厌恶。但他为人懦弱，从不敢和库奈正面接触，就把满腔怨念发泄在别人身上。他四处发表抹黑库奈的言论，将支持接触库奈的人骂得狗血淋头。库奈逝去后，肖恩的反外星人活动越发激进，他组建网络论坛，甚至呼吁政府"清洗包庇外星人的叛徒"——话里话外都把矛头指向斯凯雷和马萨特的人民。

斯凯雷能想象出肖恩现在的样子：肥胖的脸颊挂着汗水，像团要融化的面包；微微变形的眼镜不住地滑下鼻梁，镜片后面的眼睛便是嵌在面包上的葡萄干，又小又圆，黏糊糊的。他一定不顾葬礼的庄严而四处走动，发出不合时宜的噪音——只为了引起众人对他的关注，宣扬自己的理论，疯狂攻击任何反对他观点的人。

如果真是肖恩引来路一，那么路一势必受到了肖恩的影响。事态可能会一发不可收拾！

他们来到果加的松木大屋前时，空气里的焦香已经染上苦味——献给神明的大比目鱼和鲑鱼已经烤成炭灰。然而舞蹈的鼓点没有敲响，歌者的声音也无迹可寻，屋门前乱糟糟的，斯凯雷看到地上有点滴血迹。

果加从人群中一眼望见老酋长，挥手示意一切正常。舞蹈很快开始，这是献给神灵的仪式，经过精心安排。果加的歌声还未起来，欧尼就转回到斯凯雷身边，贴着耳朵告诉他：刚刚肖恩大喊大叫，被果加一拳打在脸上，打得鼻血长流，牙齿断裂，倒在地上晕了。现在肖恩被送到诊所，那个记者则被果加的小儿子请到一间仓库里去"休息"了。

斯凯雷哭笑不得，肖恩这次可是惹到了不该惹的人。果加是西北海岸最有名的歌者，但他年轻时却是马萨特最厉害的猎手，脾气就像猎枪一样。

　　鼓声传来，仪式开始了。现在不是理会肖恩的时候，斯凯雷收摄心神，聆听葬礼鼓点。果加的声音低低响起，缓缓拔高，带领众人的心跳穿云入空，他的歌声和人群低沉忧伤的曲调形成共鸣。锋利的高音让人后背汗毛竖立，甚至比三十年前还容易直达人的内心。

　　三十年前，库奈到马萨特的那一天，村中也正举行葬礼。

　　当时距离第一次在鹰首岩发现外星飞船已经过去了半年，地球各地纷纷传来目击报告。外星飞船带来的紧张和兴奋已变得平淡。就在全球猜测外星人到来的目的，不断尝试与之沟通的时候，飞船悄悄回到了马萨特，外星人首次走出飞船，突然出现在马萨特的街头。

　　"他"只有一个人。

　　斯凯雷至今还记得当时的情景，当年他三十七岁，年富力强，马萨特刚刚新建不到五年，一切都朝气蓬勃。那一次也是果加亲人的葬礼，他的祖父严去世三周年。一家人准备了三年，给宾客的赠礼无不精美丰厚。有人甚至从温哥华赶来参加葬礼仪式。葬礼开始了。人群中心是祭品、严的图腾柱和飨神的舞蹈。

　　人们围绕仪式，聚精会神地观看舞蹈，突然间，一个女人的尖叫打破庄严的葬礼。是她的孩子看到了库奈，摇晃她的手。

　　人们像是被一下子切断了通往灵魂世界的连线，被迫返回身体似的，茫然无知地四顾。很快，所有人都看见了那位不速之客。

　　那是一个高达 8 英尺的"生物"，外形类似一只狮鬃水母，然而这个水母的伞帽超过 1.5 英尺，"伞帽"下垂落十几支触手，看上去如同岩石。"它"以一种无声的奇异的方式向前慢慢移动。当人们看见"它"后，"它"停下来了。

　　没有人想到飞船和外星人。惊恐和迷惑攥住了所有人。这是一个未知的怪物，危机意识和生存本能会驱动人躲藏起来或是立即反击。突然间，尖叫四起，人群轰然失控，四散逃命。

斯凯雷没动，他看见"它"举起一根触手，一个停顿，又软软垂下，接着向后退了一小截——似乎颇为尴尬。它有智慧——斯凯雷的直觉这么说。他逆着人流，缓慢地朝前走。

很快，他便走出人群。他张开双臂，示意自己没有武器。心脏一下下撞击他的胸膛。谁都可以逃，但他不能。

"你是谁？"他停顿，看着对方紧绷身躯，就如他一样。他接着又走了一步，对方向后微微摇晃，显得敏感犹豫。

他站住，指指自己。"斯凯雷，人类。"

身后的惊慌失措的嘈杂声变小了。前面，那个"生物"微微晃动。"它"伸开所有触手。现在斯凯雷看清了，触手离地后变得略微柔软，只剩两支撑在地上。

"它"在模仿自己吗？

斯凯雷紧张到了极点，但他仍旧让自己站得笔直，站在所有村民前面，伸展手臂。这是他的责任。

突然，"它"放下所有触手，飞快向后退了十几米。

斯凯雷一愣，他侧过头。旁边，果加端着一支长筒猎枪瞄准前方。

"放下武器。"斯凯雷从牙缝里挤出一丝丝声音。

果加一声不吭，一动不动，眼睛都没离开准心。

这个愣头青！

"你别出手。它也许是……"

"怪物。妄动格杀。"果加直愣愣地说。

斯凯雷简直头冒大汗。这时，对面传来一个声音。

"库……库……这里是贝飞达 @#&$……来自星星的我，友好，朋友，亲切，友谊，和平。请勿使用暴力，谢谢合作，配合，沟通……

库……库……和平万岁，万万岁，满赛，乌拉……"

斯凯雷张着嘴，瞪圆眼睛，他垂下手臂。果加的枪也缓缓落下去，指向地面……

鼓点骤然一停，斯凯雷恍然间收起思绪，回到现实。献给神灵与先祖的舞蹈结束了。已是中午，果加的家人为宾客呈上肉类大宴。下午则是纪念戴安与告别的时间。

斯凯雷无心吃饭，他找到果加的小儿子，让他带自己去找那个记者。

这事必须妥善处理，不能将事态继续扩大。

男孩打开门锁，便回去帮忙了。斯凯雷站在放杂物的小仓库前，理了理思绪，即推门进去。

屋里的人正坐在一截木桩上，听到门响，抬头看过来。

斯凯雷大脑一空，准备好的话语从舌尖消失。仓库里的人竟是路一！

他戴着一顶棒球帽，露出染成栗色的发梢，鼻梁上架着一副黑框眼镜，嘴唇周围多了一层短短的胡须，双手闲闲地垂在两腿内侧，眼神射向斯凯雷时，让人想到一匹蹲守猎物的狼！

"你……"斯凯雷不禁向后退了一步。

路一翻开右边手掌，展示出一个小小的发信器。斯凯雷心中警铃大报。

"老酋长，少安勿躁。你的言行关系到这里所有人的安全。"

路一的声音沉静无波，而斯凯雷的怒火却像赫卡特海峡内恐怖的溢流，无声的涌动，下一瞬间就可能突然掀起巨浪，甚至狂暴到露出海峡的海床！他记不清多久没有品尝过这样的愤怒，就算是纠缠不休的肖恩也从没让他真正动气。斯凯雷没有说话，他在等待内心的涌潮慢慢平静，他知道自己此刻的一举一动关系村民的生死，更恨自己曾包庇这头野狼！

怒火在他平静的语调下像暗涌盘旋，他一字一顿地说："马萨特已经没有可以毁灭和打击的对象，库奈早已逝去，这里只有爱好和平的普通人。"

"你不知道我为什么来。"随着话音，路一猛地站起，他的四肢中满含力量，就像强劲的季风。"你不了解我。"

而且，你还害怕我——路一的眼神如是说。斯凯雷心脏狂跳，对，自己不了解路一，这个人像个燃烧的矛盾体。但他并不怕他，路一让斯凯雷想起一些往事，想起那位老友——他和库奈竟有一丝相似。这让斯凯雷很难受！

这样一个人！这样一个罪犯！

"你为什么要在萨克拉门托做那些事？"他忍不住发问。

"一个好问题。"路一的面孔平静，情绪没有丝毫波动。"但你无法理解我，解释没有用处。我不相信语言能解决问题。"

"有人因此而死！"斯凯雷厉声说。

安静突然降临。

斯凯雷以为路一会狡辩，会发怒，甚至会嗤笑。但他没料到路一的脸上第一次现出情绪。那是一种难以形容的古怪的表情。但那一瞬间，斯凯雷的愤怒动摇了。

"我很抱歉。如果我知道有游行队伍经过……我犯了一个大错，但我不后悔。"路一上前一步，站到了斯凯雷面前。"现在不是谈论过去的时候。老酋长，去参加黛安的葬礼吧。"

"你到底为什么来这儿？"

"我不为任何人而来，也不想伤害任何人。"他手指心脏的位置。

"我要做什么，取决于您。我希望和你详细谈一谈库奈的事。"

"他的逝去不是什么阴谋……"

"但却是您的一个秘密，而且最终发酵成了肖恩的黑暗猜想。"

"这整件事都光明正大！"斯凯雷竭力辩解。"库奈希望公布，是我取消了新闻发布会，因为……"

"嘘！有人来了。"他靠近斯凯雷，小声说道。"我们还会碰面的。"

来人是欧尼，下午的仪式要开始了，斯凯雷必须回到仪式现场。他眼睁睁看着路一离开，路一甚至还礼貌地朝他挥了挥手。

虽然斯凯雷没再收到路一的警告，但他却不敢轻易告诉他人。炸弹可能在任何地方，不止一处。

人群都集中到果加的大屋之中。这是雪松木板搭建的传统房屋，大得像个谷仓，可以容纳上百人。斯凯雷目光扫过墙壁四周，没有发现可疑物品。路一是何时做了手脚？斯凯雷想到路一能在他之前到达马萨特，就不禁暗暗心惊，一定是肖恩前去接应。但他能在如此短的时间伪装成记者，与肖恩一道来到葬礼现场，布置炸弹，这样的行动能力就值得让人害怕。爆炸物是何时放置的？是肖恩跟果加争执的时候吗？肖恩是他的同伙吗？他又对路一知道多少？

斯凯雷充满疑问，完全没有注意到葬礼的进行。一名舞者面戴代表戴安的面具，游走于人群中，像海上风暴的风眼一样引起暴烈的跺脚声。鼓点从屋子四周传来，咚咚敲在斯凯雷的心上，他只觉得焦躁不安，简直透不过气来。墙边一只袋子，柜子旁的水罐……一切东西都叫他生疑！路一现在去了哪儿？自己必须做些什么……突然，鼓声一停，屋子里出现一阵压迫人心的寂静。就在海风鼓动之间，一只渡鸦的叫声划过天际，从极远处落下。骤然间，人群爆发出鹰一样尖锐、狂野的嘘哨，仿佛这里的人集体化成了动物。斯凯雷轻轻战栗。最后的舞蹈终于完成，面具被取下来，放进一只漆成黑色的雪松木盒里。

木盒在屋子正中的火焰中燃烧，传出阵阵爆裂。一只布袋在人群中传递，每个人都拿了烟草，依次走到火边，将烟草投入。回忆和哀思在此处弥漫，没有人不流下眼泪。

黛安的灵魂已然远去。

斯凯雷投下烟草，离开人群中心。

眼前的葬礼似乎和三十年前纪念仪式重合起来，牵出斯凯雷内心深处的情绪。他走到屋外，门口放着黛安的纪念柱。柱子用整根雪松雕成，正等待仪式结束后最后的修饰。然后，这根纪念亡者的图腾柱将被立在房子前方，在未来的一个世纪内屹立不倒，融入马萨特人的生活。

而库奈……库奈没有面具，没有纪念柱，他为了地球奉献了自己，没有死，却也没有生，他的灵魂在何处呢？斯凯雷觉得自己很可笑。这样的思考与科学是毫不相符的，也许这是他体内海达人的血的魔力吧。

他仔细看了看周围，毫无异常，又招来欧尼，嘱托几句。之后，斯凯雷离开了果加的大屋。

他沿着街道走着，时不时停下，翻检任何可疑的东西，不过没有什么意外发现。炸弹可能藏在任何地方。就算找到，他也毫无办法，尽管斯凯雷可以轻松组装上万个 DNA 片段，但对炸弹回路却是一窍不通。

只有找到路一。他说得没错，他们还会见面的，即使他不来找斯凯雷，斯凯雷也会去找他！

斯凯雷一路走到诊所，里面空无一人。

　　医生黑泽尔应该还在黛安的葬礼上，肖恩也许回了家，除了实验室，他只会宅在家里与电脑为伴。

　　肖恩的房子在村落的东北边缘。路一会在那里吗？

　　斯凯雷想到找一把武器。他没有枪械，但他知道果加有一把古董枪，平时就放在他的酒吧柜台下。斯凯雷走进空荡荡的酒吧，从柜台下一个暗格里摸到枪——一把左轮手枪，上好了子弹，共计六发。他把枪拿出来，握在手里。手枪沉甸甸的，压着他的手掌。

　　他把手枪放在柜台上，盯着它。你要用这把枪做什么呢？爆炸、流血、暴力。

　　斯凯雷闭上眼睛。

　　他相信语言的力量，而路一愿意交谈。把它放回去吧，他想。可路一说过，他不相信语言能解决问题！必要时候，你能用它开火吗，老家伙？向那个年轻人射击，看着他流血死亡。

　　不，他办不到！仅仅携带枪支就是对他理念的否定——沟通只是形式，最终还得靠暴力的较量。他厌恶这种逻辑！

　　可是这里不光你一个人！这里是马萨特，有259位居民，有妇女，有儿童，有老人，有库奈留下的点滴痕迹，还有我的欧尼。

　　斯凯雷睁开眼睛，重新拿起手枪。他在心中默想了一遍射击的要领。走到门口时，他打开保险，把枪放进右边的衣袋里。

　　肖恩的房子是一栋典型的美式民居，而不是海达人的大木屋。屋外没有任何异样，斯凯雷不疾不徐地走上台阶，来到大门前。他敲了门，屋内没有回应。

　　"肖恩——"他喊道。

　　无人应声。

　　"肖恩——我可以进来吗？"

依旧没人回答。

斯凯雷推了推门，只用了一点儿力气，门就开了——门并没锁上。

他将门开到最大，同时喊道："我来谈话。有人在吗？"他慢慢向门内走去，双手垂在裤子两侧。

门内是一道走廊，光线骤然减弱。斯凯雷张大眼睛，以适应环境变化。屋内灯光全部熄灭，窗帘拉得严严实实。他只能听见自己的鞋底挤压木地板的声音。

"肖恩？路一？"

他低声呼唤，呼吸在耳边萦绕。忽然间，他捕捉到一丝声响，一种嗡嗡声，令人不快的噪音。他停步一两秒，聆听、辨认。

是链锯转动声，由轻变重，随后传来枝叶断裂声，接着是树干迎面倒下，撞击地面的巨响！斯凯雷心脏狂跳！一瞬间他以为自己身处森林，伐木工伐倒的树木砸向他的头顶！

但这只是音响，整栋屋子都装着的高保真立体环绕音响——肖恩的爱好之一。整栋屋子都在发出链锯的咆哮、树木的死亡悲音，频率在加速，很快变成无意义的噪声旋涡。斯凯雷加快步子，走进客厅、厨房——没有人。

他转上楼梯，噪音中有了新内容：切割金属声，发动机的轰鸣，电焊声，还有很多无名的尖锐噪音！斯凯雷忍不住捂住耳朵，几步跨上楼梯，打开最近的一个门。

卧室，没有人。

他奔出房间，到对面房门，门从里锁着！

这时，各种哭泣声穿透手掌传入脑海：鸟的哀鸣，动物的惨叫，还有人类哭泣的声音。噪音和哭泣夹杂着，冲击着他的意识。斯凯雷拼命地撞门。

"停下——路——停下——肖恩！"

斯凯雷吼叫。他的肩膀连续猛撞门板，门锁扭曲，他的肩头也痛楚钻心！

再一下，加油！老伙计！他忍耐，不顾骨头的抗议，又一次冲击，门轰然洞开，所有声音骤然停止。

宁静，让人叹息、感激的宁静降临。斯凯雷深深喘息。他面前的地板上，倒着一把椅子，肖恩被整个儿捆在椅上，嘴巴贴着胶布。他满面惊恐，眼镜不知去向，鼻血和眼泪沾了满脸。在他背后的书桌上，三台显示屏正中那台，一个带倒计时的装置吸引住了斯凯雷的全部注意。

他忘了疼痛，听不到肖恩的挣扎，只看着红色数字闪烁、变小。他呼吸沉重，浑身发抖！

他撕下肖恩嘴上的胶带，第一句就问："他在哪儿？"

"我不知道。"肥胖的男人哭泣发声。

"你引他来！你知道他是谁吗？你知道他来做什么吗？"

"他……他是个恶魔！他竟敢打我！"

斯凯雷将椅子和肖恩一同扶起来。斯凯雷的右肩痛得叫他恶心，骨头很可能裂了。

"记者，他说自己是《纽约时报》的记者！我不知道他是……他……你抓不住他，你干不过他。"肖恩稍稍安定，随之恢复一贯自信且蛮横的姿态。"给我松绑！"

斯凯雷没有动，仅仅看着肖恩，和他背后的红色倒计时。他在克制自己的情绪。而肖恩却把这当成理屈和软弱。

"是你引来他才对，我早说过容忍那个外星人就是背叛全人类。它入侵了地球，侵蚀了我们的生态圈！我的算法告诉你了，它绝对会毁灭这颗星球！现在复仇者来了！"肖恩扬起下巴，似乎在说"你们完蛋了"！

斯凯雷握紧拳头——这家伙把马萨特当成了什么？把 259 位村民当作了什么？需要被暴力"审判"的对象，而不是人吗？！

"是你做了错事，你让外星基因污染了地球！必须有人为此负责，付出代价！斯凯雷，去求他原谅你，求全世界的人原谅你啊……"那张嘴歪齿斜的胖脸上写满暴戾、快感和恨意。

斯凯雷猛然挥拳，打向肖恩的五官正中。肖恩闭眼发出一声惨嚎。一分钟后，他的声音断断续续停下，眼睛睁开一丝——拳头离他的鼻梁只差几毫米，却未落下。

斯凯雷哆嗦着放下拳头，他的肩膀疼，心里更难受，他忍住呻吟。肖恩又开始诅咒怒骂。就在此时，电脑画面突然切换，路一的面孔出现，神情肃穆。

"老酋长，您来了。"

"炸弹在哪儿？"斯凯雷问。

"拿上门口雨伞筒里的手机。"

肖恩哈哈大笑。"他要收拾你们了！斯凯雷！"

而斯凯雷仍旧问。"炸弹在哪儿！"

"鲁珀特王子港。"

斯凯雷愣了愣。而肖恩拧起眉毛，似乎有些转不过弯儿来。

"库奈的大图腾柱？"斯凯雷说。

"它没有图腾柱……"肖恩说。

路一没有回答，但他们都明白了，他要炸的是库奈的飞船！那上面，有斯凯雷亲手绘制的彩画，记录了库奈与村人的情谊，这确实是另一种意义的图腾柱。

"不……你不能……"肖恩还没说完，倒计时已走完最后一秒，一声巨响从远方冲天而起。斯凯雷和肖恩都呆住了。片刻后，肖恩惊恐地尖叫："噢！老天！你竟炸了那艘船！那艘船是……完了，全完了！你这个蠢货——智商为负的蛆虫——你该对付的是这个印第安佬——"

然而无人回应他，屏幕上早已黑暗一片。

"他到底想干什么？"斯凯雷喃喃道。

"完了啊完了……完了……全完了……"肖恩哭喊。

斯凯雷扯起他的衣领。"你是他的同伙？"

"我怎么可能是这疯子的同伙！是他联系我，他说想来挖掘库奈逝去的真相，他的车在半路抛锚，他说他叫了公路救援，车被拉到了吉阿斯。他让我去接他，他说要采访我，替我伸张正义……他骗我，他骗了我！"

"我开车回来时没看到你的车。"

"他说自己在森林里走了走，最后在一家废弃的农舍附近迷了路。你该知道，那是科夫的老房子，附近就这么一户，我从老路上开车过去。"肖恩依旧抽抽搭搭，"他那时一定是去了鲁珀特王子港，又返回科夫农场……这恶魔！蠢猪……"

斯凯雷却暗自思索，鲁珀特王子港在新马萨特的西南方，而刚刚的爆炸却似乎偏离些许，是从东南方传来。路一究竟炸了什么？斯凯雷转身下楼。纵然肖恩在颤声尖叫，让他松绑，他也没有理会。

他扶着自己的伤肩，尽快走下楼梯。在门边伞筒里，他找到了一只手机。上面只有一条信息："大图腾柱，一个人来。"

鲁珀特王子港的"大图腾柱"为世人所熟知，也为世人所遗忘。

曾经的渔人码头附近，一栋两层废墟楼房房顶，放着两张打开的简易靠椅。路一坐在其中一张椅子上，手拿一只扁瓶，慢慢啜饮威士忌。

腥咸冰冷的海风迎面吹来，时缓时急。他竖起夹克领子，冷冷打量前方的巨大物体。"大图腾柱"——库奈的飞船，矗立在西太平洋的深渊之旁，繁复抽象的图画覆盖了冰冷的金属。

这里也曾游人如织。在库奈逝去的最早几年里，世界各地的游客来此亲睹飞船真容。也有各种机构企图运走它，最终却因为种种原因全部作罢。第一是出自法律，库奈将飞船赠予斯凯雷，而后者拒绝出售朋友的馈赠。其次也是最实际的，没人打得开它。

游人和研究者们面对的都是飞船光滑、坚固的外壳。欣赏和研究的热度逐年下降。不出十年，再无人光顾这个地方。毕竟鲁珀特王子港荒废已久，地处偏远，交通不便，除了这个沉闷的铁皮盒子，实在没有其他吸引人们的事物。

在这里重归寂静后，斯凯雷开始了他的艺术创作。他用画笔，而不是刻刀将飞船彻底变为了一根金属"纪念柱"。这件工作花去了他五年的业余时间。此刻，路一坐在这里，成为这件艺术品为数不多的欣赏者。

当太阳渐斜，他的耳中捕捉到车子碾过碎石的声音。斯凯雷的越野车从远处驶来，沿着这废弃海港唯一可行的道路，驶过楼下，停在肖恩的车子旁。路一继续喝着酒，默不出声地看着老人跳下车，看他查看肖恩的车，继而举目四顾。看到这里，路一的嘴角突然绽出笑意。

"他知道，"他想。"真是越来越有趣了。"随即，他站起身，大声叫道："老酋长。"

斯凯雷闻声望去，两人对视了片刻。路一做了个"请"的动作。

　　斯凯雷把手伸进右面口袋，他握了握枪柄，深吸一口气，紧张的情绪使得他感觉不到因驾车而增加的肩部痛楚。他把手放出来，接着向二层小楼走去。当他爬上楼顶的时候，路一仍旧站着，礼貌地等着他。看到斯凯雷，路一示意老人落座。两人各自坐下。路一转头看着飞船，而斯凯雷看着路一。

　　"S&WM19 型，枪管长度 63mm，9mm 口径，弹容 6 发，也被称为伯格曼左轮手枪。这可真是个古董了。"路一说。

　　"什么？"

　　"您右边口袋里的东西。"路一转头，看着斯凯雷轻轻一笑。"所以，如果您用它射击，记得要打中我的心脏，否则可能无法造成致命伤……等等，为什么我在您脸上捕捉到了如释重负的表情？"

　　斯凯雷说："我只想与你坦诚沟通。这不是我的枪。我不想用到它。"

　　"老酋长……您……真是太温柔了。"路一猛地转过头，再次看向飞船。"现在，来讲讲库奈的故事吧。我想您来之前一定已经报了警，所以我们的时间不多了，对吗？"

　　"是的。"斯凯雷好不容易才咽下"我很抱歉"四个字。

　　"给我讲讲他的到来，他的言行，他的逝去。"

　　"你听过肖恩的说法。"

　　"那只是一种说法，还附带了十倍的情绪化修辞。您希望我相信吗？"

　　斯凯雷没有说不。他将目光转向海滨的飞船，从头开始讲述。

　　"他从遥远的星系来到地球。孤身一人，经历漫漫时光。他们的种族……非常神奇！那种繁殖模式，还有文化的传递方式，叫人难以想象……" 斯凯雷轻叹道。

"哈！"一个响亮的笑声打断了他的神思，斯凯雷的右肩兀地一抽。"他为利而来，并非友谊的访问。"

"是的。是的……"斯凯雷以更冷静的口吻说，"库奈为他的族人巡视星际，寻找能够开发资源的星球。他来之前，并不知道地球上有人类存在。"

两人都未说话，同时看向飞船。正对两人的船体上，画着一组图画，画中，库奈学习撒网捕鱼，还帮忙晾晒海产，和海达人的孩子一起游戏。

"那图上是真的吗？"路一问。

"他像个孩子一样，对一切都好奇，他纯真、好学，但更理性、也更谦逊。他热爱这里。"

"地球有他们种族需要的资源？"

"有。"

"那么我了解了。"路一的声音里有种冰冷的笑意，"他的族人会像过境的蝗虫，将地球啃噬殆尽。有用的拿走，无用的毁灭丢弃。难怪他的逝去被您说成是对我们的守护，这里成为他的后代为期千万年的进化场。这是宇宙里一块微小的保护区。保护者和破坏者同为一种对象，您认为，我们真的需要感激他吗？"

"库奈，对他个人，我们应当感激！"斯凯雷紧握十指，神色激动。"他为此放弃了自我。虽然他的生命能够延续，但几千万年后的那些后代，不再是他！他将自己的身体彻底分解，提前了几百年……"

"听说您是唯一被邀请观礼的人？"

"是。"

"怎样的？"

"我无法翻译那个词汇，只能简略地称之为'逝去'。那是一个庄重的仪式。他邀请了一位本族的见证人。整个仪式持续了半年，那位见证人通过全息影像时刻陪伴着他。我也选择住在那里，直到仪式完成。他盘成一团，一动不动，不吃不喝，几乎不说话。最后两个月，他……就像被风化一样，一点一点，都消失了。除了外皮，一切都还原成最原始的，不是 DNA，更不是 RNA，而是更小的分子。兰塞特叫它们'组合基因组'，他相信那是生命的源头。现在，库奈印证了这条四百年前的理论。这些'组合基因组'对自然环境的适应性极强，其复杂性会不断增加，最终形成高级生命——库奈的后代属于外星人，但也属于地球。"

"我懂了。"

"这不是一场侵略阴谋。"

"是的，这不是侵略，这只是……"路一从椅上突然起立，"只是一个人最高的善意和另一个人无知的恶意。"他转身面对斯凯雷。拿出一个遥控器，递给老人。"请不必惊慌。和您想象的一样，这是一个炸弹遥控器。上面有红色和绿色两颗按钮，红色那颗对应的炸弹在黛安的图腾柱里，另外一颗在肖恩家的橱柜里。你应该看到数字了，还有……2 分 35 秒，可供您选择。只有两个方法可以让炸弹停下，第一，您选择一颗，按下去，嘣——另一颗的倒计时就会停止。第二，让我说出正确的密码，关闭计时器。请。"

斯凯雷几乎眼前一黑，他强迫自己深呼吸。手中的遥控器，液晶屏幕上数字闪动，越来越小……"你到底要什么？"

"您可以试试绿色的按钮，也许肖恩已经不在家了。"

"你到底要什么！"斯凯雷想咆哮出口，可实际上他的声音飘忽，轻得几乎没有分量。

"我只想要真相，而您显然在撒谎。"

"撒谎？我没有！"斯凯雷面容憔悴，肩上的剧痛像道闪电撕扯着他的神经。

"您撒谎，您一直在撒谎——亲爱的老酋长，库奈的好友，唯一目睹他逝去的人类。他信赖的，喜爱的人啊！请你再说一次库奈逝去的目的，清晰的，不要用任何修辞，谢谢。"

"他，为了保护我们。"

"您还有 1 分 10 秒。"

"他，为了保护！"斯凯雷低吼，他感到后颈发冷，一层细汗蒙满额头。

"保护什么？"

"我们……人类……地球。"斯凯雷艰难地咽下一口口水。"地球。"

"飞船的壁画呢？"

"纪念库奈。"

"看来您根本不知道坦诚是何物。"

"纪念库奈！也是为了保护人类！"斯凯雷终于大声吼了出来。

"很好。"路一轻柔地，带点力量地从他僵硬的手指里抽走控制器，输入密码。斯凯雷倒进座椅里，用手捂面。

"您真是一位非常非常好的人，老酋长。"

路一重新坐回椅子里。

斯凯雷茫然疲惫。这秘密如同实物，经年累月压着他的心神，这会儿，他感觉内心被掏空了，轻得没有分量。他的声音就像雾气。"你怎么……"

"你怎么看待这片地方？还有那儿？"路一打断他，指向西方。"海达人曾经的家园，你会用一个编号标注整个夏洛特女王岛吗？"

斯凯雷轻轻摇头。

"你了解人性，信任人性吗？"

斯凯雷点点头，又摇摇头。

"你知道这片地方在核战前的样子吗？"

斯凯雷没有点头或摇头，他望着路一。后者看着飞船，神色严肃。

"谢天谢地，有了这场战争。"

"有成千上万人死去，你怎能这么说。"与句意相反，斯凯雷的语气称得上温柔。

"当然可以！如果你见过曾经的西北海岸！当你看到人，因为金钱，甚至是为竞争、泄愤而砍倒整片森林，你也会这么感谢上帝。皆伐，亲爱的老酋长，无论树木种类，不管大小高低，砍光一切。他们只会运走'有用的'树，'无用的'就任其腐烂。上百英里的山坡上，薄薄的土壤因为雨水风霜形成触目惊心的冲蚀……这些树，'有用的'和'无用的'，每一棵长在这儿都超过 400 年，甚至 1000 年，而人类用 10 分钟就能砍倒它，临海山脉从古至今存在的森林，人类在核战前，用了不到 80 年就将其夷为平地。沿着漫长的海岸线，灰白色的冲蚀绵延几千公里。相信我，你不会想看到那样的场景，即使是那个时代的木材经理，都会被他们自己的工作'成果'惊骇。那是地球的伤口。看到那样的海岸，没人能保持平静，整整几天，你根本连话都无法说。"

"你看到过……"

"只是档案，但足够了。"

斯凯雷想象植被、生态被彻底摧毁的海岸雨林，不禁心头发冷。他是海达人，他的文化血脉一半来自海洋，一半来自森林。现在，他窥见了路一在萨克拉门托所作所为的原因。那里是北美新兴的伐木业中心，云集大小几十家木材商的总部。

但这些破坏和威胁，有用吗？

没人听见路一的声音，人们只知道他的罪行，甚至不消一个月，这罪行也会被新的新闻淹没，无人再去关心。

"你做过的一切没有意义。"斯凯雷说。

"您做的又有什么意义？"

斯凯雷皱眉，并未轻易回答。

"您的所作所为基于一连串的假设：假如千万年后这飞船和壁画还完好；假如库奈的后代们能够理解图腾柱上的内容；假如人类那时还没有灭亡；假如库奈的后代也和他一般热爱地球；假如它们发现大图腾柱，假如它们愿意原谅人类对地球所做的一切恶行——毕竟，库奈是这么在乎、喜爱地球。他飞船的所有现身点，除了马萨特，都在自然界，而从不是人类城市。他从未想过保护人类，他是为保护地球而选择逝去——这就是我为什么知道您在撒谎的原因。多么简单，却从来没人怀疑过您，因为人类是那么高高在上，自信满满，从内心深处相信自己是上帝唯一的宠儿！"路一眼神如在燃烧，无论谁此时与他对视，都无法发言，只会被深深感染。斯凯雷也不例外，几十年来，他第一次怀疑自己的选择是否正确。这是肖恩无论如何都办不到的。

"库奈的逝去对地球有百利而无一害，对人类而言却是一把双刃剑。连您也不知道该怎么办。您不敢公布库奈逝去的真正目的，也不知道该如何应付未来的危机。于是只能欺骗自己，以至于渐渐地，谎言也成了你坚守的真相。你何尝不知道用这样一根图腾柱根本无法保护全人类。你又何尝不知道风雨终归会剥落它所有的彩绘，让它回归原貌。连人类自己都不知道也不了解的一根纪念柱，又如何让库奈的后人知道并了解？哈！可您更不敢公布这图腾柱的真实意义，你怕众人皆知以后，人类有了倚仗，在破坏环境和粉饰太平的路上越走越远。您就这么一日一日地欺骗自己的理智，不过，是求一个虚假的心安罢了！"

"是求一个虚假的心安罢了"——这最后一句如同一记响雷，让斯凯雷心神巨震，久久无语。自己所有模糊天真的幻想和不可告人的隐秘此刻被赤裸裸地剖开来，令斯凯雷感到无地自容，他惭愧、恼怒，全部对着自己。

"您为缥缈的未来做着最坏的打算，却忘了现在，忘了未来是由现在铺就。"

"我一直……不知道该怎么办……"斯凯雷干涩地说。

"没关系，正因为是您，才做不到，所以我来了。" 路一用一种同孩子讲话时的耐心口气说，"您知道我炸不毁飞船，对吗？"

斯凯雷笑着摇摇头——他让自己显得多么幼稚可怜啊。"飞船只能从内部破坏，这是库奈告诉我的。"两个人都没说话，几分钟后，斯凯雷又说："你想让我打开它。"

路一却笑了笑，以一种叙述事实的口吻说道："您不会这么做的。"

这是斯凯雷迄今最难赞同的话语，他只默默点了点头。而路一似乎根本没有注意，他既不气愤，也不急躁，反而无奈和同情地笑。他说："您很有责任感，也非常包容，您是一个高尚的人，您的心灵如同眼睛一样温柔。可有时候，好人难成大事。"他顿了顿。"人类需要一个警示。不是那种缓慢发生，来自虚无未来的科学预言，而是实实在在，发生在当下的真实威胁。不是没有实体的温度、气候和能源，而是一个人，传奇般的邪恶人物，人人都愿意与之战斗。"

斯凯雷不可思议地看着路一。而后者也正望着他，神态严肃、优雅。

一个好的，一个"坏"的。斯凯雷不禁想，他们是一样的。

"我请您来，是作为见证者。这将是我的'邪恶'昭示天下的一天。"

又来了。再一次，我只能用双眼去看，而无法说出真相。斯凯雷想。

爆炸声突然而至，非常轻柔遥远，斯凯雷甚至愣了片刻，才意识到发生了什么。

码头水面下方的炸药爆炸了。接着又是一声爆炸，这次近得多，气浪掀翻停在飞船附近的两辆车。

斯凯雷猛地站起来。他看见飞船向着太平洋倾斜，缓缓如同慢镜头。而实际上，这一切发生在几秒钟内。在陆地上的那一下爆炸并不猛烈，它像根手指，轻轻推了飞船一下。于是，倾倒变成不可逆转的必然之势，转瞬之间，水花如一头巨兽般轰然而起。

斯凯雷目瞪口呆。

飞船沉入了太平洋，被赫卡特海峡的深渊一口吞下！

"我很遗憾，让您的艺术心血遭到破坏……"路一的话音未落，楼下突然传来连续的枪声。斯凯雷还没能从飞船的事情中回过神来。他被人扑倒在地，这一下撞到肩膀，他忍不住叫出声。

"您受伤了？"

"之前撞门……肩膀，没事。"

"肖恩在楼下，他的枪法可真不怎么样，您最好再趴一会儿。"一边说，路一从斯凯雷的口袋里掏出那只古董枪。

"你要做什么？"斯凯雷一把拉住路一的胳膊。

路一俯在斯凯雷身旁，楼下的子弹疯狂地向上飞。他说："第一，我只有一把仿真枪，希望借您的枪自卫；第二，肖恩比您想的更加有用，在某种意义上，他也许会成为人类的救世主，所以，我绝对不会杀他。现在，可以请您放手吗？"

斯凯雷慢慢松手，他看着路一的眼睛，深沉的黑色，但有狂热激情。

"你要怎么办？"

"我得成为一个传说。"

路一这么说着，轻轻拍了拍斯凯雷的手，他先是自叹式地笑了笑，随后神色恢复肃然。他说："永别了，老酋长。"

他的目光如同老友一般。

不知为何，斯凯雷胸口发酸。他看着路一动作迅捷地离开小楼楼顶，隐入丛林。他自荒野中来，又回到荒野中去了。他果然像一匹野兽，既狡猾又高贵，既野蛮又优雅。

海风冰冷，夕阳惨淡。斯凯雷摸到自己湿润的面颊。等他擦干眼泪，警车的鸣笛已到楼下。肖恩一半愤怒一半绝望的颤抖声音在不断控诉——"外星飞船"被毁了，人类的保护伞没有了，一切都完了……

这年的秋天，有人在极缘发现了一艘小艇破碎的痕迹。在这个小岛的高潮线以上地区，似乎存留着人类短期生活的丝丝疑点。然而因为西北海岸严酷的天气，你可以说那是大洋发怒时偶然抛起的物品，也可以认为这里真的有过一位海难幸存者。至于这场海难发生于何时何处，由于赫卡特海峡向来会把失事船只撕成不超过巴掌大的碎片，大量信息已然湮没于大洋深处，人们便只能靠猜测了。

斯凯雷却固执地认为，这是路一留下的痕迹。自他失踪于鲁珀特王子港之后，已经过去九个月。期间，西北海岸附近有两艘划艇失踪。其中一艘，船主在三月时报案声称划艇被盗。

二月份仍是一年中赫卡特海峡最为严酷无情的日子，谁也不会想到盗窃一艘400磅重、18英尺长的小船出海。有好几处海域被称为"太平洋墓场"。每一天，风、潮汐和恐怖无声的溢流像是搏击场上的角斗士，互相混战。海水像沸水一样翻滚，或形成一栋公寓楼那么高的巨浪。没有人会选择在此季节出海。赫卡特海峡阴郁躁动，随时准备在沉没在此的几千条船只里再多添一条！

但斯凯雷觉得路一会做这样的事。他就是一个如顽石般强悍，如暴风般疯狂且极度自信的人！

他死了吗？

不！斯凯雷无法接受，如果极缘的痕迹是路一留下的，那么他一定凶多吉少。可斯凯雷绝不愿去想路一已死。

还有另外一人，不仅不提路一的死亡可能，甚至将他神化。

这人就是肖恩。

连斯凯雷都无法想象事情会如此变化。随着大图腾柱沉入太平洋底，肖恩一反常态，不再出门工作，不再维护自建的论坛，甚至不再与人争辩。

赫卡特海峡的暗涌和溢流将把飞船"搬运"到了更深更远的大洋。在这个以冥界女神命名的海峡里，打捞这么一个庞然大物几乎是不可能的。

随着大图腾柱沉没，网络上集中爆发的一批视频也在折磨着肖恩。其中最核心的一段视频是由路一发布。视频全程静默，详细展示了大图腾柱上的画作，之后在巨大的爆炸声中，全球网民目睹飞船坠入太平洋的深渊。而路一在此刻现身，宣读他"罪恶的宣言"——库奈为地球献身，大图腾柱上的谎言已由他抹杀，人类破坏地球的一切行为，都将面对库奈和其后代的报复。死亡的阴影已经由他降下，全体人类，无论老幼都逃脱不了灭绝的命运！

这段视频的点击查看超过 2000 万，令人叹为观止。而路一也一跃成为人类首恶。人人都在搜索他的信息，查问他的踪迹。他却就此无声无息。除了极缘，阿拉斯加和西伯利亚亦有消息称有人看到过他，但这些信息统统晦暗不明。路一身上的神秘色彩愈加浓厚。有人痛恨他，也有人崇拜他；有人在骂他，也有人为他辩护。

就在这期间，肖恩离开了新马萨特。

他回到美国，着手建立了一个教派！一个膜拜库奈，奉路一为死亡行者现世，警谕世人的激进环保主义宗教。凭着舆论的热度和肖恩不知疲倦的口舌力量，这个教派短短几个月就吸收了大批教众，并且还在不断膨胀。

一切就如路一所料。

谋划这一切的人已然销声匿迹，却唯独没有为斯凯雷指出今后道路。镇子里当然没有发现任何爆炸物，他与肖恩听到的那声爆炸巨响，发生在鹰首岩，仅仅炸下几方石块，为了堵塞进镇的公路。空空荡荡的渔人码头，像斯凯雷心口一道伤疤，又痛又痒。提醒着他，从私人的角度，路一毁了他纪念老友的唯一物品。

一日连着一日，路一的话像沾了盐巴的鞭子，拷问着斯凯雷的灵魂。随着路一离去，他却越发地熟悉他，认识他。后来，斯凯雷不得不承认自己完全认同了他，即使恨和痛混着欣赏与感激。

他想，即便有一天飞船被打捞上岸，他也不会再提笔作画。甚至，这一次，他会亲手毁了它。

　　　　　　　　　　　本文不为纪念格兰特·哈德温。

夜 曲

花彼岸 ▪ 人与机器人的古典爱情戏剧

TIME.SPACE.LOVE

一

凌晨两点，一个略带醉意的男子出现在窄街的转角处，摇摇晃晃朝电车站方向走去，橘色的街灯拉长了他的身影，在寂静的深夜显得格外落寞。

远处的夜空中繁星闪烁，犹如湛蓝色海面上细碎的银色波浪。盘踞在佛罗伦萨上空多日的乌云被吹走了，清澈透明的风不时穿过街道，追随着无人驾驶电车奔向远方。群山躲藏在黑暗之中，温柔地环抱着这座城市，在它们看来这里与几个世纪之前似乎并没有什么不同。

普兰来到这座城市刚好十个月。这晚，传统戏剧圈里小有名气的乔瓦尼夫妇邀请他参加晚宴。介绍人安德鲁也来了，陪着普兰到处和人碰杯。佛罗伦萨传统戏剧圈内的名流人物悉数到齐，还来了不少原生演员。

"瞧瞧，他们的表情多么生动，动作多么自然，瞳孔里熠熠闪光，连眼角的细纹和皮肤上的毛孔都引人入胜，啧啧，一上舞台就更别说了。"安德鲁眯着眼睛，兴致盎然地靠在沙发上欣赏眼前走过的每一个人，"如果你能请到他们其中任何一个做你的演员，我敢打保票，一定会大卖！"

普兰嘴角漾出一丝浅笑，还是安德鲁了解他。做传统戏剧的人喜欢原生演员，这看似理所应当，其实还是千差万别。比如安德鲁，他的底线就有些令人难以捉摸。而普兰是坚定的原生演员派，可他的处境，不容乐观。

"刚刚乔瓦尼先生告诉我，六个月后有一个传统戏剧大奖赛，如果我能有个好剧本，再有几个出色的原生演员，可以报名参加。"

"没错，佛罗伦萨从一百年前开始举办的'金月桂戏剧大赛'，比赛的最终获胜者将获得金月桂冠，还有高额奖金。退一步说，哪怕随便得个名次，以后在佛罗伦萨传统戏剧圈也能立足了。普兰，你的确应该试一试。"

两人举杯轻触，各自啜饮。

二十二世纪的传统戏剧已经急速衰落，越来越多的剧团为了节省成本，提高效率，开始大量使用非原生演员。他们根本不在乎台下的观众是自己坐在剧院里看演出还是让自己的副本来（而自己却躺在床上带着 VR 设备享受）。只要还有人愿意走进剧院，这些传统戏剧人就不会放弃这个市场。在这个领域的生意上，普兰是安德鲁选定的最佳搭档。

自从几年前在罗马看到普兰的小剧场演出，安德鲁就断定他是个·戏剧天才。在他之前安德鲁从来没遇到过一个编剧、导演样样驾轻就熟，而且连舞台表现力也是一流的全才演员。从那一天起安德鲁就决定，无论如何都要帮助普兰在戏剧圈打开局面。

为了生计，普兰以前的同学、朋友大部分都转行了，他靠给别人写一些小剧场剧本和当临时演员混饭，在罗马闯荡了几年。几个月前，普兰来到佛罗伦萨，久远的艺术和历史传统使得传统戏剧在这里还保有一线生机。普兰梦想着能有那么一天，把自己的作品搬上这里的舞台，让观众看到传统戏剧的魅力，重燃对这种古老艺术的热情。

想到能够登上"金月桂戏剧大赛"的舞台，普兰的心脏被汹涌澎湃的激情冲击着，他在脑袋里迅速搜索着被标注过"A"的剧本。长久以来，他习惯将所有的剧本按等级编号，A类意味着是他创作等级中的顶级作品，需要亲自导演，选择最出色的演员，而且无论主角还是配角，甚至是普通演员，都必须是表现力最真实的原生人。想在这么短的时间里排出大戏，有没有好演员至关重要。

两个人各怀心事沉默着。

"我说，你要不也试试写VR剧本吧，今年我手里已经卖出好几部了，行情不错，比搞传统戏剧省时省力也赚钱多了。"安德鲁试图换个话题。

普兰摆摆手，闷声继续喝酒。他放弃热门的VR电影编导专业，选择传统戏剧这个冷门，毕业后去罗马学习，然后来佛罗伦萨找机会，一连几年东奔西走，到处游历，寻找演员，他可不是一时兴起来玩票的。他要一举成名，要让之前看不起他的那些家伙们自愧不如。

"比起谈论剧本和戏剧，这些家伙们似乎更喜欢杯子里的酒，还有这些不知从哪里来的姑娘们啊。"普兰摇晃酒杯，杯中暗红色的液体肆意荡漾，犹如眼前这些人身体里流动着的鲜血。

"当然，谁不喜欢姑娘，还是原生的。你不喜欢怎么会到处和人'约戏'？"安德鲁坏笑。作为朋友，普兰哪里都好，就是长得太帅，把不少他看上的女孩都吸引走了。

"安德鲁，你知道的，传统戏剧人审美眼光向来和普通人大相径庭，那些在我们看来美貌绝伦的原生姑娘，其实在普通人眼里根本不屑一顾。不够漂亮、不够完美、身材不符合黄金比例，又或者五官、发色、声音有缺陷，甚至连身上的气味儿也不如智能机器人好闻。他们早就被机器给俘虏了，还有多少人懂得美是什么？"

"大众审美早在几十年前就已经彻底被颠覆了，如今我们不谈'美'，只谈'完美'喽！普兰，你该试试在 VR 影视剧或者戏剧中随时暂停，去触摸一下女主角光滑细腻零毛孔的脸蛋儿，这才叫真正的上帝般的享受。"安德鲁夸张地浑身哆嗦一下，自我陶醉地饮尽了杯中的红酒。

按照安德鲁的风格，试戏和约会基本上是同一件事，他没想过要分清楚，通常那些美女们也没法让他分清楚。可对于普兰，即便台上台下的女演员风情万种，他也只对奥莉维亚一个人情有独钟。可惜他再也看不到她站在舞台上了。

奥莉维亚，普兰在心中默念着这个名字。安德鲁大概还不知道，她昨天刚刚授权了自己的形象版权给一家 VR 影视公司。从今天开始，他们再也不会在传统戏剧舞台上看到她了。身体里的酒精让普兰感到阵阵恍惚，他甚至觉得自己离开罗马之前两个人选择分手是正确的，虽然每一次听到她的名字他还是会心痛。

"安德鲁，舞台上的原生女演员那么动人，并不是因为她们完美无缺，恰恰相反，是因为她们有太多不足之处，那些瑕疵，那些触不可及的缺陷，才是她们最为独特的地方……我想，除了奥莉维亚我大概不会再爱上任何一个女人了。"普兰喃喃自语道。

"资源浪费，严重的资源浪费！普兰，你应该随时随地谈个恋爱，女人是个神奇的物种，能让你的灵感像源源不断的泉水，取之不尽，用之不竭。"安德鲁凑过来，搂着普兰的肩膀用酒杯指着房间里千姿百态的女人们放低声音说，"不管是不是原生的。非原生的有时候甚至更胜一筹。"

随后安德鲁发出一连串爽快的笑声。他把脑袋靠在沙发上继续看着周围晃来晃去的人们，像一架总是对不准焦的摄像机。这是他长期用 VR 仪器看样片的结果。频繁的镜头与场景切换，容易让佩戴者感到恶心、眩晕和迷失，甚至发生意外伤害，这已经是众人皆知的副作用，但是人们还是乐此不疲地沉浸在虚拟的世界里不愿离开。

不过，比起大多数回到家就开始用 VR 逛街、看电影、玩游戏、开个人演唱会的普通人，传统戏剧人算是保留原始生活习惯最多的一类人。普兰从来不喜欢那些虚拟世界里的故事，他醉心于千百年前的古老艺术，按照自己的意愿生活，从不担心分不清什么是虚拟，什么是现实。

"安德鲁，我已经二十九岁了，来到佛罗伦萨快一年，换了好几个工作，生活没什么起色，感情嘛……"更别提了，"总之，我不想谈恋爱了。如果你还想帮我的话，记得留意有没有合适我剧本的人。"普兰喝完杯子中的最后一点酒，起身准备离开。

"等等！"安德鲁起身从西装内兜里掏出一张金色卡片，塞到普兰的衬衫口袋里，"拿着，我搞到的直通卡，可以直接进入半决赛，省你一半时间。"

普兰惊讶地看着安德鲁，这个老家伙总能在他最需要的时候伸一把手。他重重地拍了两下安德鲁的后背，对方还没来得及回应便被一位凑上前来的年轻女演员给拉走了。

普兰的手指触到了金属质地卡片上凹凸有致的起伏，那是月桂的枝叶，是希望的号角。他穿过客厅，走出了大门。

二

　　初秋的夜晚空气宜人，空旷的街巷里只有青灰色的石板路在街灯的照射下泛着橘色的暖光。走出几百米后，普兰拐上一条大道，他远远便看见一个姑娘坐在地上，背倚着电车站支撑时刻牌的栏杆，双臂交叉环抱着膝盖，头向下埋着，一头金色的顺滑长发如瀑而下，令人心头一颤。

　　普兰走过去，侧倚着栏杆站定。那姑娘似乎没有察觉到有人走过来，始终低着头，像是睡着了。不一会儿，无人驾驶电车开来，铿锵声不绝于耳。佛罗伦萨尽量保留了所有传统的建筑、交通、艺术、美食，但也在一些无伤大雅的地方选择了更高效节能经济的方式。普兰曾经去过一些已经开始空中交通管制的城市，那些地方的纯净空气的售价连年上涨，相较之下，佛罗伦萨既原始又自在。

　　普兰仰起头大口呼吸了一下新鲜空气。电车已经在眼前停稳，自动门打开，电脑系统用悦耳动听的声音报出站名。姑娘还是一动不动。大概是等太久了吧，普兰心想，他俯下身，轻轻碰了碰她的肩膀。

　　“嘿，醒醒！车来了。”

　　金发姑娘缓缓抬起头。一张难以描绘的伤感而苍白的面容上，嵌着两只浅蓝色的大眼睛，上面两道弯而细长的眉毛，纯净得犹如皎皎新月。两扇浓密的睫毛沾满晶莹剔透的小水珠，随着眼帘的低垂轻盈颤动。细巧而挺直的鼻子透出股灵气，像是对生活的强烈渴望，而浅粉色的嘴唇又紧紧闭着，倔强地把那股渴望压了下去。

　　等普兰回过神的时候，他发现那双眼睛里正默默地滚出大滴大滴的眼泪。金发姑娘没有丝毫要站起来的意思，普兰只好弯下一只膝盖。

"你是哪里不舒服吗？"

没有回答。

"那是钱包丢了，没钱坐车回家？"

姑娘摇摇头。

"和男朋友闹别扭了？"

"不，我没有……"

"那你为什么哭？"

"我哭了吗？"金发姑娘似乎根本没有察觉到自己的眼泪，傻傻地看着普兰，然后又抬起一只手在脸上擦了擦，又盯着手看了一会儿，然后把湿漉漉的泪水全蹭在了自己的牛仔裤上。

"是的，"她说，"我刚才都没有注意到。"

电车关上门，开走了。

错过了最后一班电车，想要回家，只能坐出租车了。普兰四处张望，想起不远处有个出租车停靠点。他犹豫了一下，丢下那姑娘起身离开了。或许是个高配复制人，挺完美的，可惜泪腺出了点问题。

夜已经深了，路上几乎没有车辆驶过。普兰点燃一支烟，看来想等一辆出租也得看运气了。

"嗨，别走。"

刚走出没几步，身后传来那个姑娘的声音。她起身走过来，问普兰能否也给她一支烟。她的声音并不娇美，也不冷酷，那是一种略带金属质感的平静语调，很耐听，只是话格外少。

普兰在人行道边沿坐下，再次掏出烟盒，把手伸进衬衫口袋摸出打火机。他递给那姑娘一支烟，帮她点燃。姑娘接过去，没说话，抽第一口就呛了，猛烈的咳嗽让她的眼泪又顺着脸颊流下来。

"几十年没抽了，还是这个味道。"

"你说什么？"普兰听见姑娘小声嘟囔了一句，又觉得可能是自己听错了。

"没什么。我叫思黛拉，你呢？"

"普兰。"

她猛地抬起头，用一种似乎想要将眼前男人穿透的目光盯着他看。

"有什么不对吗？"

姑娘摇摇头："我的第一个男朋友的名字和你一样。我很爱他。不过……"

她又把头埋了下去。

"分手了？"

"他死了。早就死了。"

荒谬。普兰有点儿后悔刚才没踏上最后那班电车了。

"思黛拉，"普兰说，"听着，我有点儿累，只想回家睡觉。如果你愿意，待会儿叫到车我可以送你一程。"

"我不记得我住在哪儿了，所以我才坐在这里。"

"那你没有钱包、证件，或者别的东西吗？"

"没有，我什么也没有。"

"这听上去不太可能……"

"我的东西都丢了。也许是有人把它们都偷走了，我也不知道。"思黛拉眨眨眼睛，无辜的眼神泛着点点闪光，看上去不像是在说谎。

"如果你不记得你住在哪里，那你怎么办？去宾馆吗？"

"我一分钱都没有。"

"朋友的电话也行，地址也行，我帮你打。"

"我也没朋友。"

"那你打算在哪儿过夜？"

"不知道，或许就在这儿吧。"姑娘扭头左右看看说："这儿也不坏。"

普兰知道再问也问不出什么了，他很快做出决定，提议让思黛拉跟他一起回家，和他同住的保罗正好外出了，第二天早晨晚些时候才会回来，所以她可以睡在他的房间里。

"太好了，谢谢你。"思黛拉站起身，跟着普兰朝停车场走去。

她真是个身材高挑的姑娘，比自己还要高一点。完完全全就是一个模特身材，和那些穿梭在时装周 T 台上的智能姑娘们没什么两样。年纪可能比自己小几岁，但也差不太多。普兰想，假如她真是个智能机器人或者复制人的话，她的主人不知道在哪儿。或许他应该想办法看看她有没有安装防走失信息芯片，可刚才自己居然没有想到去注意一下她的后颈。

一阵风吹来，普兰似乎感到身后的姑娘微微瑟缩了一下。这姑娘给人的第一感觉，实在太像原生人了。

三

两人穿过一条铺着石板路的小巷，走到另一条街上，街对面就是停车点。过马路之前普兰回头看了思黛拉一眼。她皱着眉头，四处张望，似乎在等什么，又好像在害怕什么。看她一副手足无措的模样，普兰便走过去轻轻抓住她的一只手腕，带着她穿过马路，钻进了一辆停在路边的出租车。

司机瞥了一眼后视镜中的两个年轻人，轻轻打开车载音响，发动了车子。一首古典小提琴曲缓缓倾泻而出，浸润了整个空间。司机轻轻晃动着脑袋，似乎也沉醉在这首乐曲里。普兰的耳朵被美妙的旋律吸引了，眼睛望着车窗外的风景出神。

二十一世纪的佛罗伦萨应该也就是眼前这个模样吧，没有虚拟生活，也没有虚拟旅行，人和人还可以面对面说话、开玩笑，而不必与那些脸上挂着招牌式微笑的服务性机器人故作姿态地点头致意。说到底，他还是不能接受那些虚拟的东西。

虚拟并非真实。普兰想要证明，那些所谓的先锋科技，无非只是一次又一次将人类与社会，与自己，与他人剥离。直到什么都不剩，直到只剩一颗被接满管子的大脑，孤零零地被关闭在意识仓库之中。

"两个世纪之前，作曲家恩里科·托塞利就出生在这座城市，年轻的他迎娶了奥地利的露易丝公主，他们坐在马车里徜徉在佛罗伦萨街头，去欣赏歌剧，去听音乐会，去参加文学沙龙。露易丝公主十分热爱音乐和文学，并有着很高的艺术修养，她与托塞利还合作写过一部歌剧。然而，由于种种矛盾，他们还是分开了。失去心爱之人的托塞利43岁时被癌症夺去了生命，他一生创作的轻歌剧、管弦乐曲、室内乐曲和歌曲几乎都没能留传下来，唯有这首深沉凄婉的《小夜曲》，让他永远活在了世人的心中。"

司机像是看出了普兰的心事一般，缓缓讲述着这首曲子的故事。普兰猜不出这是出租车公司给智能驾驶设定好的畅聊程序，还是某个心血来潮亲自驾车的司机无心的交流。他转过身悄悄看向思黛拉，她从上车起就望着窗外，一言不发。此刻，她的脸颊上又多了一道晶亮的泪痕。

源源不断的泉水，普兰忽然想起安德鲁的话。

二十分钟后，车子停在普兰住的公寓巷口。进门之后，普兰直接带思黛拉去朋友的房间，他需要休息，她也是一样。两个人最好相安无事过完天亮前的几个小时。

"我要水。"

"你想喝水吗？"

"不，浇在我身上。"

"你想洗澡？"

"对，就是这个。我想不起来怎么说了。"

普兰叹了口气，带她到浴室，详细地教了她开关和调节冷热水的方法，告诉她洗发水、沐浴露和毛巾的位置，然后退了出来。

他看看时间，已经快三点了。脑袋里好像有几千只蜜蜂在忙碌着，眼前的东西也旋转起来，一个身姿曼妙的姑娘站在哗哗流水下的画面也没能把他从恍惚中唤醒。但愿她洗完就会自己睡觉了，普兰祈祷着，朝床倒下去。

"我不会关水。"不知过了多久，思黛拉出现在门口，浑身赤裸，满是水滴。白皙的脚趾下水流沿着木头地板淌成了一片湖泊。她有些发抖，被水浸湿的金黄色的头发一绺一绺垂下来，仍在滴滴答答淌水。没有泡沫，谢天谢地，洗发水应该是冲洗干净了。

她让我无法呼吸了，这是普兰坐起来后的第一个念头。他深吸一口气，尽量不看她，起身去浴室关上水龙头，再拿毛巾擦干地上的水渍。回来时看到她已经睡在了自己的床上。没有擦干身体，也没有盖上被子。

老天，我该怎么办！普兰用双手使劲抓抓头发，他简直要发疯。他给她盖上被子，然后又走回浴室。浴室里飘荡着细密的水雾，玻璃上白蒙蒙一片，看不清脸。普兰转身准备脱衣服，发现思黛拉的衣服还挂在门后。一股淡淡的香味儿飘进他的鼻子，他忍不住上前，翻看她的衣物。

浅米色的套头毛衫是个不知名的小众牌子，质地轻盈柔软，很薄，看起来走的是潮牌路线；深蓝色的牛仔裤是最好的牌子，但所有兜儿都是空的，连张纸巾都没有。内衣是银色的，一整套，和鞋子颜色一致，没有装饰和蕾丝。内衣倒是很像给非原生人穿的款式。

通过外表做判断完全没意义，很多条件出色的原生人也以扮演复制人为乐，甚至和自己的替身互换身份，逃避工作和学习。这是个真假难辨的时代，只要主人愿意，和他们的机器人结婚"生子"也并非全无可能。普兰从来没有想过和一个非原生人谈恋爱会是什么情形，不过他见识过那些代替主人来试戏的复制人，简直是一场心理竞赛，太可怕了。

普兰放弃了毫无意义的猜测，简单冲了个澡，裹着浴巾走回房间。他把思黛拉的衣服轻轻放在床边的椅子上，转身离开。

"别走！"她忽然喊道。

普兰慌忙转过身，却看见她连眼睛都没有睁开。上帝啊，赶快让我回到床上去吧，普兰祈祷着走进了旁边朋友的房间，关上门。入睡前，他忽然想起把衣服挂在了浴室，"金月桂戏剧大赛"的直通卡还在衬衫口袋里。算了，明天起床再拿出来。

普兰沉沉地坠入梦乡，直到一道耀眼的白光射进窗子。他的眼睛很温暖，似乎有一双手在轻轻抚摸着，他缓缓睁开眼睛，看见了思黛拉。

她跪坐在自己身边，雪白的肌肤散发着晶莹剔透的光芒，一头金发分开两边，恰到好处地遮住了挺拔的双乳中间的部分。阳光从她背后照射过来，像是一双巨大的白色翅膀，轻轻颤动。

她低下了头，把脸埋在普兰的胸前，然后如同一只温柔的小兽，依偎着他侧身躺下。这个姑娘虽然有点傻，但是身上有种奇异的美妙，此刻，她微闭着眼睛，睫毛颤抖，嘴角微扬。

"谢谢你……"普兰似乎听见一个十分苍老的声音，微弱到几乎听不到。

"不如，和她说试试戏？"一个声音说。

"不行！"另一个声音反驳道。

"醒醒！醒醒！"

一阵急促的敲门声把普兰唤醒。一定是保罗回来了，自己正睡在他的房间里。哦，不对，还有思黛拉，这可有点不太妙……

普兰强迫自己睁开眼睛。"思黛拉？思黛拉！"他跳起来裹上浴巾打开门，不顾保罗打量他时那复杂的眼神，径直奔向自己的房间。

房间的门开着，里面没有人，床铺上有些凌乱，原本放在椅子上的衣服不见了。也没有金发姑娘的踪影。普兰颓然地坐下来，脑袋里一团乱麻。他下意识地去看床上，除了一团人形的凹痕，什么都没有。

普兰来到浴室，昨晚挂在浴室门背后的衬衫正躺在地上。他捡起衣服，把手伸进去，胸前的口袋里空空如也。他又翻了两遍裤兜，还是空无一物。

"金月桂戏剧大赛"的直通卡，不见了。

四

普兰十岁那年，曾经跟父母一起看过一场传统戏剧。出发之前，母亲给他换上了黑色的礼服，打好领结，还给他戴上一顶绅士礼帽。

他们乘车来到大剧院门口，普兰第一次看到有那么多的男人、女人、老人、孩子盛装打扮走进剧场。灯光亮了，美妙的乐曲奏响；灯光暗了，帷幕缓缓拉开。在那之后，隐藏着一个奇妙的世界……

在接下来的十年里，普兰通读了所有能找到的关于传统戏剧的历史资料，文字资料和影像资料。影片中的人们面对面说出台词，拥抱彼此，还会在每一幕结束时得到台下雷鸣般的掌声。他觉得那感觉、那场景真是棒极了，还有什么比面对面更好的方式呢，于是大学时他选择了无人问津的传统戏剧创作与表演专业。

"你知道你的选择意味着什么吗？"父亲问。

"如果时间可以倒流，我宁可回到一百年前的 21 世纪，做一个老旧的戏剧人，也不愿整天躺在床上，在'坟墓'里赚钱！"

普兰放弃了继承家业的机会，独自一人来到罗马。他如同一个戏剧考古者，一边感受着虚拟技术飞速发展带来的极致体验，一边探寻着古老艺术永恒的魅力。

传统戏剧不依靠任何科学技术，只用原生人（非机器人，通常是指区别于智能机器人、复制人，以及进行过基因修改或者优化的原生人类）进行现场表演。这种戏剧就像电脑的初始系统一样，保留着最初的简单与自然，表演的过程不能修改，也无法优化，更不会有技术上的频繁改进与升级。原始生命的激情与纯净的表演形式，就是它最引人入胜之处。

周围的人知道普兰学了这种没用的专业，都觉得他是个跟不上时代的怪人。这是娱乐至上、娱乐至死的年代。没有人再走进电影院了，躺在家里的沙发或床上，购买 VR 家庭影院才是最常规的娱乐方法。在这个时代每个人都是演员，每个人都是导演，每个人都可以学习更精湛的表演方法。不管是打怪升级、英雄救美、还是极限运动、太空旅游，只要你愿意尝试，GAME 永远不会 OVER。

而远古时代的戏剧，在人们眼中就像是岩洞中的壁画一般野蛮、怪异而不知所云，最骇人听闻的是还有人在表演中摔下舞台或者被道具枪击中丧命的先例，这是在二十二世纪绝不可能发生的事情。普兰如果不是个疯子，为什么要去搞那些危险的玩意儿？

当一个人对现实中的其他人抱有期望时，便会发现原来沟通是件困难至极的事。生命有限，假如能够将浪费在说服对方上的时间和精力用于丰富自己的世界，则像是获得了另一个出口。普兰并不在意别人的看法，他希望有一天现实能给他一个答案，而不是那些沉迷于虚拟世界的人。

不过，他也承认自己确实有点落伍。他不喜欢和智能女人谈恋爱，虽然她们脸蛋漂亮，身材迷人，还总是和人类心有灵犀，但她们说到底还是程序。偶尔你讲一个自己编的笑话，她们并没有在数据库里找到匹配内容，就一脸僵硬地望着你，直到开始下一个话题。他也不太喜欢复制人，毕竟如果一起逛街时被"原版"撞见还是有些尴尬的。相对于明星复制品，他比较能接受熟人复制品，可总被捉弄或者敷衍也够令人心烦的。

于是，等到普兰毕业的时候，理所应当地失业了。全世界都已经遗忘的这种艺术，只在几个古老的城市还顽强地坚持着。幸好那些上流社会最顶端的人还保留着欣赏传统戏剧的爱好，这给了普兰一线生机。

如今米兰时装周也只通过虚拟平台发布了，黑客狗仔拍到那些时尚编辑们，骨瘦如柴，躺在家里的豪华大床上，在发布会当天欣赏着虚拟模特们的走秀。厌食症也不再是什么可怕的病症，而是越来越流行。前卫医学媒体不断报道某个明星跟随导师成功进行了精神辟谷，从而摆脱了精神肥胖。而因为缺乏运动的真正肥胖症患者，则依靠自己的复制品，体面而光鲜地活跃在外面的世界，对与日俱增的体重满不在乎。

普兰像个一百年前穿越而来的老古董，尽量按照过去的方式生活，每天吃新鲜蔬菜水果、做运动、用自己的大脑去思考剧本，千辛万苦寻找和挑选原生演员（这在所有事情中是最难的）。安德鲁稍有不同，他并不拒绝任何类型的女人，但生意上还是坚持只和人类合作，这是他最后的底线，也是普兰一直将他视为知己的原因。

一个月后，普兰在一家戏剧学院找到了一个临时的工作，教授传统戏剧。他约安德鲁在咖啡馆见面，感谢他的引荐帮了大忙。

"每周一节，安排在周五下午。时间不太理想，很多学生都会早早安排好周末的活动，或者打工，所以大多数老师都会避开这个时间。但是我已经很满意了，况且对方应允如果这个学期结束后课程反应还不错的话，可以考虑续聘。"

"课程时间怎么样？"

"时间很短，也不需要 VR 演示。这样我可以有更多时间和精力去构思自己的新剧本，下课了还可以在学院的草坪上散步，或者坐下来想想该怎么把人物写得更有趣，很棒！"

"那就好，比赛要加紧准备了。还有那个姑娘，后来和你联系了吗？"安德鲁问。

"你是说……思黛拉？"普兰搅动杯中的咖啡，眼前又浮现起那姑娘的样子，耳畔回响着托塞利的《小夜曲》，他们一同坐在流动的音符上被带到远方，一切都显得那么不真实。"没有，她消失了。实在抱歉，那晚我喝得有点多，根本记不起到底把卡放在了哪里，也可能是丢在路上了。"

事后普兰曾把那晚的经历告诉安德鲁，安德鲁说最大的可能是智能机器人程序出现问题了，她明显是宕机状态。但是普兰坚持说自己遇到的是个原生姑娘，要不然他也不会同情到把她带回家。他略过了第二天早起自己的梦境，如果那不是梦的话，那他倒是可以百分之百确定那姑娘是个智能机器人，而且是完美级别的。

安德鲁摆摆手，"算了，以你的实力，只不过是多浪费一点时间而已。"

五

能够容纳一百余人的教室里稀稀拉拉坐着三十多个学生，偶尔多出几张点名册上没有的陌生面孔，是其他专业的学生出于好奇过来旁听。能有这样的上座率普兰已经十分满意了。他走上讲台放好教案，环顾教室，当目光掠过最后一排的时候，普兰看到一个金发女孩和总是坐在最后一排的黑发女孩一起出现在角落的地方。

如果没有记错，她的名字应该是思黛拉。

普兰连忙低头翻看点名册，上面没有思黛拉的名字。这是显而易见的事实，那个名字从来就不在点名册上。普兰决定点名。他一个一个名字念过去，直到最后叫到"贝莉娅"时，那女孩应声回答，同时轻轻举起手臂。

"很好，感谢你们在众多课程之中选择了传统戏剧，我的课程不会使用 VR 系统授课，也不允许智能机器人或者副本（复制人）代为上课，所以，你们在座的每一位，都是真实地和我、和彼此面对面交流。这一点很重要，非常重要，请你们明白。当然，这学期的最后我将安排一次演出作为期末测试，到时候你们可以自由分组，进行排演。"普兰重复了前两节课程上说过的话，当他把目光投向思黛拉（贝莉娅）的时候，发现她下意识地躲闪了一下。

之后，普兰尽量像往常一样上课。可他的目光总忍不住看向最后一排角落的方向。两个女孩很认真地听讲、做笔记，一言不发，贝莉娅好像对这门课程特别感兴趣，这让普兰喜出望外。她的样子没有变，声音也没有变，她窈窕的身姿，还有浅蓝色的大眼睛都栩栩如生。只是好像变成完全不同的另一个人，一个被注入了灵魂和生命的姑娘。他恨不得走到她身边去问问她，这一切究竟是怎么回事。

得做点什么，搞清楚这一切，确认她是思黛拉，或者贝莉娅。

贝莉娅觉得这门课程很有趣，那个叫普兰的男老师人也十分风趣幽默，他个子有一米八五，亚麻色的头发，绿色眼睛，胡子刮得非常干净，下巴上还有条可爱的小沟，笑起来的时候周围的空气就忽然变得明亮起来。贝莉娅总觉得自己在哪里见过他，她问米娅是不是以前她们在哪里见过这个老师。

"我百分之百确定，没有见过。你看他穿灰色 T 恤衫，牛仔裤，板鞋，绝对是个低调的家伙，但是再低调也挡不住他脸上写着：我很帅，我是原生的，精品！如果他以前在学校附近的小剧场或者酒吧出现过，我的情报网是不会漏掉这个完美男人的。"米娅把嘴里咬着的笔拿下来捅捅贝莉娅的腰眼儿，说："我就知道你喜欢这款，他是不错。"

"我真的在哪里见过他，但是想不起来了。"贝莉娅望着讲台上的那个男人，感到一丝莫名的恐惧，尤其是发现对方有意无意间也总是望向自己。

下课后普兰被几个热情的学生包围了。他看到贝莉娅犹豫了片刻，跟黑发女生一起走出了教室，等到他得以脱身，已经不见了她们的踪影。

　　整个下午普兰都在琢磨这件事。这姑娘显然和那天晚上不同，难道是她的副本，又或者是那天自己见到的真是个智能机器人，他再次后悔没有偷偷查看她的颈部后方。通常非原生人的那里会留有有数据连接或者重启孔，也有人喜欢在那里做成各种文身当作装饰。他记得贝莉亚完全没有文身，也没有任何显示她不是原生人的破绽，除了她什么都不知道，记不住。

　　普兰越想越烦躁，翻身起床找出了许久不用的 VR 出街仪。自从来到佛罗伦萨，他还没用过这玩意。VR 出街仪有导航功能，还能实时比价，甚至还能到附近的城市游览观光，但是普兰始终觉得自己到处乱走比用它过瘾多了。

　　普兰漫无目的地在学校附近的商店、餐馆、酒吧、咖啡厅找了一大圈，也没看到贝莉娅的影子。快速场景转换很快令他的视觉出现了疲劳。他摘掉仪器，翻身休息，不久便进入梦乡。想知道更多只能等再一次上课了。

　　几天之后，安德鲁带来好消息，他已经看过了普兰发过去的《众神之夜》剧本，非常看好他这次的参赛。安德鲁甚至已经动用关系帮普兰搞定了排练场地租用和布景、服装、道具，让普兰尽快确定演员。

　　临近十二月的尾声，"金月桂戏剧大赛"的报名结束了。普兰在安德鲁的运作下接到了不少采访邀请，被媒体誉为最有竞争潜力年轻导演，一时间成为夺冠热门。不少年轻的原生演员，冲着普兰的新锐戏剧家的名气而来，渴望得到一个登上舞台的机会。普兰和安德鲁商议后，决定全部启用学生演员，他希望给自己的学生一次机会，让他们去亲身体验登上舞台那一刻的美妙。

戏剧学院的课程依旧在继续，普兰陆续选定了十几个演员，但是女主角一直没能确定下来。在他的心中，始终有一个人选，清晰了又模糊，模糊后又清晰。

这天下课以后，普兰收拾东西，两个女孩从他面前经过。

"嗨，感觉怎么样？"普兰终于等到了和贝莉娅说话的机会。

"非常迷人！我喜欢你讲《卡门》。"叫米娅的黑发女孩回答。

"我也是。"贝莉娅随声附和，看起来心情不错。

"介不介意一起去喝一杯咖啡，我请。"

"抱歉，老师，我很想去，但是，今晚还有社团活动，所以……"米娅面露难色。

"或许，我可以一起去，我没事。"贝莉娅看了看米娅，对方报以感激的目光。

普兰和她们一起走出教学楼。米娅转身道别从另一条路去了艺术学院。

"她刚刚接受邀请担任了一个学生乐队的主唱，真为她高兴。"贝莉娅说。

夕阳中的校园被橘色的柔光笼罩着，有一种别样的宁静之感。普兰没有说话，只是静静听贝莉娅讲米娅，讲他们的新乐队，讲自己喜欢的几支后摇乐队，还有最近看的几部影片。

和普兰单独相处的时候，贝莉娅非常擅长引导话题。普兰发现她看过很多书，也喜欢老旧的经典影片，同时又对歌剧和舞台剧格外着迷，她甚至对几十年前的戏剧风格、舞台细节、表演方式了如指掌。

"传统戏剧表演最吸引人的地方，就在于无论演员还是观众，在那一段相对封闭的时间与空间中像是暂时逃离现实，跳进了另一个世界……"谈论戏剧时，贝莉娅异常兴奋，见解独到，表现出与年龄不相称的成熟。

"是的，不一样的人生体验。"普兰回答。他差一点就忘记，眼前这女孩就是几个月前他遇到的那个失魂落魄的姑娘。他真想问问她，那晚你是不是也在寻找不一样的人生体验。可他不会这么问。面对一个如此生动活泼美丽的姑娘，谁还会在乎之前发生过什么。

他们在校园门口不远处的一家咖啡店门外的小圆桌旁上坐下，每人要了一杯咖啡。咖啡的味道不错，贝莉娅也许是因为刚才讲了太多的话，不再滔滔不绝，而是专心品尝眼前的咖啡。

他注意到，她加了两勺糖，一点牛奶，喝之前会用嘴唇试探温度。原生人的做法，普兰暗自高兴。

"其实，那天晚上我搞丢了参加戏剧大赛的直通卡。"普兰看贝莉娅用手指轻轻在桌面上画着圈，用一种奇妙的节奏。她的手指修长白净，引人入胜，他不知为什么就说出了这句话。

"太糟了，是因为……我么？"贝莉娅小心翼翼地问。

"不怪你，是我喝得太多了。但是那天晚上，你很奇怪。"

贝莉娅点点头，"实在抱歉，有时候我有点'不受控制'。"她耸耸肩，尴尬地笑笑，"希望没有吓到你。"

"如果你会弹钢琴的话，可以在我的戏里演一个角色。是女神的角色。"

"我会一点，但不是太好。"贝莉娅犹疑片刻，"况且，我不认为这是个好主意。"

"你当然可以，实际上我觉得没有人比你更适合了。"普兰看到贝莉娅天蓝色的眼睛闪动着迷茫的神采，她在思考，在判断，在决定普兰的命运。

"其实，我知道你的想法，但我只能答应你帮你排练，直到你找到合适的女主角为止。"贝莉娅像是下了很大的决心，才做出这个决定。而当她说出这句话的时候，普兰兴奋得不知如何是好。

两天之后，贝莉娅跟着普兰去了他的小剧场，简单地试了一段戏之后，女神的角色便确定由她来代演了。自从那天之后，贝莉娅几乎每天都会按时出现在排练场。普兰约她一起喝咖啡、散步、看电影，她都没有拒绝。

"贝莉娅，你爱上了普兰老师。"有一天米娅忽然这么说。

"怎么可能，我只是爱戏剧啊！"贝莉娅把手放在心口，一字一句地回答。

六

第二年三月伊始，"金月桂戏剧节"如期拉开帷幕，戏剧节为时一个半月，期间会进行很多和传统戏剧相关的展览、表演、讲座、活动。作为其中的重头戏的"金月桂戏剧大赛"全程都允许观众买票观看，参加复赛评分的观众还可以获得剧院的贵宾卡，一时间传统戏剧又重新占领了媒体和人们的视线。

开赛以来，普兰的《众神之夜》高歌猛进，闯入决赛。最后一场演出被排在最后出场，大有压轴之作的意味。看过前两场表演的观众们好评如潮，各大媒体也对他们的表演充满期待。

"千万不要被表象迷惑，女人最善于伪装。或许她刚刚进行过系统升级。"自诩为情场高手的安德鲁，有过几打女朋友，还有数不清的暧昧对象，他对女人的认识远比普兰深刻。几个月前他曾警告普兰，贝莉娅的态度或许恰恰说明她不是原生人。

春风得意的普兰不以为然。"贝莉娅不讨厌我，还非常喜欢和我在一起。我们无所不谈，相处非常愉快。而且，我第一次看见她的时候，她正在哭……"

"老兄，会掉眼泪的智能机器人已经生产到第七代了，液体的温度、流速，甚至味道，都可以控制。只不过价钱高些而已。从某种意义上说，你还真不如多买几个升级版去替你表演，按照剧本，设定好程序，该流泪的时候流泪，该打架的时候打架，多省心。"

安德鲁说的是气话，但很多制作人实际上私底下也都是这么操作的。普兰把这归结为职业操守问题，他始终认为如果给想要看传统戏剧的人看非原生人的演出，那还不如让他们直接回家躺在床上去VR剧院。

"我还是觉得她是真的，再说我这个穷鬼，除了可以卖帅，其他什么都没有了。"

"瞧瞧，咱们未来的戏剧家也要被复制人征服了呢！需不需要我来帮你查查看？"

"千万别，我可不想这部戏没了女主角。"普兰拒绝了安德鲁，他的戏已经成功晋级决赛，决赛定在一个星期之后。时间已经不允许他再替换任何一名演员了。好在所有人的表现都出乎意料的好。大家对冠军都志在必得。至于贝莉娅，他从来没有怀疑过她，也从来没有见过比她更真实自然的姑娘。

几个月来贝莉娅和大家一起排练，和普兰搭档扮演男女主角，一切都异常顺利。虽然大赛还没有结束，媒体和观众之中已经在盛传这次的胜出者是《众神之夜》无疑。期间普兰陆续接到了好几个电话联系演出和版权改编，都被他暂时搁置在一边。为了最后一场演出，他拼尽全力准备拿下"金月桂"。

演出的前一天，排练提前结束。十二点时演员们疲惫而归，准备迎接最后的挑战。普兰坐在舞台边缘，望着排练场里空荡荡的座位，这是紧张的排练和演出之后最令他感到惬意的时刻。

每一次演出，都是观众和演员的共同创造，演员负责表现生命，观众承载着连接，台上台下其实同在一个时空，就像能够彼此触摸的平行空间。虚幻和真实的界限唯有这时是不存在的。普兰常常会思考这些问题，但又每每否定自己的答案，为了探究这玄妙艺术的真谛，他只能一次又一次投身其中，忘乎所以。

"普兰，有件事我想跟你说。"贝莉娅的声音从身后传来。

普兰拉过贝莉娅，让她在身边坐下。他轻轻抚摸贝莉娅的长发，它们柔软顺滑，有一丝丝凉意，透过表层正传递着微暖的体温。"再坐一小会儿，我这就送你回家，你养足精神，明晚过后我们再好好庆祝。"

"不，我是想说，明天的演出我不能参加了。"贝莉娅声音低得连自己都听不见，"对不起，普兰。"

"你在说什么？明天是决赛最后一场，没有你怎么能行？"

"米娅可以代替我，我已经跟她说好了。她看过很多次排练，没有问题的。"

"别开玩笑，这不可能。所有人都必须到齐，我们的配合天衣无缝，绝不可能临时换人。"

"普兰，我……"贝莉娅欲言又止，一路陪普兰走来，她几次想要退出，但又于心不忍。

"别再说了，我知道这些日子你很辛苦，白天上课，晚上还要排练，没有休息日，我们都一样，都是为了明天的演出，再坚持一下，明天你就会明白，我们有多么出色，到时候所有人都会为咱们喝彩的。"

他明白那种命悬一线的感受，他明白那种黑暗中看不到光明的茫然，也深知没有什么比戏剧更让他们感到自己真实存在着的幸福。和贝莉娅在一起的这些日子，他自认为已经对她已经一清二楚。

"普兰，别我对抱有希望，你会后悔的。你看到的并非真实。"贝莉娅不顾普兰在身后的大声挽留，起身离开了排练场。

第二天，安德鲁找到普兰，他劝普兰尊重贝莉娅的选择，启动备用演员。

"这不可能，她那么出色，我怎么可能随便找个 B 角把她换掉。"

"不换她你或许会输掉比赛。"安德鲁的神情异常严肃，"我已经得到了小道消息，圈内有个老家伙说他几十年前见过贝莉娅，你仔细想想，她一定不是你认为的那么简单。"

"见过又怎样，长相相似的人太多了！"普兰抑制不住自己的情绪，开始在房间里走来走去，"我不管别人说什么，我只相信我看到的！现在怎么连你也怪声怪气，比赛再过几个小时就要开始，除非我疯了才会现在换演员！你难道想眼睁睁看着这一切白费？"

"普兰，你冷静一下！按理说，你已经赢过了所有人，最后这一场其实只是名义上的角逐而已。但是，这次情况不同，那个老家伙是个大人物，他很可能会毁掉你的前途，你醒醒吧！"

"不，我要赢，赢得比赛，赢过所有人，让他们看到传统戏剧还没有衰落，这个舞台因为有了原生演员的演绎才会闪闪发光，安德鲁，你明白的，成败在此一举啊！"

安德鲁无奈地摇头，"普兰，我见过太多这样的事，你做好一切准备吧。"走出房间前他留下最后一句话："天黑之前我会带贝莉娅回来。"

七

　　银白色的沙滩，远处汹涌的深蓝色海浪。舞台两端的演员正尽力舞动白色的幕布，一位少女和一个佝偻着身躯的"老人"走上沙滩。

　　"父亲，你看！天空。"

　　"东方，秋天的长空之中，孩子，你看见了什么？"

　　"从黑暗的高空中，

　　从淹留在东方的一片透明的天空，

　　当埋葬一切的乌云正在黑压压地撒下，

　　越来越低，迅速地从上面横扫下来，

　　升起了那巨大的，宁静的主星——木星，

　　而在他的近处，就在他上面一点，

　　闪烁着纤秀的贝丽亚特斯姊妹星群。"

　　《众神之夜》的最后一幕，少女和父亲来到海边，得到了神启，然后带领众人穿越黑暗世界抵达光明彼岸。

　　贝莉娅穿着洁白的长裙，金色的长发被编织成发辫盘在头顶，花环上的绿叶和花朵跟随着她的每一个动作颤动、呼吸。一段台词之后，贝莉娅开始悲伤地哭泣，泪珠从她的眼眶中一滴一滴滑落，在脚下的"沙滩"上化为一片一片的花朵。然后她颓然地坐了下去。

　　"父亲，云，看那些云，它们就要吞没一切了。"贝莉娅指着漫天乌云。

　　"别哭，孩子

　　别哭，我的宝贝，

　　让我来吻干你的眼泪，

　　这阵可怕的乌云不会永久盛气凌人的，

它们不会长久霸占天空，吞没星星只不过是幻象，

耐心地等吧，过一晚，木星一定又会出现，

贝丽亚特斯星群也会出现，

它们是不朽的，所有这些发金光和银光的星星都会

重新发光，

大星星和小星星都会重新发光，它们会永久存在，

硕大的不朽的大阳和永久存在、沉思的月亮都会重新发光。"

贝莉娅缓缓抬起头，仰望夜空。她的眼神悲伤而纯洁，充满了无限渴望。

"亲爱的孩子，难道你单单为木星还会悲伤？

难道你单单为了乌云埋葬星星着想？

有些东西，有些东西甚至比光辉的木星存在得更久。"

普兰俯下身去，捧起贝莉娅的脸颊。他们演得非常投入，吸引了所有人的注意。普兰感到喉咙微微收紧，少女需要在此刻流下最后一行眼泪，然后收敛悲伤，恢复神性。贝莉娅的表演自始至终都十分投入，她的激动与泪水不是演出来的，是一种真情流露。普兰仿佛又看到了那个夜晚独自坐在街头的思黛拉。不，也许应该叫她贝莉娅，犹如贝丽亚特斯姊妹星群般光芒闪耀的姑娘，一个美丽的谜题。

父亲的吻落在女儿的额头上，画外音响起：

"我用我的嘴唇亲吻你，并且低低告诉你，

我给你暗示，告诉你问题和侧面的答复，

有些东西甚至比星星还要不朽，

多少个星星被埋葬了，多少个日夜逝去了，再也

不回……"

父亲仰起头，拉起女儿，两人并肩面对着"东方"。

"有些东西甚至比光辉的木星存在得更久，

比太阳或任何环绕转动着的卫星，

或光芒闪耀的贝丽亚特斯姊妹星群，存在得还要长久……"

众人登上舞台，伫立在父女两人身后，天空中繁星闪耀，舞台上落下银色的帷幕。

观众席爆发出雷鸣般的掌声，普兰握住贝莉娅的手转过身。大幕缓缓拉开，掌声再次如雨点般袭来，演员们一再鞠躬，依旧挡不住观众经久不息的欢呼与喝彩。

评分环节由五位评委和观众打分组成。决赛的三场演出之中，《众神之夜》排在最后一场，综合得分最高，按理来说胜出应该毫无悬念。普兰暗自庆幸他终于找到一个中意的女演员了。不，此刻他更希望她做自己的女朋友。他频频看向贝莉娅，她表情平静，匆匆走向后台。

悬念将在几分钟之后揭晓，台上台下，剧场里，帷幕之后，所有人都在屏息等待。

"各位观众、嘉宾、参赛选手们，此时此刻，本次'金月桂戏剧大赛'的最终名次已经揭晓，在我手中的这份名单之中，有你们最想知道的结果。但是……"主持人故意停顿了两秒钟，"我还是决定从最后一名开始宣布。"

电子墙上传来前方画面。主持人依次宣布了获得本次"金月桂戏剧大赛"优胜奖、铜月桂奖、银月桂奖名单。上台领奖的导演和演员代表已经将气氛烘托得异常热烈，彩色纸屑漫天飞舞，每个人脸上都洋溢着喜悦之情。大奖宣布在即，普兰在后台被众人围在当中，等待着最终的结果。

　　"各位，我知道大家都在翘首企盼这次的金奖获得者，按照大赛的评分方式，获得本次'金月桂戏剧大赛'金奖的作品应该是——《众神之夜》。"台下响起小幅度的欢呼声，但是观众似乎立刻察觉到主持人语气中的异样，"遗憾的是，大赛评委会一个小时前刚刚接到举报，《众神之夜》中违规使用了非原生演员，因此，大赛评委会决定取消其参评资格，保留追究的权利。本次'金月桂戏剧大赛'的首奖——金月桂奖空缺！真的是非常遗憾，但传统戏剧，依旧值得期待！谢谢大家的观赏！月桂之神，我们明年再见！"

　　台下一片哗然。为了避免出现骚乱，电视台和 VR 视频匆忙打出字幕，迅速切断画面，结束了直播。网络媒体的同步信号也被掐断，引起了所有观众和网友的抗议。网络上人们议论纷纷，各种猜测和质疑应声而起。

　　直到屏幕上换成广告，普兰似乎还沉浸在梦境里，他甚至不知道主持人到底是不是在说他的戏。演员们一拥而上，纷纷质问到底问题出在谁的身上，普兰颓然四顾，没有发现贝莉娅的身影。他拨开喧嚣的人群，仿佛一切都和自己没有关系，迈着轻飘的脚步，追逐着那个身影。最终，他在剧院门口的台阶上看到了贝莉娅。

　　听到熟悉的脚步声后，贝莉娅缓缓站起身，她转过来对普兰说："对不起，是我不好，搞砸了一切。"她满含眼泪的双眸依旧清澈如水，但掩盖不住的悲伤之情犹如潮水般浮现在苍白的面容上。

　　普兰冲上前去，把贝莉娅揽入怀中，无意地触碰到了她的后颈，那里光滑而富有弹性，保持着一个人类正常的体温，没有数据接口，也没有重置按钮。她怎么可能是假的？

　　或许，贝莉娅的亲生父母和自己的父母一样，只不过是一对非常会赚钱，却沉迷 VR 生活，不愿抚养自己孩子的原生夫妻，也或许？

普兰意识到他正在试图用自己都不会相信的理由欺骗自己，忽然感到无比荒谬。

面对无孔不入的 VR 技术和仿真科技，人工智能和各种替代设备已经达到了以假乱真的地步，人们之间已经无法用肉眼分辨对方的真实身份，能做的只是选择接受，或者坚持拒绝。作为一个笨拙的原生人，他又能如何呢？

他默默地注视着贝莉娅，此刻，他不再试图猜测她的身份来历，或是那天晚上莫名其妙的意识残缺。她或许是智能机器人，或许是某个人的复制人，也或许根本就是个异星人，但是那些好像都不重要了。

"我想，我应该给你一个解释，请跟我来。"贝莉娅平静地说出这句话，然后带着普兰离开了剧院。

八

凌晨两点的城郊寂静无声。普兰跟随贝莉娅来到一座白色的房子前。他们下车穿过房子前干净整洁的草坪，来到大门前。贝莉娅伸出手掌覆盖在电子锁上，门自动打开了。

房子的内部宽敞空旷，摆设极其简单，客厅里引人注目的除了一张异形原木桌和几张座椅外，就只剩一幅铺满整个墙壁的黑白照片。巨幅照片给人的视觉冲击十分强烈，普兰走到近前，仔细辨认着照片里的场景。

布景简陋的舞台上有几个演员穿着戏装，有男人也有女人，年轻的贝莉娅站在正中央，双手交叠放在心口处，低眉颔首。这张照片的拍摄年代似乎十分久远，画面上那种粗陋与质朴的氛围并不是现代做旧效果，而是和二十世纪七八十年代胶片照片的效果相仿。而贝莉娅却真真切切置身其中。

"请跟我来。"贝莉娅在一块电子屏幕前按下一些按键后，转身走向走廊尽头。

通往房间的地板上有轻薄柔软的地毯，吸去了所有声响。房门悄然打开的那一刻，普兰感到一瞬间的恍惚。房间里有些暗，厚厚的窗帘遮蔽了外界的一切光源，只有墙体边缘处有淡黄色的灯带为房间带来柔和的光线。一张大大的单人床上躺着一个虚弱不堪的人，远远望去只有一团被白色绒毯覆盖着的躯体，纤细而瘦弱。围绕着床铺，有至少三十种电子和医疗设备，指示灯此起彼伏闪着各种颜色的光，密布的线如蛛网般将床体包裹。

普兰一时间判断不出那些仪器的作用。他看向床上的那个人，惊讶地发现在那个人的头部覆盖着犹如锁子甲一般细密的金属丝线。"盔甲"沿着脖颈处向下延伸，不用看普兰也能猜到，这个人的全身连接了虚拟感应装置，这是 VR 设备和人工智能联合感应系统，可以"复活"一个人的所有感官与动作。

"这……"普兰下意识地看向贝莉娅。

贝莉娅坐在床对面的一张具有各种接口的金属椅子上，闭上了眼睛，保持着如静坐冥想般的姿态，隔绝了与外界的一切连接。舒缓的古典乐曲正缓缓响起，房间里的紧张感顿时消散了一半。

"对不起。"床上的人发出一个因苍老而格外微弱而混沌的音节，这是一个年老的妇人的声音。

"你是谁？"

"是我，思黛拉。"

思黛拉？！普兰走上前去，透过"金属盔甲"眼部的暗色镜片，看到一双布满皱纹的眼睛，微微睁着，浑浊的眼眸是灰蓝的颜色，淡然无光。老妇人犹如枯树皮一般的皮肤上满是褶皱，看上去至少有一百多岁了。

"是我，对不起，我欺骗了你。我和贝莉娅。"

"这不可能，贝莉娅她不可能是复制品。"普兰觉得眼前的一切像是个幻境，他走到贝莉娅面前，慌乱地拨开她后颈的长发——确实什么都没有。

"不必再看了，她并非通常意义上的复制人。她是顶级的，不需要任何接口，重设按钮藏在最隐秘处，除非我允许，不会有人碰到。在我们一起生活的一百多年里，她不断更新系统，保有最先进的功能，确保我可以像正常人一样生活。从某种意义上说，我就是她，她就是我。"

"可她……毕竟不是原生人。"

"没错。不是你们认为的原生人。但是，对于我来说，嗯，没有什么区别。"老妇人停顿了一下，普兰注意到对面贝莉娅的嘴角正露出隐约的笑意。

"所以，那天晚上我看到的其实是你？"

"是我，也是贝莉娅。"长久的停顿，似乎是过了一个世纪般漫长，"见到你的那天晚上，我把贝莉娅'带'到了很远的地方，我希望断掉她与我的连接，然后结果我自己。一百四十年已经够久了，我做了很多自己想做的事，已经完全没有遗憾了。但是这个孩子，她不肯听从我的指令，自行接通了感应系统……"

普兰眼前浮现出客厅里的那张黑白照片，他不得不承认，照片里的"贝莉娅"有种特殊的美，而那种美并不属于这个时代。

　　"在我年轻的时候，曾经梦想成为一名舞台剧演员，那时候我年轻、漂亮、身材傲人、不可一世，一心想登上全世界最大的舞台。然而，生活中我们真正会走的那条路，往往和你要去的方向背道而驰。就在我被选为一出世界巡演剧女一号的时候，我发现自己怀了孩子，导演要求我放弃孩子或者放弃出演女一号的机会。"

　　"你是怎么决定的？"

　　"没有悬念，我选择了孩子。可是，就在我走出剧院的那一刻，一辆汽车朝我开过来……"

　　普兰握紧了拳头，他不愿去猜想后来发生的事情。这个世界上有太多丑陋不堪的阴谋诡计，唯利是图的小人，有情无义的伪君子和无法找到凶手的命案。以前他总觉得这些故事很恶俗，但生活的真面目从来就是如此，比戏剧更令人惊叹。

　　"不必为我难过。其实，从那之后我过得很好。每天受人照顾，虽然躺在床上，眼睛也看不到东西，但有了这些仪器的帮助多少也能像正常人一样过活。七十岁的时候，我有了新的'眼睛'，学会了用VR设备逛街、购物、旅行，但是直到有一天贝莉娅被带到我面前，我才真正重获新生。"

　　"我会带你去任何你想去的地方，用我的手捧起泉水，为你带来清凉；用我的脚踏进沙漠，让你感受温暖；我跳进水中，让你自由游弋；我飞上天空，让你自由翱翔。我就是你，是那个可以坐在教室里学习，和朋友一起开怀畅饮，在戏剧舞台上忘我表演的思黛拉。"贝莉娅不知何时已经起身朝思黛拉走来。

　　"普兰，谢谢你，是你让我们的生活重燃信心，是你，挽救了思黛拉和我。虽然，有时候我们会不那么'听话'，但你如此宽容，让人无法拒绝。"眼前的贝莉娅年轻、美貌，和一个普通人没有什么区别，普兰还是无法把她看作是一个"异类"。

"不，我没有你说的那么好。"普兰摇摇头，长吁一口气。"我一直认为虚拟技术和人工智能毁了人们的生活，虽然很多时候它带来的便利令人惊叹，但却隔绝了人与人之间真正的接触和交流。我曾痛恨那些没有温度的机器，痛恨所有人工智能和复制品，我想证明我的选择没有错……"

"有没有错，此刻我们每一个人恐怕都没有办法评判。但是我们的确搞砸了，真对不起。"思黛拉和贝莉娅异口同声。

"不，或许是我错了。如果让我回到那个夜晚，我想，我还是会选择带你们回家的。"普兰轻握她们每一个人一只手，"你们那么可爱，超乎我的想象。"

此刻，乐曲一首终了，另一首又响起。伴着门德尔松《春之歌》的轻快旋律，窗帘自动轻轻向两边退去，只见远处的天空中已经呈现出一片绯红的霞光。

离线·秦殇

刘啸

陛下，您该起床联网了

TIME.SPACE.LOVE

一

　　驷叔盈用铁钩钩起红泥冰窖里的最后一块方冰。一星火苗在右手的陶豆里吃力地摇曳，似乎被冰窖中冒出的寒气冻住了。正在开始融化的冰块表面沾着墙角的泥星，像溅上白帛的鲜血。

　　驷叔盈打了一个寒噤，他钩住方冰滑出冰窖，使劲沿着台阶把它拖上地面，再放下手里的陶豆，拿起另外一根钩子，双手用力把沉重的方冰钩起，咚地填到存储阵列冷却槽内。支撑着冷却槽的木柜晃了几晃，排水口涌出几小股残余的冷却水。

　　驷叔盈扔下铁钩伸手扶住木柜，待它不动后，才从身上掏出一只油布袋。他仔细检查了一下油布袋的密封性，又在机架上数了数，摸到一块硬盘轻轻拔出塞入油布袋，再从集线器上拉出一根数据线，小心翼翼地插在刚摸出来的破旧硬盘上。硬盘灯亮了，内部的瓷片开始嘎啦嘎啦转动起来，机械噪音在寂静的夜里听起来分外刺耳。

　　驷叔盈轻轻把硬盘连油布袋一起插进冰块的缝隙中，嘎啦声一下减弱了不少。他回头看了看墙角的铜壶滴漏，便吹灭陶豆在漆黑的夜色中坐下，睁大眼睛盯住油布袋口漏出的微弱红光。冷却槽后的机架上，由无数硬盘组成的瓷盘阵列正在以最低功率运行，几乎听不见声音。

正在这时，背后的窗外忽然有微弱的灯光亮起。驷叔盈抬起头。

灯光闪了两次，沉寂半晌，又闪了两次。

驷叔盈站起身拉开木门。门外站着一位身披连帽黑色斗篷的男人，手里的竹皮灯笼刚被吹灭，空气中弥漫着一丝淡淡的牛油燃烧的香味。

"在下祁鞅贾。"对方躬身行礼。

驷叔盈不言语，伸出左手比画了六和一两个数字。祁鞅贾顿时面色一肃。

"六国一统，四海归零。足下果然谨慎。"祁鞅贾一面竖起四个手指，又将拇指食指屈成一个圈，一面谦恭地说。

驷叔盈哼了一声，指指祁鞅贾身后，又做了个疑问的手势。

"没有盯梢。"祁鞅贾回头看了看，低声回答。

驷叔盈摇摇头，不知道是不相信还是不愿理会。他转身拿起冷却槽里的油布袋，拔下数据线，抖了抖油布袋外面的水珠，转身递到祁鞅贾面前。祁鞅贾躬身双手接过，松开袋口检视了一下硬盘上的编号，确认无误才放入怀内，又掏出一只一模一样的油布口袋，双手呈到驷叔盈面前。

驷叔盈接过油布袋，看也不看，从里头摸出另一块破旧硬盘，朝机架上随随便便一塞。回身又比画了几个数字，最后朝窗外头顶一指。

"癸、巳、甲，下月朔日？近日听闻咸阳宫已下令彻查，足下需多加小心。地点我看不如……"

驷叔盈又哼了一声，一摆手，表示无需多虑。祁鞅贾知趣地住了口，长揖而退。驷叔盈却像忽然想起了什么事，大步走过来伸手拿起祁鞅贾带来的竹皮灯笼，抓出里头的麻芯一指，又摇手做扇风状。

"是。下次勿用牛油，改为豆脂。"

驷叔盈这才满意地嗯了一声，闭目不再言语。祁鞅贾慢慢退下，关上门，低头沿墙角一路走远。他走得很轻很小心，不时摸摸怀里，仿佛那个热度还未褪去的破旧硬盘是天下最宝贵的东西。这里接近咸阳城的南门，夜色逐渐淡去，身后巨大的骊山服务器集群慢慢在晨光中显出了模糊的轮廓，仿佛正在守护着整个秦帝国。

二

在小巷里脱去黑色斗篷，露出身上的旧交领长衫，再把袖口拢紧，祁鞅贾眨眼间像换了一个人。

他沿着城墙根往咸阳城东门赶去。此刻天色已亮，路上开始热闹起来，卖羊炙、鹿脯、鸡白羹的小摊熙熙攘攘挤了一路。祁鞅贾咽了口唾沫，暗自数了数，在东门登城梯口后的第八个小摊面前停住，那是一个烤锅盔的小车，四周没什么人光顾，红红的果木炭火在粗陶大钵中散发着灼人的热力。

"大哥，来一块？现烤的，只要两个钱。"一个瘦瘦的高个汉子高声叫卖。

祁鞅贾左右看了看。

"这又黄又黑的，去年的面？"

"笑话，当然是上一季磨的喽。这季的刚收割，过几天才能上炉呢。"

暗号对上了。祁鞅贾双手端过摊主递过来的一块比脸还大的锅盔，皱眉道："怎么是凉的？"

"大哥，这还凉啊？那换一块。"

摊主打开炉盖，掏出另一块热腾腾的锅盔递过来，祁鞅贾顺势把原来那块端回给摊主，接过新的那块，又掏出两枚半两钱搁炉膛上，转身撕下一半锅盔，一边咬一边离开。身后城门下有黑衣巡城校尉带队走过，没人注意到他们。

吃饱后，祁鞅贾把撕剩一半的锅盔卷好留作午饭，低头匆匆赶往城东北角的夷齐酒肆。那里是他的务工场所，也是所有离线信息的交换枢纽之一。刚才，他把装满来自骊山阵列的最新信息的硬盘交给了离线分发点的接头人，按照那位瘦高个的效率，收摊后用不了半个时辰，这个硬盘的内容就会一变二、二变四，在一天之内到达咸阳城的各个角落，之后的六天里，沿着秦直道与驰道飞奔的信使会把成百上千个这样装满最新数据的硬盘带往全国各地，换回上一批过时的数据，如此循环往复，生生不息，如同长城外的网络一般。

祁鞅贾自己也记不清究竟秘密传递过多少次这样的硬盘了。他只记得年幼的时候，家里刚刚拥有乡里的第一台信息算筹机，这种由墨翟家族设计并制造的机器很奇妙，它能在水力或风力的推动下进行复杂的运算，并且能利用绳结与算筹来输入输出结果，虽然它委实太笨重，远不如现在的"算板"轻便小巧，但在当时看来，这种只有贵族才用得起的奇物在乡里颇引发了一波震动，有的好奇，有的艳羡，还有的蠢蠢欲动想据为己有。而乡里花白胡子的老夫子们看着这种子不语的怪物也开始忧心忡忡："天机也，我辈岂可算之？"

老夫子们的担忧并没有阻止信息技术前进的脚步。很快，能取代纸帛的存储装置出现了，这种被称为"瓷盘"的东西有软硬之分，硬盘是一组密封的粗陶片，表面烧结了一层软釉，利用一定温度下在软釉上烙下或抹去细微点痕的手段来记录文字，一块普通的硬盘足以容纳一车竹简。软盘则直接是用细黏土和成，容量与耐用性都不及硬盘，但是便宜。后来又出现了使用小块优质细密陶片的"优盘"以及直接把点痕烧制在裸露陶片表面上的"光盘"，后者便宜耐用，只是烧上去的文字不能修改，只有驿站的邮递员才喜欢。

算筹机加硬盘的组合很快成了富豪人家的必备用具。更令人惊诧的是，不久，算筹机之间开始联网了，先是乡，再是县，不到十年，各国便都建起了各自的独立信息网。及至秦灭六国一统天下后，书同文，车同轨，信息同步。始皇帝听从丞相李斯的建议，以连横合纵之技将六国的主干网相连，形成一张以咸阳为中心的巨大网络：秦网。各郡西至陇西、东至胶东、北至雁门、南至南海，各郡均架起了大型路由交换驿站，甚至连匈奴和百越也陆续接入。然而，秦网带给天下黔首便利的同时也彰显了危害，咸阳宫下诏称，自秦网建立之日起，便有六国余党及境外匈奴等敌对势力泛滥，他们以秦网为平台企图颠覆秦帝国，故此需要大力防备严格审查云云。在祁轶贾的认知里，平民不能直接连入并使用秦网，但对于日常的这种离线式的数据交换，上头却又睁一只眼闭一只眼，因此才造就了夷齐酒肆及其他一批地下交换点的滋生与蔓延，不少儒生、农人、方士等时常聚集此处，或求短工，或议新闻，真的是热闹非凡。

祁轶贾赶到夷齐酒肆门口时，小伙计刚擦去门口粉板上留了一个月的淡淡字迹"庚申"，重新用黄土坷垃歪歪扭扭描上"辛酉"两个小篆。祁轶贾不由微微地笑了，看来瘦高个的效率果然高，那硬盘里的最新信息比他的脚程还要快，已经提前传送至夷齐酒肆。

看到粉板上的字样，门口的行人眼睛齐齐发亮，纷乱的脚步声中，人们三三两两围过来。

"这个月有更新了？"

"同城看板一份，快。"

"喂，排队！我先来的。"

"哎哟谁踩我脚了？"

祁鞅贾赶忙三步并作两步挤入酒肆。老掌柜见他来到，顿时欢喜地招呼：

"小祁，怎么才到？快来伺候客人吧。"

"哎，来了。"祁鞅贾忙不迭地答应，一边卷起袖口搭上毛巾，一边拎起酒壶给进入店内落座的客人倒酒。客人们呷着酒就着小碟牛蒡菜拌肉脯，一个个从身上掏出小小的优盘或软盘，慢慢插入桌上的数据口，再用桌上摆好的算筹挑选自己需要的信息复制到盘里，一些人等不及便现场用算板查看起来，人人脸上洋溢着掩饰不住的笑容。

"祁哥，我要找个短工，修墙。"递过来一枚铜钱。

"好呐，慢喝，我这就登记去。同城看板代发帖，一个钱。"

"小祁，我儿子写信来了，劳驾替我回一下。"

"好啊恭喜，柜台左边是代笔座，现在要排队，拿好这个号，务工费收您两个钱。"

"仁兄，我有一篇政论，期盼上达天听，惜尚无言路。贵酒肆人气旺，可否借力一用？"

"营销文？一百字五个钱。不过，先得拿来看看，掌柜的说要审核。"

一位青年儒生递过来一卷竹简，祁鞅贾把酒壶一放，拿过来翻开。

"《谏墙书》？我说老兄，这东西太……敏感了点吧。"

"何解？此文历半载而成，引经据典，有理有据，倘若丞相大人读到，定会击案赞同。"

"您误会了。不是说您写得不好，而是……"祁鞣贾左右瞟了几眼，这才把儒生拉到门口，低声说道："最近风声太紧，足下犀烛之言虽妙，可我们酒肆本小利薄，断经不起折腾，万一有人……"

"我作我言，于酒肆何干？"

"您是这么想，当差的可不这么想。"祁鞣贾做了个下压的手势，"依我看，您还是低调些，小心驶得万年船，别学那愣头青……"

"嗟乎，上以势禁，而民以曲迎，尔等何其怯也。"青年儒生摇头晃脑一声长叹，引得周围几个人诧异地看过来。

祁鞣贾也不生气，只笑嘻嘻地说："鸡要生蛋，马要吃草，天地人自有它运行的道理，我们小小百姓，又何必管太多呢？"

"好一句小小百姓！"

嗒嗒马蹄声中，一声威严的呼喝自街上响起，祁鞣贾回头一看，酒肆门口来了一队黑衣士兵，为首的巡城校尉在门口下马，按着腰刀，大踏步走进酒肆。肃静下来的人群像退潮般左右躲开，屋内的掌柜赶紧躬身跑出门口迎接，祁鞣贾与儒生正低头站在他身后。

"官爷。"掌柜恭敬地行礼。

校尉略一点头，伸出蒲扇般的大手越过掌柜肩头，从祁鞣贾手里一把抓走竹简。老掌柜一哆嗦，颤抖着让到一旁。

"'夫驭川之道在通疏。使民不言，虽矢利城坚不能止其溃也。'嗬，掉书袋子倒是厉害。——你写的？"

青年儒生挺起腰杆："正是在下。"

"写这干什么？"

"盼达天听。"

"你反对修长城？"

青年儒生迟疑了一下，点点头。

"幼稚！"校尉一声冷笑，啪地把竹简摔到青年儒生脚下，"始皇帝陛下雄才伟略，长城还轮不到你这种酸不拉几的家伙来指指点点，你不就是想说费人费钱还费事吗？老一套，能不能有点新鲜的？"

青年儒生脸上红一阵白一阵，却一句话也说不出。校尉不再看他，转身叉腰，对人群厉声宣布：

"私自交换资讯是大罪！咸阳宫有令，自即日起禁绝天下存储。凡各式瓷盘，无论大小软硬，均需全部收缴，违者严惩。"

人群一下子惊慌起来，开始窃窃私语。青年儒生两腿一软，险些倒地，身边的祁鞯贾赶忙一把扶住他。校尉鄙夷地瞟他一眼，又瞧了瞧祁鞯贾，却向老掌柜喝道：

"近日，有叛乱者非法传递境外资讯进入咸阳，专于人烟密集之处传播。你们酒肆务必小心经营，若见到可疑人士，速速禀来。知情不报者连坐。"

老掌柜哭丧着脸，连连点头，祁鞯贾心里暗叫不好。校尉忽然呛地抽出腰刀，一劈之下，地上的竹简被削为两截。他冷冷地逼视着众人：

"现在，开始收缴！"

持戈的士兵在街心围起半个圈，畏缩的人们陆续走上前，清脆的坠裂声响起，一个个优盘、软盘和移动硬盘被扔到士兵们脚下，不多久便堆出一座小山。

三

次月朔日。

丑时，夜色浓得像化不开的松烟墨，和黑色斗篷一起把祁鞅贾全身盖住，只露出眼睛。他拎着没点火的灯笼，小心地行走在小巷中，外面大街上不时有举火把巡逻的黑衣士兵走过，频率与人数较上个月的确多了一些。

和驷叔盈约的地点在城北的笠阳渠，离祁鞅贾的住地有近五里地。这五里地他走得很轻很慢，凭着记忆足足费了两个时辰才接近渠口。笠阳渠从北面城墙下凿开的洞里流出城外，城墙根下的渠道东岸有一片低矮稀疏的柳林。祁鞅贾靠近了林子，尽量把身体隐藏在柳树的嶙峋身躯后。四周仍然一片黑寂，只有远处城墙上值夜的灯火在微弱闪动。

没有计时工具。凭感觉，约定的会合时间已经过了。祁鞅贾忽然莫名其妙地担忧起来。他知道，驷叔盈是个很守时的人，如果没有按时出现，那就意味着极度危险。

"或许只是路上耽误了时间。"他这样安慰自己。

仿佛为了印证他的推测，树林对面响起了一阵极其轻微的脚步声，听起来只有一个人，这脚步声逐渐接近了林间的空地。祁鞅贾睁大眼睛往黑暗里看过去，借助高处微弱的灯火，只见一个模糊的人影出现在不远处，看身形正是驷叔盈。祁鞅贾不由松了一口气。他悄悄跨步向前靠近，同时学了两声鹈鹕叫。

就在等待对方回应暗号时，祁鞅贾忽然听见不知道哪个方向的高处传来"嘣"的一声沉重闷响，像阎罗王拨响了死亡的琴弦。他立刻听出这竟是秦军装备的重型牛筋蹶张弩的松弦声。还没来得及思考，紧接着尖锐的破空之声响起，一瞬间，身前不远处的黑影身形忽然僵直，竟扑通一声倒在地上。

祁鞔贾瞳孔急速放大，恐惧的感觉刹那燃遍了全身。他竭力压制住转身拔腿逃跑的冲动，伏身往前窜了几步，冒着危险吹亮了手里的灯笼。惨淡的豆脂光里，他看清了眼前倒下的黑影正是一身黑衣的驷叔盈，一支长长的三棱青铜箭镞从他背后深深扎入，从左胸透出，鲜血正沿着箭镞上的血槽喷涌。驷叔盈矮小的身体在地上抽搐，看见他，冒血的口中一呵一呵，似乎想说什么，但完全说不出来。他腰间挂着两只油布袋，左手伸在其中一只口袋里，像要努力往前递。

只迟疑了电光火石的一刹那，祁鞔贾便当机立断放下灯笼，疾步上前抢过驷叔盈手里的布袋，这个简单的动作救了他自己一条命：几乎是拿起油布袋的同时，高处又响起了恐怖的弓弦声，又一支利箭准确扎穿了地上的灯笼。火灭了，四周重新浸入黑暗。祁鞔贾退了几步，压住狂跳的心，转身就跑。

两岸的黑暗中冒出一簇簇火把，出现一队士兵，像是早有埋伏。祁鞔贾更加害怕了，他知道，驷叔盈已经暴露，救他已没有意义，但从他临死前的动作推测，他留下的这个硬盘里应该有非常重要的东西，不容有失。想到此处，祁鞔贾立刻卷起斗篷，转身朝城墙根下跑去。他努力调匀呼吸，尽量以正常的步伐跑到离树林边缘六十步远的地方，伏下身子从地面朝上顺着城砖缝隙摸索。围过来的士兵们正在树林里查看驷叔盈的尸体，他们发现了地上掉落在不远处的竹皮灯笼，顿时齐声呐喊，分成两队开始沿渠岸搜索。

心急如焚的祁鞔贾终于摸到了一条松动的砖缝，他抠了几抠，吃力地把掏空一半的城砖抠了出来，把硬盘塞进去，又按原样推上城砖。他捧起地上的尘土胡乱扑在砖缝处，这才略略松了口气，转身辨认了一下火把的方向，开始沿小路奔逃，忙乱中他还不忘扯下斗篷团成一团，扔上路边的屋顶。

溜出约莫一里地，后面的搜捕声已逐渐靠近，还夹杂着马蹄声。天色已开始转亮，路上行人也开始三三两两出现，再这样逃下去暴露的可能性相当大。祁鞅贾急中生智，拐进路边的小巷，抖掉身上与鞋上的灰尘，整了整衣服，把发髻和头巾理好，做出一副疲倦的样子，打着哈欠，慢吞吞地走到大街上来。身后马上响起了叫喊声：

"站住！站住！"

他吃惊地张大嘴回过头，纷乱的脚步围了过来。一匹油亮的战马踢踢踏踏走到眼前，马上端坐的正是前些天来酒肆收缴瓷盘的巡城校尉。

"军……军爷。"祁鞅贾弯下腰。

校尉傲慢地看着他，仿佛要将他盯个对穿。祁鞅贾竭力做出顺从而一无所知的样子，站住一动不动。

"这不是夷齐酒肆的跑堂伙计嘛，这么早出门，有何贵干？"

"掌柜吩咐，咱们要天天早起赶工。"祁鞅贾恭敬中带着一丝惶恐地答道，"不知冲撞了大人，请多多包涵。"

"包涵？你以为卖酒哪？我问你，刚才有没有看见什么可疑的人跑过去？"

祁鞅贾傻傻地摇摇头。

"没有？"校尉狐疑地看着他，手一挥，"搜身！"

两个士兵一拥而上按住祁鞅贾，祁鞅贾抬起双臂顺从地让他们翻着。不一会，一名士兵从他腰间搜出一只刻着"夷齐"二字的空白优盘，呈到校尉面前。

"大胆，竟敢私藏优盘，抓起来！按律服徭役三十日。"

"冤枉啊军爷……"

祁鞅贾挣扎了几下，但校尉对他的辩解置若罔闻，挥手派两名军士押送祁鞅贾去徭役营，并命令剩余军士继续前行追击，眨眼间，队伍便消失在大街尽头。

祁鞅贾暗地里松了口气，他知道，私藏优盘并不是很严重的罪名，三十日的徭役虽然艰苦，但不长。只要他还活着，他总有机会回来的。

四

一个月的徭役劳作让祁鞅贾瘦了一圈，脸色也愈发黑了。

渭水旁的水利徭役营里的消息并不灵通。同伴大多是戴罪的赭衣徒，繁重的劳作之余，几乎没有人对城里的八卦感兴趣。

心急如焚的祁鞅贾挨了不少鞭子，好不容易熬过了刑期，当他回到咸阳城的时候，才发现一切都变了。

首先是收缴存储器的政令效果显著，整个秦国境内的各种硬盘软盘光盘优盘通过直道源源不断集中到咸阳城，被砸碎后堆在阿房宫门口的空地上。有士兵运来许多胶泥，工匠将胶泥和各种破碎的陶瓷盘片混合搅拌在一起，烧制成五丈来高的北狄人像，现在已经造到了第四尊。

包括夷齐酒肆在内的众多地下信息交换点已全部停业整顿，虽然事后有一小半陆陆续续恢复了营业，但再也不是之前门庭若市的热闹模样。老掌柜月初便辞退了一批伙计，现在见祁鞅贾回来，也不问他为何不辞而别，只无奈地摇头叹气。祁鞅贾知趣地退下了。

城里风传要实施宵禁。如果是真的，势必将给晚间的行动带来极大的障碍。祁鞅贾当日夜半便果断地偷偷溜出去，把笠阳渠旁藏在城墙砖洞里的硬盘掏了回来。

然后，他就被驷叔盈留下的信息震惊了。

这个硬盘里不是一份简单的最新信息的副本，而是一种全新的、他闻所未闻的内容。凭祁鞅贾那点可怜的知识，他无法断定这些内容具体能做什么，但他有一种模糊而肯定的感觉：

它不是静止的。

或许，驷叔盈就是靠它潜藏在骊山服务器集群里，时时刻刻拦截并收集来自长城内外的最新信息，并暗自插入提前准备好的反馈内容，以这种形式艰难维持着咸阳城里黔首们的离线网络运作，日复一日，直到驷叔盈死去的那一刻。也许，驷叔盈当时已经察觉到了危险，所以才拼命把这个硬盘送出来。祁鞅贾不由有些发愁：他不知道该如何处理这个硬盘。

卖锅盔的下线早在祁鞅贾被抓去服徭役那天便销声匿迹。他俩一直是单线联系，此刻线一断，顿时毫无踪迹可循。

他拆下硬盘，借着陶豆的微光细细打量。他忽然发现，硬盘外壳的序列号上被血迹抹了几道，黑红的痕迹盖住了四个小篆。硬盘的生产序列号格式是用天干地支的混编，以阳文烧制在盘体一侧。他仔细辨认了一下，被盖住的四个字是辛、丙、巳、丁。

他立刻回想起上月和驷叔盈约定碰面地点的法子，那是一种简陋的天干定位暗号。当时驷叔盈说了癸、巳、甲三字，三个字代表地点的范围在城内，癸属北、巳属水、甲属木，而城北只有一条笠阳渠，所以接头地点很明显在笠阳渠岸边的树林里。

现在这四个字代表了一个城外的地点。

祁鞅贾对城外并不熟，这种对方位或是五行的指代有时也容易产生歧义，祁轪贾不由有些头大。

肚子也饿得咕噜噜响。他藏好硬盘，决定去城西打短工，顺便寻找线索。

过了整整三个月，排除了六处疑似线索点，祁轪贾终于在咸阳城外西南方向的沣水河畔发现了一处几近废弃的炭窑。辛西、丙南、巳水、丁火，他觉得应该八九不离十了。

炭窑里头没生火，但看痕迹应该有人住，他不敢贸然前去推门，便躲一旁学起鹈鹕叫来。黄昏时分，原野里寂静一片，这怪模怪样的声音在夕照里传出很远，像哭。

学到约十几遍时，炭窑的竹门吱呀一声开了，一童子朝门外探头探脑。祁轪贾四周看看，觉得没有危险，便走上前去。童子看见他，顿时吓了一跳。

祁轪贾不知道说什么好，想了想，举手比画了六、一、四、零四个数字。童子瞪了他半晌，回身嚓地关上门，噔噔噔跑了进去。

又过了一刻，童子领着一位长须白衣的中年儒生紧张地走了出来，指着祁轪贾说：

"魏毅文伯伯，就是他。"

"你，认识骊叔盈？"中年儒生打量他许久，才谨慎地开口问道。

祁轪贾松了一口气，长揖到地：

"在下祁轪贾。"

魏毅文拿着骊叔盈留下的硬盘，在炭窑不大的空间里来回踱步，墙角的算筹机哗啦啦作响。

"现在的它，看来已经没有用了。"他看了看算筹机，低头叹息。

"为何？"祁轪贾心有不甘。

"它只是一个程序。"魏毅文指着硬盘惋惜地说，"只有在骊山服务器集群这样宏大的平台上运行，它才能发挥自己的作用。在我们手里，无从用起。"

"还能想办法让它回去吗？"

魏毅文摇摇头。

"据传，咸阳宫近半年前一度发现冷却用冰消耗过度，可能那个时候起，骊叔盈就已经被盯上了，再谨慎也是徒劳。他暴露后，虽然没有牵扯出其他人，可是他在骊山服务器集群里埋下的后门却全部被挖出。始皇帝陛下震怒，下令整顿秦网。函谷出口被封闭，邯郸枢纽、云梦枢纽停机，全网只留咸阳宫一条数据通道，且居于防火墙的森严保护之下。君欲回归，无异于痴人说梦。"

祁鞅贾顿时泄气不少。

"那我们岂不就……"祁鞅贾摊摊手，露出一个毫无办法的表情。

魏毅文注视着他半晌，忽然狡黠地笑道：

"倒也未必。"

魏毅文与童子搬开厨下灶台边的木柜，露出一个比马鞍略大的洞口，领头带祁鞅贾走下去。地洞里黑漆漆的，耳边涌起低沉的沙沙声，像成群的春蚕在咀嚼桑叶。摸着潮湿的洞壁拐了两个弯，沙沙声更响了，前面忽然亮起一排灯火，祁鞅贾一看之下，不禁惊讶万分。

地洞宽约五丈，排着四列半人来高的机器，共有三十来台。每台机器都在动，它们把身后堆在桑木架上的一卷卷白帛吞入，再从前面薄如一条缝的铜口中吐出，白帛上便显现出规整的字迹。有四五个短衣装束的工人正在来回走动，往机架旁的陶罐里添加墨水。地洞另一端坐着几十名儒生，有年少的也有年老的，正在执笔抄写什么。祁鞅贾在人群中看见一个熟悉的身影，他认出来了，是那位写《谏墙书》的青年。

"此打印机也。"魏毅文掩饰不住脸上的骄傲，"帝国不让存储，我们就把它写下来，同样能传遍天下。"

"这……很贵吧？"祁鞅贾从未见过如此多的丝帛。

"贵又如何？即便耗尽家财，只要天下人能畅所欲言，虽死足矣。"

"老魏，你又说不吉利话了。"隔着几排机器，那边有人听见了魏毅文的言语，出言笑道。

魏毅文也哈哈笑了，他四周团团一揖。众人也零零星星站起来回礼，然后坐下继续奋笔疾书。

"你们的最新信息源自何方？"祁鞅贾忽然想到了这个关键问题。

魏毅文又微微一笑，没有直接回答，而是拍了拍祁鞅贾的肩膀：

"迟早会告诉你。——加入我们吧，我们需要你这样的人。"

"当然，我之前早就是干这行的。"祁鞅贾毫不迟疑地一口答应了。

五

目力已经能看见长城，那一线灰白的身躯伏在苍茫山脉上，像条巨龙般若隐若现。

这里是离咸阳七百余里的固原。祁鞅贾跟着长途跋涉的马队出现在直道上，每个人都风尘仆仆，像刚远游归来，实际上，他们离开咸阳也才五天。

这五天里，他们驾着马车，以令人惊奇的疯狂速度把上千斤竹简和帛书运达长城边缘，为的是和长城外的网络交换信息。据祁鞅贾所知，固原隘口早已被禁止出入，而长城沿线均守卫森严，祁鞅贾想不通怎样才能把信息传出。

带队的是魏毅文家族年老的管事羊舌子稷，他不苟言笑，除了教祁鞅贾一些家族中的结绳编码法之外，别的一个字都不愿多说。

"这些绳结用在什么地方？"祁鞅贾问。

羊舌子稷拨拉着手里的算板，摇摇头没有回答，倒是同行的小伙计解释：

"以前打印机噪音太大，当面说话都听不见，有时候就用打结的方式来交谈。"

"写出来岂不更方便？"祁鞅贾不解。

羊舌子稷又鼻子里哼了一声，仍旧不说话。小伙计嘻嘻笑道：

"当家的说，笔墨竹简都很贵，能省点儿是一点儿。你不知道，当家的以前可显贵了，还经常蒙上头召见，可现在穷得……"

"左拐。"羊舌子稷打断了交谈。

马队离开直道，拐进了路边荒无人烟的丛林，开始爬坡。在一人来高的荒草间起伏前行了约莫十里地，他们在一处下坡的凹处停下，和长城隔着一条山谷遥遥相对。祁鞅贾第一次从这么近的地方打量长城：城墙三丈来高，长长的两端望不到尽头，墙体由无数方形条石垒成，石头还未经受岁月的磨蚀，表面仍留有新鲜的斧凿痕迹。

众人开始从马背上卸货，祁鞅贾一边帮着把帛书重新捆扎成包裹，一面问羊舌子稷：

"怎么过长城？有地道？"

"没有。此地沟深岩固，不能为也。"

"那……"

羊舌子稷还未说话,远处忽然陆续传来几声尖锐的短哨,有强有弱。隔了一会儿,西南方向响起一阵沉闷的破风之声,转头看时,一件不知名的物体如大鸟一般从几里外的山沟里腾空而起,在蓝天下划出一道又高又长的弧线,几乎触碰到了天上的白云。眨眼间,物体越过长城,消失在山的那边。

"什么东西?"

"同行。越来越多喽。"手搭凉篷的羊舌子稷把算板朝兜里一揣,不咸不淡地扔下一句话,"开工!"

众人掀开地面上草丛的伪装,露出一根长长的粗木杆,木杆的另一头连着一堆器械,陷在浅土坑里。众人齐心协力把它抬出坑,此时祁鞔贾才看出来,原来是一台投石机。

"真原始啊。"明白过来的祁鞔贾一边往负重篮里搬石块一边嘻嘻笑道。

"原始,但有效。"羊舌子稷在包裹外打出几个绳结,扛起包裹扔到投石机另一头的投篮里,又掏出一只竹哨,长长短短地吹了几声。片刻后,山那边立刻传来同样尖锐的哨音。羊舌子稷吐掉竹哨,回身抽出砍刀。

"负重到位。"

"上弦到位。"

"发!"

羊舌子稷挥刀砍断了吊篮卜的伞引绳。长长的木杆呼的一声弹起,在空气中旋出一道沉重的弧线,包裹像轻盈的大鸟,轻易地飞越了长城。

众人一阵欢呼,马上开始装填第二发"炮弹",同样负重,上弦,击发。

第三发。

第四发。

就这样，一个个包裹陆续越过长城，消失在外面的世界。第七个包裹发射后，羊舌子稷又吹了吹竹哨表示投送完毕，随即对方开始回包。众人凝目注视时，只见另外七只黑色包裹同时从城墙后齐齐冒出，飞速靠近，眨眼间轰轰地砸在附近，声浪大得吓人。

"对方手好快。"

"他们有七台投石机，每次都齐射，想笑话我们，哼。"小伙计愤愤不平，"瞧，他们包裹还没扎紧，都散了，还得让咱们收拾。"

祁鞅贾也知道，如此高速的抛射难免会让包裹散架。他们一半人飞速收集起散落满地、写着字迹的牛皮羊皮，捆起来架马背上，另外一半人忙着把投石机搬入浅坑再次用荒草伪装起来，然后悄悄离开，踏上回咸阳的路程。

从咸阳到固原，从固原到咸阳，后面几次重复的收发包的旅程让已经开始带队的祁鞅贾进一步熟悉了长城内外的包交换协议，譬如何时发、何时收、如果包裹投射失败如何重发等。然而，他同时也发现，长城上渐渐出现了防御手段。首先，秦军增派了士兵在城墙上的烽火台之间巡逻，时刻监测长城境内冒出来的包裹投射点，并定期外出巡视，收缴并烧毁投石机。这让祁鞅贾他们不得不在每次投射完毕后费极大的劲儿搬走投石机重新隐蔽，很是麻烦。紧接着，秦军开始实施包拦截，他们在垛口架起朝天弩，直接对越境的包进行射击。起初些许箭枝没能对包裹的前进造成太大影响，可后来箭愈发重，弩愈发硬，常常射破包裹，严重影响到投掷的成功率。

　　和魏毅文商议之后，他们决定采用包冗余的策略，一次投掷多个同样内容的包，即使部分被拦截，只要有一个顺利过境，也算一次成功。可好景不长，秦军很快增备了弩箭数量，开始同时射击多个长城上空的包，拦截成功率越来越高，经常令祁鞅贾的马队无功而返。

　　祁鞅贾万分苦恼，倒是魏毅文平静地安慰他道：

　　"或许不日将有所改善。我已联合乡老上书始皇帝，请开言路，畅秦网，料陛下必不违天下黔首之愿也。"

　　祁鞅贾却不看好。

　　"我记得驷叔盈流的血，还有阿房宫门口的十二尊金人。"他说，"同行锐减，我感觉一切都在变坏。子稷告诉我，马队的物资消耗剧增，咱们也没有钱再造新的投石机了，即使是小型的也不够。再这样下去，我怕……"

　　他停口没说，魏毅文也明白他的意思。他沉重地拍拍祁鞅贾的肩："你和子稷一起再送一次吧。这次我令诸生多抄印四份，并动用所有的备用投石机。不用担心，书已上，不日即达天听，无论怎样，我们都应该乐观些，对吗？"

　　祁鞅贾无言，不知怎么的，他总觉得魏毅文的神色里有一丝决绝。

六

　　又一个黄昏，残阳如血。

　　离长城只有半里地了，在这个距离上，城墙垛口后蓄势待发的弩机看得一清二楚。

祁鞅贾一队人马头戴茅草编就的伪装帽，身披淡黄色的葛布斗篷，趁着变暗的天色悄悄靠近了投射点。这个地方他提前来侦查过两次，宽敞平坦的坡地足够五架投石机齐射。茂盛而低矮的灌木丛既能够隐蔽自己，又不影响投臂的大幅动作，实属一个难得的上佳位置。

然而，这里离长城实在太近了。

朔风搅动夕阳下金黄的长草，波浪一般掩盖了地面上的动作。众人费了半个时辰才窸窸窣窣地架好小型投石机，陆续将包裹准备就位。祁鞅贾最后检查了一遍投射装置，又看了看城墙垛口，确认没什么动静，这才朝羊舌子稷做了个就绪的手势。羊舌子稷点点头，掏出竹哨，响亮一吹。

嘭嘭几下，草丛里猛地竖起五根投臂，被甩出的包裹腾空而起，吃力地划出几道高矮不一的弧线朝长城外飞去。然而几乎是眨眼间，城墙上也嗖嗖地射出一串重箭，这串锐利的重箭准确地笼罩在包裹前进的方向上，只听得嚓嚓一阵闷响，五只包裹全部被射散。白帛在半空中散乱地飘荡，仿佛招魂的布幡。

"竖子可恨！"

众人目瞪口呆。祁鞅贾骂了句脏话，狠狠一脚踢在投石机架上，转身喊道：

"撤，准备……"

然而，"撤"字还没出口，长城方向突然又篷地一声巨响，城墙上腾起一大片遮天蔽日的箭雨，黑云般直直朝这边盖过来！

秦军竟然开始对投射点进行毁灭性的打击！

"快跑！"

箭雨袭来，众人大惊失色，乱作一团。这阵攒射的重箭比拦截包裹的更多更密集，这片地面根本没有大型掩体可躲避。千钧一发之际，祁絾贾迎着重箭射来的方向紧跑几步，纵身一跃，抱住了投石机竖起的投臂，几乎是同一瞬间，箭雨沉声落下，草木断裂，鲜血飞溅。两支箭把祁絾贾的手背扎了个对穿，将他的左手牢牢钉在投石机的木质投臂上，疼得他一阵哆嗦。不太粗的投臂不足以完全挡住他的身体，露在外面的肩膀和腿也各中了一箭，所幸没伤到要害。

地面上寂静一片，只有鲜血在夕阳下悄悄流淌。祁絾贾忍着剧痛拔下箭头，跳下来落到地面。场面极其惨烈，伙计们全死了，甚至连躲在马匹身后的羊舌子稷也被重箭连人带马扎透，可见箭雨的威力是何等惊人。祁絾贾一阵晕眩，他匆匆包扎了一下伤口，趁着夜色一瘸一拐逃离了投射点。

失去了马匹，再加上受伤，死里逃生的祁絾贾费了近一个月才辗转回到咸阳。当他赶到沣水河畔的炭窑时，却发现炭窑已经变成了一片烧焦的废墟，附近时不时还有士兵巡逻。这突如其来的意外状况让他大吃一惊，他不敢靠近，偷偷找了个当地的农人打听究竟发生了什么事。

"你问窑里？作孽啊，那可是十几条人命。人家就是抄抄书，愣说犯王法了，上个月堵上门来抓人，下面的不肯出来，就放一把人火，叫得那个惨呐。听说，领头的正好不在，没抓到，这不，还派人守着，就等人回来……哎小伙子别跑，我说的不是你……"

七

咸阳宫终于发布了统一六国后最严酷的政令：焚书。

早在祁鞅贾离开咸阳的第二天，收缴天下书籍的旨意便开始以咸阳城为中心向全国各地传递：只有医药、植树以及安装操作系统的相关书籍允许保留，其余一律三十日之内就地焚毁，违者黥刑，并发配修长城。

这条政令，从根子上断绝了长城内外离线交换信息的可能。

无数竹木简被投入熊熊大火，无数信息从此消失在这个世界上。城里城外到处黑烟弥漫，像一座巨大的焚尸炉。

同伴死了，炭窑毁了，祁鞅贾不知道该上哪儿打听魏毅文的消息。他进过一趟咸阳城，可城里魏氏一族居住的宅子大门紧闭，他不敢贸然上前叩门。

城里每日都有因为私自藏书而被抓起来受刑的居民，大多是读书人。听酒肆里的人说，下焚书令的原因在于上边认为儒生们"入则心非，出则巷议"，对收缴瓷盘以及封禁秦网等一系列政策不满，还撰文非议。祁鞅贾忽然想起之前魏毅文提到的上书一事，不由更加担忧起来，然而仍旧毫无办法。

紧接着，他就听到了始皇帝即将携儒生方士出游的消息。

咸阳城门像一张大口，缓缓吐出极长的车辇。始皇帝的座车与仪仗早已经过，此刻走上护城河桥的正是四百六十余名方士与儒生。祁鞅贾随着人群站在路边略高的土坡上，睁大眼睛仔细盯着队伍。马匹上坐着的官员们长袖飘飘，林立的高山冠挡住了视线，使得祁鞅贾看不清队伍后面徒步行走的儒生。持戈的重甲军士成队走过，呼喝了几声驱赶靠近的行人，围观的人群向后退去，差点把祁鞅贾挤下土坡。

　　队伍沿街慢慢走来，很快，祁鞅贾在队伍中发现了魏毅文的身影。

　　魏毅文的装束和其他人一样，身穿白色长袍，头戴方巾，腰束一根长长的灰色腰带，一侧垂至身旁。他面色肃穆，双目低垂，就这样慢慢随队前行，不向周围看上一眼。

　　祁鞅贾目不转睛地盯着魏毅文，思忖着怎样才能联系上他，他忽然发现，魏毅文腰侧垂下的腰带比其他人更长一截，上面打了一个奇形怪状的结。他仔细一看，顿时浑身冰凉：那是一个代表极度危险的信号结！

　　他第一个反应是拔腿想逃，但迟疑了片刻，却决定铤而走险一把。他偷偷掏出竹哨，低低一吹，这微弱的音波越过人群传到了魏毅文的耳中，他看见魏毅文的身体轻轻一震，但没有停步。

　　持戈守在路边的士兵谁也没有注意这声噪音，但魏毅文的右手开始动了。他慢慢向下摸索到腰带，一只手轻轻解开绳结。他的动作很慢也很稳，中指与拇指拈住腰带，食指与无名指一起配合勾动，编出一个又一个形状各异的绳结。每一个形状摆好，他就停止一段时间，仿佛让祁鞅贾看明白，再慢慢解开。在其他人看来，他的动作像是读书人念书时顺手玩弄衣带的无聊举动，只有祁鞅贾知道，他在传递重要的信息。

　　祁鞅贾睁大眼睛紧紧盯住魏毅文的每一个动作，他挤进人群，跟着队伍移动，努力看清绳结的每一个细节，他脑袋里回想起羊舌子稷教他的各种打结手法，慢慢的，眼前的这些绳结在脑海里宛如珠子般一颗颗串起，化成了模糊的文字，又渐渐清晰起来。魏毅文重复了三次打结动作，第三次完毕后，祁鞅贾终于确定，他传递的信息是一个地址。

一个陌生的秘密地址。

魏毅文停止了打结。整个过程他没朝周围看上一眼，一直以一种精确而毫无生气的步调随着队伍前进。祁鞅贾也停住了脚步，目送队伍慢慢走进远处的山坳。他注意到魏毅文的衣带最后被结成了一个新的陌生形状，这个形状表示什么他起初一直不太确定，可在队伍消失在山坳中的一瞬间，他忽然猜出了它所代表的含义：

永别。

八

秦三十五年，始皇帝坑儒于咸阳。

在祁鞅贾的眼里，秦网死了，哪怕春天像往年一样依旧来临，哪怕路边重新开满生机勃勃的野花，哪怕街头仍然熙熙攘攘川流不息，秦网却已经死了。

祁鞅贾机械地打短工、做酒保、砍柴割草，尽量不接触信息有关的行业，也尽量不去回忆之前所有的经历，可夜深人静的时候，他还是常常被充满血腥的噩梦惊醒，那血属于驷叔盈，属于羊舌子稷与魏毅文，还属于炭窑与荒野里的无数同伴，这一重重浓密的血腥味压得他透不过气来，几乎无法呼吸。

那个陌生的地址离咸阳城很远，远得他完全不愿意去触碰，可他知道他终究会去那个地方。他开始在秦国广袤的土地上披荆斩棘艰难徒步，翻过一座又一座山岭，涉过一条又一条河流，只为去往魏毅文最后托付的那处地点。

两个月后，他艰难地抵达了北疆大山深处的目的地，那是雁门外偏僻村庄里的一座废弃宅子，处在荒凉的山野间，四周几乎没有人烟。村里早已被执行焚书禁令的军士搜检过，到处一片狼藉，也无人拾掇。瘦弱的老人与孩子在村口土墙后或坐或趴，目光呆滞地看着陌生的祁鞅贾，一句话都不愿意说。

祁鞅贾小心地推门走进宅子。些许阳光从破败的屋顶漏下，倒显得屋中更加昏暗，他仔细检视屋里的地面，每一寸墙角都不放过，没多久，他便发现了魏毅文留下的秘密。

屋里的地面高出外面很多，屋里的纵深尺寸也比屋外看起来要短一大截。他小心地敲开靠山一面土墙的墙壁，不出所料，半尺厚的泥土后面露出一角竹简。他敲破更多的泥土，撬开更多的地板，渐渐地，一座巨大的书库开始从沉睡中显露出来。

他看到，一捆捆竹简和布帛密密麻麻填满了整座厚厚的墙壁，地板下也是同样如此，粗略估算竟有上万卷。

虽然早有心理准备，但祁鞅贾仍被震惊得不知所措，久久回不过神来。

门口的地板下，他找到了一卷魏毅文留下的手书便笺，借着屋瓦透下的阳光，他展开细读，只见便笺中写道：

"见字知绝。

"秦网虽利，然壁垒严苛，其势难久。上销天下之讯以求万世之业，自古未尝可也。

"吾闻贮器者，无形不若有质。言如以盘记，十载后恐无人能识，故今尽书旧典于此，木牍竹简计一万七千篇，另帛书八千二百卷，驱蠹避腐，唯愿存世以留后人。切切。"

便笺字迹潦草，很明显是匆忙赶就，但字里行间透着一股悲壮的决绝，祁鞅贾闭上眼睛，想象着魏毅文的队伍如何在焚书令下达后的短短三十日内把数量如此多的典籍运送到此处，如何令人建造夹墙地板把典籍秘藏起来，再如何平静地返回咸阳城等待死亡命运的降临。他忽然觉得心里一阵深深的刺痛。

这一瞬间，他认真地做了一个决定。

他在屋子中央坐下，长出了一口气，抬头透过屋顶的破洞看着外面的蓝天。他知道，他的生命自这一刻起便有了新的意义。他要留在这里，他要一直守护这些书籍，直到它们能够再次在世上流传。他相信新时代一定会来临。在那个未来的时代里，人们不再被长城束缚，可以随性地高声阅读，可以自由地交换信息。那时候的长城已经告别了它最初的古老使命，虽然城墙上的血迹已在岁月的长河里淡去，可它的身躯依旧连绵不绝，立在苍茫的山脉间见证着沧桑历史，仿佛要向后人诉说秦帝国昔日的辉煌。

如果有来世

李忠跃 ▪ 失去灵魂与爱的新人类

TIME.SPACE.LOVE

　　人类终究没有克服疾病实现生命的久远绵长，也没有制造出真正具有自我意识的人工智能。对于这两个目标的痴迷却诞生了第三个结果，新人类。这却造成了有史以来人类社会的最大变革。

一

　　时隔三十年，当孔多再次看到调解员 s 玲那张永不变老的青春脸庞时，他一直坚守的信念此刻开始轰然动摇了。

　　"选择残存的自由，还是完美的来世？希望你再认真考虑一下，这是大赦前最后一次转换的机会。"

　　眼前这位后世委员会的调解员拥有一张柔美的女性脸庞，却抛出了一个无比残酷的问题。孔多沉默了，他瞅到了探望室里玻璃隔窗自己隐约的倒影。由于长年不见阳光，他的脸色有些苍白，皮肤上显露出松弛的褶皱。这影像重叠在玻璃后面调解员的那张完美无痕的脸蛋上，形成了一种极大的反差。

　　孔多曾经倔强的脾气彻底软化了，自己早已不再是那个青涩的

少年。他不自觉地叹了口气，感叹时光的无情。可孔多还是挺直了有些弯曲的脊梁，

"我依然坚持我的选择，了此一生。"

调解员无奈地摇了摇头，"我忠告你还是珍惜这次机会。三十年前，我们曾给了所有旧世界的每一个人一次转换的机会。也包括你们这群被剥夺了政治权利的异见分子。很多顽固的人像你一样选择放弃，可现在呢？他们正在落魄地忍受着年老的病痛，但是这个时候提出申请，委员会已经不予采纳了。作为政治犯，你反而算是幸运的，委员会多给了一次机会。因为你们曾是最顽固的保守者，选择转换是最好的妥协，也是对新人类诞辰一百周年最好的纪念。那些淘汰者就没这个机会了，他们守护的不只是老旧的身体，还有老旧的思想。"

"淘汰者"，一听到这个词孔多的内心再次涌起一股怒火。他依稀记得上一次听到这个词时一拳打在对面这个人脸上的感觉，他的拳头落在那看上去柔软的硅胶皮肤上，却透出金属强有力的反击。孔多虽好斗，却从不打女人。但是新人类不同，她们只能在心理上还算个女人，在体质和力量上丝毫不弱于男性。可如今他已经失去了这种冲动的劲头，也许是岁月磨灭了他的棱角，他意识到自己真的老了。如今那个糖衣炮弹已经不像当年那么粗鲁地塞到他的嘴前，它只是放在餐盘上，散发着诱人的甘甜。孔多知道它的味道，转换，成为新人类，全新的不老之身，合金骨骼，以假乱真的硅胶皮肤，随意挑选的俊朗外表。还有计算机辅助人脑，似乎这就是人类的理想未来。这是他和他的母亲早已认定的事，不可逆转的社会变革。

一直以来，他们所忌惮的是转换的代价——记忆的缺失。新人类拥有不朽和完美的身躯，超强的计算机辅脑，但缺乏真正的核心，

灵魂。这个核心需要人类自己提供，可是一个不可回避的问题出现了。一百年前，当第一个癌症晚期病人转换成功时，人们就发现了这个问题。当人类的灵魂转换到新人类躯体的时候，他的记忆仅仅能够保存五天。在那五天里，他还像一个拥有碎片化生前记忆的懵懂婴孩。短短几周之后，他们超强的计算机辅脑就能帮助学习并超越常人，但是前世的记忆却消失了。当时，所有的人都认为这只是个短暂的技术障碍，那时候人类早已经掌握了记忆的储存技术。他们将其存储在计算机辅脑之中，可两世的记忆的融合永远就像油和水，新人类的前世记忆短暂消失后从辅脑中提取的记忆备份一直就像另外一个人的，无法感同身受。许多年过去了，这个记忆的对接问题始终困扰着人类。再后来，随着新人类的增加和新身份的认同，新的社会不再为此而困扰，连接前世的记忆又有什么意义呢？相比于永恒不朽的新躯壳和新文化的崇拜，前世不过是短短的一瞬，而且是过时的，陈腐的。新生后的人类不再纠结于此。甚至后来，后世委员会最后决定，彻底清除那五天的前世记忆，以减少对新躯体的情绪干扰。仿佛只有忘却才能更无所畏惧地进步。

孔多开始第一次在脑子里对比转换的利弊。

看着孔多犹豫不决的表情，调解员又乘机补上了一句。

"这是新人类对恐怖分子最仁道的普世价值体现。你大半生已经如此，仔细考虑一下。就算是苟且偷生，还得背负着恐怖分子的罪名。"

孔多望着他，他的心里有说不出的苦痛。"恐怖分子"，他并不反感这个称呼。他只是对他们毫无证据地给他罗织了这个罪名感到无比怨恨。作为最后一批人类政治犯中的一个，他明白这个罪名的荒诞。十四岁，最青春的年纪时被他们逮捕，强行归入回归组织成员，因为武装颠覆政府罪被判处终身监禁。他清楚，自己的确是个回归主义者，但绝不是武装分子，也没有参与过任何一起暴力行动。

回归组织出现在第一次大萧条时代。那个年代，新人类的崛起在各方面第一次占据主导，很多人类倍感失落，他们认为传统人类已经不适应这个由新人类改造过的城市，应该回到人类最初的本源。于是，人们发起了回归田野的活动。旧世界的人类从城市大规模移居乡村，开拓新的领地。他们还向新人类政府提出过建立隔离区的建议，但这提案遭到了否决。当时谁也不会想到，到了第二次大萧条，这个崇尚自然无为的绿色组织会演变成暴力武装。

孔多自己清楚这两者之间的区别。尽管抵制新人类的理念相同，可他自始至终没有加入这个组织。他曾有这个想法，如果不是那个懦弱，苟且安生的父亲的阻挡，他早就加入了这场暴力对抗之中。那时候，他挥霍不尽的荷尔蒙正处在最旺盛的时期。但直到最后，他一直是个局外人，却也稀里糊涂地锒铛入狱。孔多也曾一度满腔冤屈，声讨老天的不公。可是后来他懂了，懂得像一个成年人一样思考问题。他明白他们给自己安上了这个罪名也许仅仅因为他的年轻，他的旧人类身份，年轻就意味着冲动和反叛，意味着无限的可能性，破坏性。渐渐的，在漫长的囚禁时光打磨中，愤怒变化成了委屈，再被岁月摧残得只剩下了感慨。如今孔多已经不再抗拒这个他们强行安插给他的罪名了。他的反抗仅仅剩下了自己的态度——拒绝转换。可今天，他发现这唯一的态度也开始松动了。

"他们呢？其他人是什么想法？"

s玲的脸上露出了得意的笑，她仿佛认定了这次谈判已经胜券在握。

"我想给你看一组数据。"

调解员s玲在计算机上敲击了两下，然后将它反转推到孔多面前。

　　"仔细看看，当初被关押的 3917 名回归分子，在 33 年前第一次转换权普及时就有一半选择了转换，剩下的那些人在 33 年里陆陆续续心理投降。当然，一些人是在临死前才做出决定的。但起码，在死之前他们悟出了真理。现在，顽固份子就只剩下你们十三人了。说句不中听的，与其说你们执着，不如说是愚蠢。"

　　孔多方感到恍若隔世，自己已经在这里待了整整四十五年了。四十五年，穿越那暗无天日的牢狱尽头，他已经从一个十四岁的懵懂少年变成了一个垂暮的老人。选择了苟延残喘的余生还是另外一条重生之路。这个抉择曾经在那些难熬的看不到尽头的监禁日子里折磨了他和那些狱友好多年。于是，那些终日行尸走肉的狱友们纷纷选择了转换，昔日那些坚定的回归主义者也抵不过铁窗的苦熬，他们纷纷背弃了自己的原始主张。孔多并不是回归组织的成员，他也不必坚持他们的主义。令他坚持下来的是他曾经倔强的理念和脑子里的那幅画面。

　　"那又怎么样，不是还有十三个人吗？起码还有十二个和我一样的蠢蛋。"

　　s 玲盯着他不屑的神情，脸上露出不易察觉的倦意。孔多看出了对方压抑的怒火，这个女人已经快没有耐性了。这竟然令孔多感到一阵愉悦，相比于打击对方不惧疼痛感的身体，打击她的耐性也许更能令对方受到伤害。孔多这才发现，自己身体虽然已老，但依然保持着年轻时的好斗与倔强。他忽然坚定了自己的信念。想着，他的嘴角竟露出了微笑，可这时候自己却不争气地剧烈地咳嗽起来。

　　s 玲轻哼了一声，"还是好好再考虑一下吧。看看你的病历，肺炎，至少在监狱里还有少量的医疗资源可以维持。等到明天，当你拥有了所谓的自由之后，你就彻底没有依靠了。你应该了解，外面的世界已经不再是旧世界了。你几乎找不到医疗救助，病痛会令你痛不欲生，很快走向死亡。没有健康的身体，任何自由都是妄谈。"

调解员看了看手表，"时间不多了，我还得和另外十二位犯人做思想工作。最后一次劝诫你，做出你理性的选择吧！"

孔多捂住嘴，尽量压低喉咙忍受了嗓子的瘙痒不咳出声。他不想在对方面前显示出颓败之势。他沉默着看着玻璃上自己的倒影，开始痛苦的内心挣扎。可当审讯室窗外第一缕阳光照在他脸庞的时候，他已经彻底坚定了立场。他知道，即使短暂的余生也是值得的。他脑子那幅沉寂多年的画面再次清晰地展现在眼前的玻璃屏障上。

夕阳西下，他走在杂草丛生的金色麦田里。麦田的尽头是那座二层的小木屋。门前蹲着一条摇着尾的大黄狗。那个苍老的妇人正坐在二楼的窗台上瞭望着他，那是他的母亲。

"我依然选择离开！"孔多决绝地说。

二

郑雨兰拖着老迈的身子，将最后一桶红薯倒进了猪槽里。她的背脊因为长年的劳作已经变得有些佝偻。那头叫作白花的母猪不久前产下了三个猪崽。可惜的是那头配种的公猪一夜之间消失不见。那头公猪膘肥体壮，早已过了屠宰的重量。可她郑雨兰却早已不吃猪肉，一点自己收获的谷物和青菜就足够她的生命延续，猪和其他的家畜已经从食物变成了宠物。她不确定那头猪自己跑了还是被森林里的野兽给拖走了，总之自己已无能为力。

郑雨兰记得上个月她还用猎枪放倒了两头狼，可如今她的手已经抖得不能够瞄准。她只是改变不了与这些猪和狗说话的习惯。郑雨兰摸了摸身旁守候的大黄狗，缓慢地爬上了通往二层的楼梯。然后，她躺在那把吱嘎作响的藤椅上，消磨着下午的日光。

那房间简陋，木板透着风吹日晒的沧桑。墙上挂着一把双管猎枪和一个十字架。旁边还贴有好多发黄的旧照片，那是她的丈夫和孩子。壁橱上老式的电视机已经失效，仅仅是个摆设，只有桌子上的一台调频收音机还在播放着一些过了时的歌曲。

郑雨兰打开了抽屉，从里面拿出了一盒香烟。她点起了一根，躺在椅子上吞云吐雾起来。平时，她只抽自己用烟草做的卷烟，只有少数时候她会点一根骆驼牌香烟，这就是她怀念丈夫的方式，尽管抽起来有些霉味儿。她那坚毅的丈夫在很久以前就因为绝症选择了转换。那一年她同时失去了丈夫和儿子，曾经一度没有勇气活下去。没想到，时间真是完美的麻醉剂，这种孤独的日子一晃已经快半个世纪了。

一曲老歌播完之后。收音机里开始插播起了新闻，大部分是关于新人类一百年诞辰的消息。郑雨兰显得有些晦气，这种虚假的喜庆氛围就如同小时候看春晚的心情一样，她微微地闭上了眼睛。

"配合新人类诞辰一百周年，通过后世委员会的决议，政府颁布了对回归主义分子的特赦令。即日起，在首都西桥监狱被关押了四十五年的最后十三名回归主义分子将重获自由。"

郑雨兰猛地从椅子上睁开了眼。已经好久没有一条消息能令她平静的生活泛起一丝波澜。她费力地起了身，走到窗前望向了远方一望无际的原野。窗外，越过门前那几亩她精心打理的麦田，目光所及之处全是荒草丛生。只有那条小河终年依旧，河堤上的水车还日复一日地转动着。河对面有几栋破败的小屋，她记得十年前，那里还住着父女两人，不对，可能已经有二十年了。如今，那木屋已经爬满了绿色的藤蔓，很快就要被野蛮生长的植物所吞噬。她明白，这也将是她的房子最后的模样。多年以来的生活已经让她意识到，自己可能已经是方圆百里唯一的一个人了。

她想起了最后一次探视儿子的情景。她告诉了儿子他父亲病危已经选择了转换的消息。儿子沉默了老半天。那一整天，儿子都沉默寡言。她只记得临走的时候儿子对她说过的话。

"好好活着，妈妈。我会回来的。"

郑雨兰心里暗自一沉，绝望顿时涌上心头。她知道这是他儿子年少轻狂的妄言。他还没有真正认识到终身监禁的含义。不过她还是点了点头，尽量表现得平静，避免戳穿这片虚妄。这或许能令儿子余下的日子有一丝盼头。现在她才明白，她那也是在为自己寻求一个活下去的理由。是的，他会回来的！不管真实与否，她只能盼着。就这样一天又一天，日子过去了四十五年，她已经从一个四十二岁的中年妇女盼成了八十七岁的老妇。而今天，她风烛残年的那点微光终于开始燃烧了起来。

现在，也许我不再孤独，郑雨兰的目光越过了更远的地方，那片荒野的尽头。

你会回来吗？我的孩子。

三

第二天，孔多离开首都安康的时候，人们正在为新人类诞生一百周年而庆贺。他仍记得昨天调解员 s 玲最后铁青的脸色，不管怎么样她还是压抑住了怒火。孔多不得不承认，新人类有了辅脑的帮助，在理智方面是要沉稳得多。当然好处不仅仅是这方面，这的确是一种进步，但那又怎么样。

　　当那道钢铁大门开启，第一缕阳光照在他脸上的时候。孔多才发现自己是孤零零的一个人。典狱长告诉他，当自由世界即将展现在他们面前时，剩下的十二个人也改变了主意，全部选择了转换。所有人都意识到，这是个不属于他们的社会，比起四十五前年轻的他们为之战斗的那个世界，这个世界更加陌生和难以融入。孔多并没有太多的感到意外，反正最后的结果都是孤独的。

　　他只不过对于回归组织多了一丝惋惜，或者说是蔑视。最终所有被关押的回归组织成员都以自己的实际行动宣告了他们主义的投降。而唯一一个坚持理念的却是他这个组织外的人。

　　对于人类中认为记忆就代表我是我的那些人来说，转换无疑就意味着死亡。回归组织的前身就是如此，孔多也认同这个观点。这种不可动摇观点来自于他的父母，可他们却没有追随回归组织战斗到底。年少时的孔多为此责怪他的父母，而如今他不再这样想了。父亲是在他入狱后的第二个月去世的。那是母亲唯一一次探望时告诉他的，从那以后，他的世界里就只剩下他母亲了。

　　也许是还没有彻底明白终身监禁的含义。入狱之初，他总幻想着出狱那一天的画面。可时光流逝，他终究还是懂得了终身监禁的含义，并最终不得不接受了它。于是，那幅画面慢慢黯然褪色，最终消失在脑海深处。现在，那幅画面又鲜活了起来。他知道无论世事怎么变迁，还有一个属于他的地方，在南方的乡村，在那里还有他的母亲。

　　孔多从狂热的人群之中穿梭而过，离开了中心广场。此刻自由空气令他舒畅，连燥热的气温也是带着亲切。他向下扯了扯卫衣的帽檐，尽量遮挡住自己有些苍老的面庞。在一个全是年轻人的社会里，老者是突兀的，会像过期的食品一样被人唾弃。"食品"？想起这个词孔多无奈地自嘲起来，它本身就是一个过期了的词汇。他摸了摸肩上的背包。包里装的是能够食用五天的压缩饼干，还有灌满水的铁皮水壶，这些储备足够支撑他回到家乡。

也许是自己想多了，所有人都忙于庆贺，一路上没人留意一个旧时代的囚犯。孔多没有选择任何交通工具，他沿着最近的道路走向市郊的火车站。也许只是最后一次好好看看他曾经待过大半生的城市。他不得不承认，安康是个美丽繁华的都市，它比几十年前他刚到达这个城市的时候更加繁华。可他也不得不承认，这是一个繁华却冷冰冰的社会。在这里他只是一个囚徒，他的归宿在南方，在列车的尽头。

孔多来到了火车站，出发前他曾经向典狱长的人了解过。整个国家只剩下这么一条时速低于六百的列车了。那是第二次大繁荣以后保留的唯一一趟低速列车。对于人类社会中那些极少数的不能承受高速交通的旧人类来说，保留低速轨道是普世价值的体现。就和昔日盲道一样，也没见到几个盲人真的走过。可孔多记得，当时以他们的观点，这叫第二次大萧条。

但那个尽头是能够轻易到达的吗？孔多这时有些忐忑，这就像一个快要苏醒的美梦。对于他来说，这不只是穿越了两千多公里的国土，更是穿越了几十年的时间。乡村还是那个乡村吗？他会不会成为一个老无所依的遗孤。最后，他终于鼓起勇气抛出了那个疑问，我的母亲她还在活着吗？多年以来他母亲连探视的权利也没有，他甚至怀疑，失去了独子的母亲能否孤独地活下来。算起来，她已经是一个快九十岁的老妇人了，即使是在旧人类的黄金时代，能够活到九十岁也算长寿。

迄今为止，他能够确定，从监狱一直到火车站没有碰到任何一个"人"。他甚至都在怀疑，这个世界上是否就剩他一个"人"了。但当孔多走进候车大厅的那一刻，他的看法改变了。大厅里居然聚集着不少的老人，看样子不少人已经把这里当成了长期住所。他们的穿着邋遢不堪，像流浪汉似的三五成群地散落在大厅。这里不止有免费的空调，还有三餐补助。孔多并没有为自己找到同类而庆幸，相反，他更觉得悲哀，人，竟然在新社会里沦落到这种地步了。这令他感到沮丧，以至于没有丝毫亲近之举。他就站在候车门旁，静静地等待列车的到来。

一张陌生的脸庞却进入了他的视野，这是个年轻英俊的身影，在一群老人之中显得特别显眼。他显然是个新人类，皮肤白嫩，体态纤瘦，这是新人类对男性的审美标准。他们不需要壮硕的身躯来标榜自己的力量。内部合金的身体即使表面清瘦，也是力大无比的。此时那个人来到了孔多的身旁。

"你是要前往川西省吗？"他的嗓音也极具柔美。

"是的。"

"那是个不错的地方。"

孔多点了点头。他对新人类的搭讪没有什么兴趣，何况是这样的娘炮。他侧过了身子，剧烈地咳嗽了起来。这时，鸣笛声从远处传来，列车带着咆哮出现在了轨道的尽头。孔多凝望着那列从远处驶来的列车，仿佛已经看到了那片金色的麦田。

四

郑雨兰一直守候在那里，瞭望着远方。现在她终于感到了一丝欣慰，当年儿子被捕之后，毅然拒绝委员会的转换福利是对的。选择苍老的下半辈子还是一个年轻的永恒的身体，这对于当时的她来说不难抉择。她遵循的是自己的态度，不仅仅是因为他们关押了自己的儿子，还因为她坚信自己的孩子能够回来。哪怕是那么一天。如今，这一天就要到了。

可还有一片乌云笼罩在她的心头。孩子他能回来吗？他是否已经是死在狱中或者忍受不了煎熬选择了转换。

上午的时候，她又从广播中听到了一条不好也不算坏的消息。糟糕的是所剩的十三名释放人员中只有一个选择离开，庆幸的是，那个人正奔向川西省。

只有一个人，郑雨兰的心情顿时跌落到谷底，但她瞬间调整了过来，她相信，那唯一的一个前往川西省的就是她的儿子。从首都安康到达这里，两天两夜的火车，加上几十里的山路，估计最快三四天就能见到他。他已经是个接近六十岁的老头了，郑雨兰做好了该有的思想准备。

郑雨兰躺在椅子上望着远方，思绪再次飘散。她已经很久没有回忆过自己的过去了，怀旧总是心酸大于甜蜜。那思绪一直到达她曾经的故乡，首都安康。她生活的改变是从那个时候开始的。那个时候孔多还没有出生，自第一个新人类诞生以来。新人类在短短几十年间就迅速普及到整个社会。时代剧烈地进步着，它比人类历史上任何一次工业革命更彻底和迅速。因为它改变的不只是人对待世界的方式，而是人本身。作为首都师范大学的农业系的讲师，她已经察觉到了这种岌岌可危。那个时候，新人类已经取代了大部分人类和社会岗位。具体的数量无人知晓，根据新的反种族歧视法令，不得公布新人类的身份，所有公民享有同等权利。但旧世界的人类还是能认出他们，因为他们永不衰老，没有人会为自己选择一具年老的身体。仔细留意，他们模仿式的呼吸动作是不带气体循环的。

人们纷纷选择了费用昂贵的转换，最初是绝症病人和夕阳末路的老人，然后是竞争失意的年轻人。很快，新人类的优势出来了。高智商，低错误率，不依靠氧气和食物。没有出现小说中人类与机器人的暴力革命，一切的发生就是那么自然而然。慢慢的，人们发现城市里成了他们的天下，那些高薪竞争力的岗位被新人类夺走，原有的财产格局也被新人类的全新金融工具重新洗牌。人们的积蓄短时间内彻底贬值，旧人类成了社会底层。贫穷和对未来的绝望令人们渐渐放弃了生育。社会需求变革，报考农业专业的考生已经少得可怜了，好多传统院系被迫关闭。

新人类纪元22年，第一次数字公布，人类在城市所占的比例第一次跌破了百分之五十以下，人们集体恐慌了。

与此同时，社会依然迅速地改变着。餐馆少了，改成了充电站。医院也减少了，改成了修理站。也就是在那不久，他们学校进行了院系调整，取消了农业系。她的丈夫，机械系的教师也被迫离职。也就是在那一年，她的孩子诞生了。紧接着，不仅社会资源配套减少，在文化上旧人类也被排斥在外。文艺市场上，新人类的作品也超越和替代了人类作品成为主流。城市已经悄然地成了新人类的游乐场。

于是，随着回归主义的兴起一场回归田野的运动开始了。大批的城市原住民开始逃离城市，回归乡村。她和她的丈夫就是在那次运动中来到了这里，那一年，他们的孩子才刚刚两岁。

郑雨兰看着墙上挂满的孩子各个年龄的照片，这个二层木楼几乎成了她和儿子的全部回忆。

然而，回忆只是回忆，重逢始终没有变成现实。到了第三天，郑雨兰还是一个人孤零零地瞭望着，她开始踌躇起来。

会不会，那唯一的一个人不是她的儿子？

她燃烧的热情逐渐冷却下来，变得无比煎熬。郑雨兰又躺回了椅子，闭上了眼。

临近傍晚的时候，大黄狗的叫声再次挑动了她的神经。她急忙凑到了窗前，远处，稻田的尽头出现了一个瘦高人影，他正面对着自己缓慢走来。

郑雨兰激动地站起了身凑到窗前注视着那个人，她差点激动地呼喊。那人越走越近，穿过了田野，一直来到了她的楼下。她眼里那份神采突然失去了颜色，那不是她的儿子。站在楼下的那人几乎秃顶，胡须邋遢，穿着一身破烂的旧军装。她在心里默念出了他的名字——林海，曾经院系的系主任，回归武装组织的首领。

五

直到上了列车，孔多才注意到座位上那些潦倒的老人。他们混乱地躺在椅子上，看起来有的甚至已经把这里当作了流动的家。相比之下，孔多觉得自己则像个意外闯入的陌生人。是啊，说不定已经很多年没有陌生人登上过这趟列车了。不知为何，一踏上列车孔多就感到了一种莫名的不安，总觉得有人在时刻监视着他。他时不时偷偷看看周围的人，却又没发现什么异样。这会不会是监狱里无处不在的监视探头给他留下的后遗症？孔多不愿再多想，他坐在靠窗的位子望向了窗外。

列车徐徐驶向孔多的故乡。此时列车已经穿过了市区来到了郊外，他的注意力开始被窗外那些景象所吸引，所到之处比想象中的更为荒凉。他记得在他少年的时代，还能看到沿途零散的稻田与果林。回归主义者曾一度将乡村建设得有模有样，可现在，所到之处都是荒原野草了。即使偶尔能看到几间农舍，也已经被野蛮生长的植物覆盖，早已人去楼空。如果……孔多想到，如果没有那次全球性的大瘟疫，或许第二次大萧条不会到来，至少不会那么快。回归组织也不会延伸出暴力武装。那个年代，人们都已经绝望透了。

列车上的广播打断了孔多的思绪，"最后一名回归主义分子今天上午已经获释。出于普世价值的体现，政府给予了他转换的权利，可他依然顽固地选择余生。我们尊重每一个公民的选择权，并给予一张转换券，五日之内可以随时改变主意。据观察，这位公民已经踏上了 9428 号列车，正驶往他的故乡川西省。"

孔多感到一丝莫名其妙，他并没有携带任何转换券，他只想安安静静地离开。可这时，他已经留意到了车厢里几个老人在鬼鬼祟祟地交头接耳。他们时不时瞅过来的目光就像钉子一样令自己浑身不自在。他将卫衣的帽子扣在头上，拉了拉，帽檐尽量遮住自己的脸。他明白，一张转换券对这些人来说意味着什么。这些曾经倔强的人类，已经被时间和衰老改变了，像饥饿的困兽。

就这样，孔多在不安中度过了一天一夜。到了第二天中午，列车在中途的一个叫临溪的车站停了下来。令人意外的是，成群结队的老人从门口挤了进来，个个看上去老朽不堪，有的手里还拄着拐杖。他们一进来就东张西望，看上去这些人并不相互认识，只是不约而同地挤上了列车，很快他们就挤满了半个车厢。

孔多突然有种不祥的预感，他将自己的包从行李架上取了下来，牢牢地抱在怀里，尽量侧过身子，将脸部隐藏于座位的背后。

可这时候已经有一张恶狠狠的脸出现在了他的对面，那是个一脸褶皱的老头，干枯得就剩下一把骨头。他那混浊的目光尽量表现出凶狠的颜色，他压低了嘶哑的嗓子。

"老实点，我知道那个人是你。交出转换券，我饶你一条老命！"

那人用眼示意了自己的口袋，里面鼓鼓囊囊的顶着一个柱状的东西。

孔多指了指自己怀里的包。

"拿过来！"

孔多站起了身，将包慢慢地从怀里提了出来。忽然他揪住背带猛地一甩，将那包狠狠地砸向了对方的头。两颗黄牙被水瓶砸出了口腔，那老头应声倒地，兜里露出了一根木棍，老头捂住了肿胀的半边脸大声嚷道："就是他，政治犯就是他！转换券在他身上！"

所有人的目光都聚焦在了孔多身上。一阵短暂沉默过后，人们风起云涌，从四处围拢了过来。一只枯槁的手已经拽住孔多手里的包，孔多二话没说一脚踹开，爬上了餐桌，几个跃步窜出了人群。强烈的几个动作已经令老迈的自己累得气喘吁吁，他不再是那个年轻人了。可还没有来得及休息片刻，疯狂的人群又像恶狼扑了过来拉扯住了他的背包。

孔多不得不放弃了背包，以拖延时间。撕破了背包的人群很快就发现上了当。孔多只得仓皇地逃向了下一节车厢，并将车门牢牢地反锁起来。这群风烛残年的老人此刻却像是打了鸡血一样，他们拥挤在通道口，拼命地拍打，猛砸门窗。眼看，门就要被他们挤破了，有个身子壮硕的老光头用拐杖砸破了玻璃，伸进手来扣动把手。孔多试图再往下一节车厢避难，可这时他却发现这已经是最后一节车厢了，而且门上了锁开不了。眼看一群恶狼就要破门而入，孔多背靠紧了墙角屏住了呼吸。

就在门被撞开的那一刻，孔多拉下了那根红色的拉杆。

六

郑雨兰沏上了一壶普洱茶，那是她去年采摘的库存。

"林主任……或许我应该叫你林司令。我已经差点把你忘记了。"

那老人躺在对面的椅子上，他军装下印刷着切·格瓦拉头像的T恤已经破烂不堪了，浑身散发着一股陈年的馊臭味儿。他接过对方的茶抿了一口，发出沙哑的嗓音。

"你还是叫我林主任吧。就和当年我们在学校的时候一样，小郑。"

"小郑？"郑雨兰放下了手里的茶壶。"记得当年你管我和我的丈夫叫作懦夫。你带领了那批年轻的战士从我家门口路过的时候，你也这样说过。"

"懦夫？没有错，不过现在能够活下来的都是强者。战斗，永远都没有错。"

"永远没有错？……你只不过煽动了那些无知的年轻人。他们都为你的个人野心送了命。"

"不，不是为我，是为了人类最后的颜面！"林海从椅子上咳嗽着直起了身子。"当然，明白人都看得出来，我们没有取胜的可能。反抗是灭亡不反抗同样也是灭亡，即使我们失败了，起码我们曾经战斗过！"

"死去的人可没有。"

"革命可不是请客吃饭。"

"革命？你们连叛军都算不上。那时候政府给你们的定义是恐怖主义。"

"恐怖主义？"林海自嘲地笑了笑。"我一直是个战士。"

"好吧，老战士。那么你怎么又从丛林里出来了？不会是在临死之前想见见我这个老同事吧。"

"嗯，就当叙叙旧。"林海摆了摆双手。拿过了桌上的骆驼牌香烟和火柴。"看看，我们已经老得不成样子了。"他点燃了一支香烟自顾自地抽了起来。

"那些人呢？你们还剩多少人？"

"剩下的不多了，政府军没有来追剿我们。"

"是的，没必要背负赶尽杀绝的罪名。就让你们自生自灭。不止你们，也包括我们这些没有拿枪的人。"

"小郑，别总是像个女人一样满腹牢骚。你以前可不是这样。"

"以前……"郑雨兰仔细地凝望着对面这张苍老的面容，"那时候我把你看作一个思考的长者，一名敢于承担责任的领导。所有人都这么认为，可是你……"

"我……我怎么了，你想说我将回归组织引向了暴力。是吗？"

"回归组织不应该走向武装对抗。那简直就是以卵击石。"

"也许吧。现在看来是这样。可你别忘了当年第二次大萧条给我们带来的绝望。政府的所有法令全是为新人类制定的。如果不是新人类政府政策的倾斜，造成了医疗事业的倒退。那场瘟疫也不至于毁掉整个国家的人。到最后，整个国家的人类只剩下几十万了。

他们关闭医院，学校，退耕还林，削减农业和畜牧，拆除供水系统。你可别忘了！那时候我们已经沦为社会的最底层了，可他们甚至连我们最后的资源也要剥夺！"

林海提高了嗓门，再次激动得咳嗽起来。

"还有，那场瘟疫……那……那就是蓄谋已久的根除计划。新人类才不会感染生物病毒。"

"阴谋？你也拿不出任何证据。说到底，你就是接受不了人类被彻底淘汰的事实。"

"随你怎么说吧。"

林海伸过手，从桌子上拿起了一瓶葡萄酒。自己倒了一杯喝了一口。

"味道不错，你自己酿的？好久没有喝过酒了，虽然比起那个时候还差点，但还是过去的味道。"他拿过了杯子为对方倒了一杯，推了过去。

郑雨兰轻蔑地看了看，没有接受的意思。

"那些人怎么样了？跟着你进丛林的几百人。"

林海不紧不慢地喝了一口酒。

"死得差不多了，你知道，一开始还好。后来，生存资源的紧缺和配偶的争夺最终导致了内部混乱。我们经过大清洗才安定了下来。可那以后，我就成了军阀了。成了我们曾经都很鄙视的那种独裁者。可那个环境就得那样，重要的不是我想怎么样，是环境逼迫我怎么做。我们同样没有躲过那场瘟疫的后遗症，好多人失踪，或者说逃了。新出生的孩子们抵抗力弱，全死了。最后就剩下几十来个老弱病残，跟着我在丛林里到处迁徙。"

"那其他人呢？怎么就你一个人选择出来了，你一直没回答这个问题。"

林海在头上抓了一把，摊开手掌，掌中是一堆散乱的银发。

"我得了癌症，估计活不了多久了。"

郑雨兰看着他，没有表现出丝毫忧伤。

林海自顾自地说着，"我带着干粮走出丛林。整整走了三天三夜才见到这条河，顺着河流我终于找到了你这里，这是我们最后一次进入丛林的地方。庆幸，你还活着。"

"我的老战士，说到底你究竟想要干什么？"

"不干什么，只是在临死之前找老朋友聊聊。关于对转换的认识。"

"你拖着快散架的身子在丛林里穿行了几天几夜，就是为了和我聊天？"

"为什么不可以，还记得我们当年达成的共识吗？"

"你指什么？我们曾经有太多共识了，我已经老得记不清了。"

"对，就是指记忆。"

"记忆……是啊，我们都坚信记忆的不可融合是上帝的安排，是上帝的咒语。我到现在还坚信这一点。真正的灵魂只有上帝才能创造，而且他们似乎是永恒的流转。人类的这项技术只是粗暴地打断了这一切，是在和上帝争夺灵魂轮回的权利。"

"人类不是一直在这么做吗？技术的发展就造成了这一切。人们一直在从上帝手中争夺自主权，就人类本身而言，一开始相貌，再到生育，现在轮到了转世。现在看来，那并没有什么错与对。技术只是手段，越活得久我越是在想，我们一辈子的信仰究竟是在捍卫什么？"

"所以说，那场瘟疫不是什么阴谋，那是上帝的惩罚。"

"那么你说，如果没有这个干预那灵魂会去向哪里？"

郑雨兰摇了摇头，"只有上帝知道，我猜应该是更好的地方。"

"可是我现在就想知道。我要确切地知道自己死了之后灵魂该去哪里。"他突然瞪大了眼睛望向了郑雨兰,那只苍老的手死死地抓住了她的胳膊。

七

列车陡然降速,在轨道上摩擦出了刺耳的长嘘。由于刹车的猛烈,再加上此时正经过一个四十五度的弯道,列车竟然脱离了轨道,九十度翻转倒向了地面。剧烈的冲撞将轨道旁的树木连根拔起,在丛林里掀起了一阵风暴。车里的人们随着列车的倾覆东倒西歪,乱作一团。等到列车彻底停下来的时候,大部分的老人已经动弹不得了,车厢里只剩下一片哀号。

孔多由于预先死死地抓着把手,只是受了轻伤,可是脑部也眩晕得够呛。他还没来得及缓过气,一只粗壮的手已经掐住了他的脖子,是那个光头大个子。孔多一脚踹开了他,顺着头顶砸坏的窗子钻出了车厢,一瘸一拐地钻进了树林。

他只是跑,不停地奔跑,直至听不见后面的追喊声。他明白自己已经什么都没有了,装水和食物的包已经不可能取回。离他日夜思念的家至少还有几百公里,他都不敢想象这是一个多么漫长的路程,就这样惯性地在林中穿梭。直到天色渐晚他才在一棵大树下停了下来,疼痛感使得他不得不这样做,他忍着痛抽出了嵌在小腿骨的碎钢片,撕下了袖子包扎了还在淌着血的小腿。只要再找回轨道顺着走,他想,野果和溪水或许能够支撑他回到家。说不定运气好,还能扒上一趟路过的列车。只是,说不定走到一半这把老骨头就被野兽给吃掉了。不管怎样,他别无选择。

孔多望向了日渐黝黑的森林，天色已经渐黑。那一根根高大的树木背后仿佛都隐藏着一头野兽。他拾起了那根碎钢片，牢牢地握在手中，朝着森林的深处继续前行。

没有任何方向辨别，孔多只是凭着直觉，他感觉轨道就在前方。他就这样一直摸索，待到整个夜幕黑了下来。他蹚过了一条浅浅的小河，这时候才发现自己迷失方向了，在来的路上从来没有见过什么河流。河流不可能穿越轨道，他印象中这段铁轨没有经过任何桥梁。正当自己在纳闷的时候，他的注意力被眼前那两点绿莹莹的亮光给惊呆了。

孔多的后背顿时汗毛竖起，他甚至能够听到那野兽粗重的喘息。那呼噜声中夹杂着唾液的腥味儿。孔多呆立着不敢动弹，直愣愣地瞪着那绿光游动，靠近。他攥紧了手里的钢片，肾上腺素达到了最高值。可眨眼之间，幽暗的深处又出现了几双绿色的光点。

绿光一闪，孔多还没来得及看清楚那是什么东西，一个身影已经扑到了他的身上。孔多被扑倒在地，他挥起钢片猛刺那野兽。滚热的血喷洒在了他的脸上。他急忙从地上爬了起来，手臂却已经被另外一头野兽死死地咬住了。孔多使出了全身力气将钢片刺入了那野兽的腹部，那野兽发出了惨烈的哀号。

更多的野兽围了过来，绿色的光点围着他在打转。它们时刻在准备着进攻，孔多已经被撕咬得遍体鳞伤，浑身的血污。他累得气喘吁吁，紧握钢片移动着步伐，提防着四周游动的光点。可眼下那些光点又增多了，从幽暗的深处一双双地冒了出来。

看来，我是要死在这里了。那个遥远的故乡永远是无法到达的彼岸。孔多陷入了绝望，可他还得继续搏斗。

一声咆哮，绿光攒动。几头野兽同时扑了上来，孔多再次倒地，他用尽最后的力气胡乱地挥刀猛刺，他在地上挣扎着翻滚，直至疲惫到虚脱不堪。

等到回过神来的时候，他才发现那几个身影已经躺在地上不动了。孔多推开了压在他身上的爪子，从地上爬了起来。在幽暗的月光下，一束冷光打在他的周围，那是一群野狼，此刻它们的尸体正躺在地上，有两头还在低沉地哀号着。孔多听到了头顶的轰鸣，那光就来自于那里，它正缓慢下降。他看清楚了那东西，那是一架直升机。

孔多方才想起了之前耳边的枪声，他紧盯着眼前逐渐停稳的直升机，螺旋桨正缓慢停了下来。他明白不是自己战退了群狼，是那直升机救了自己。

从机舱里走出来的是一个身材婀娜的女性。等到她靠近的时候，孔多才认出那张脸。后世委员会的调解员ｓ玲。

"这个世界对于一个老人来说是极度不安的。"她用高傲的表情瞪了孔多一眼。"就一两天时间，群殴，脱轨，被野兽袭击。你的路还很漫长。"

"你们一直在跟踪我。"孔多想到了那个曾经和他搭讪的人。

"倒不如说是暗中保护你，你现在知道生存的艰难了吧，现在改变决定还来得及。如果你同意，就跟我上直升机。"

孔多看着ｓ玲，她的脸上呈现出一种前所未有的得意，仿佛就在等待着自己接受她的恩赐。

"谢谢你的帮助，我还要赶着回家。"孔多用袖子蹭了蹭脸上的血污，拾起了地上的钢片，转头就走。

"等一等，川西省不在那个方向。"ｓ玲走了过来，拦住了孔多的去路，她指向了直升机，"跟我走，我送你一程。"

八

"我懂了。"郑雨兰瞪着林海，眼神里带着极度的蔑视。

林海本就苍白的脸色显得更加冷漠，"你还活着，那意味着新人类纪元 70 年那张普发的转换券你还没有用。我想，现在的我应该用得着。"

"一张转换券……丛林里那些人怎么办？"

"随他们自生自灭吧，他们只懂得盲目的追随。而我则是在追求自由，我依然是个狂热的理想主义者。等到我快要死了我才明白，原来我所追求的就是我一直抵制的，我要永远年轻。"

"你才是个懦夫！"郑雨兰一口唾沫吐在林海脸上。"那张转换券我已经用过了。"

"不可能！"说着，林海腐朽的身子从椅子上站了起来，他抹掉了脸上的唾沫。"不可能，看看你那衰老的身子。"

郑雨兰退到了柜子旁，打开了抽屉拿出了一张已经泛黄了的转换券。右下角已经签好了她的名字，并且盖上了一个模糊的指印。"我已经把机会让给了别人。"

林海看着那无可辨别的指印，半天没有说话。他躺回了椅子上，扫视着满墙的照片。他从军装的兜里掏出了一台老旧的小型收音机，用手指点了点墙上孔多少年时的照片。"没有关系，你……是等你的儿子吧？看来我们想到一块儿去了！"说着他从怀中掏出了一把手枪重重地拍到桌案上。

"我们就来赌一把，那个释放的囚犯到底是不是你儿子，他可是带着一张转换券的。"

"滚出我的房子！"郑雨兰彻底地愤怒了，她迟缓的身子此刻变得迅捷起来，猛地绕过了桌子，准备去夺墙上的猎枪。

林海一把将她按倒在桌上，用手枪死死地顶住了她的太阳穴。"要相信自己，那个人就是你儿子。那小子的脾气和你一样倔！"

九

直升机上越过了黎明，孔多透过玻璃窗望向了远处地平线刚刚升起的太阳。整个森林被早上的第一缕阳光染成了暖色。他们已经飞行了整个夜晚，再等半天就将到达川西省。

孔多认出了那名驾驶员，他就是一路跟踪自己的那个新人类。孔多回过了头，看着身边的 s 玲。

"为什么要帮我？"

"我之前说过，不是帮你，我只是要带你回故乡，见识你最后一个希望的破灭。你坚信你的母亲还活着，可我不这么认为。"

"恐怕事实要令你失望了，我的母亲会等着我回家。"

"失望的恐怕是你！我这两天查过资料，据后世委员会的记录显示，郑雨兰，也就是你的母亲曾经在三十八年前在川西省首府有过一次转换记录。也就是你入狱的第七年，她就已经熬不下去了。"

孔多的心猛地一沉，但他立刻又想开了，"我才不信你们的鬼话！就像广播里说的，我根本就没有携带什么转换券，那都是你们的圈套！"

"可这个记录是千真万确的。"

"傻瓜才相信！"孔多的语气显得有些不耐烦，他看了看满脸神气的 s 玲，"为什么你们对我的转换这么执着？我只不过是一个老无所依的人。"

"你应该知道最后一个回归主义者的象征意义。"

"我不管，也不想知道。我只是想安安静静地过完我自己的余生。"孔多说。

"你在身体上暂时是自由了。可你无时无刻都是人们关注的焦点。人们充满了期待，等待你彻底崩溃的那一刻。那是一个旧时代终结最完美的句号。"

"那你们还不如直接判处我死刑。"

s玲露出了少见的微笑："你不得不承认，我们的文明程度是高于你们的。即使是在你们恐怖主义猖獗的年代，我们也没有大开杀戒过，更没有判处过一例死刑。当然，如果新人类全是我这样的理智的人，我想不会是这个结果。社会中还有部分守旧的新人类，他们对你们的情感是复杂的，也就是他们影响了后世委员会促成了这次大赦。也许旧时代的痕迹还影响着他们，他们把自己看作是旧人类的继承者，总是竭尽全力想和前世保持一丝的情感联系。可是谁都知道，时代变了，你们终将全部成为过去。"

"新人类的精英们看得很清楚。迄今为止，我们并未发展出纯粹的新人类社会形态，只是活在旧人类的惯性法则里。社会结构和文明形态在很大程度上依然遵循着旧时代的格局。大多数人还没有充分意识到新人类的真正含义，旧人类的文化残留形成了思维上的惰性。而身体的结构才将是决定文明的最终形态的本源，那应该是源自我们自己的身体，而非旧人类的文化残余，只有彻底摆脱旧文化的束缚，才能进入真正意义上的新社会。那会是一个崭新的世界，与现在完全不同的社会。有可能我们不再是人形，也会去除这种模仿性的两性的文化，谁知道会是什么样子？那是值得憧憬的未来，一切才刚刚开始，解放意识形态是最迫切的。所以，后世委员会的目的就是避免人们陷入故去的阴魂里，这对于社会的意识形态是一种严重的干扰。现在你该明白了吧，你的屈服代表着旧人类彻底的精神投降，会摧毁那些守旧的人最后的情感纽带。当然……"s玲停顿了一下，她从怀里掏出了一个浅黄色的信封，上面的封条处印有后世委员会的钢印。s玲将信封递了过来，"作为交易，我已经请示了后世委员会，他们同意破例给了你特别权限，唯一一具具有记忆延续的身体。"

"记忆延续？"孔多吃惊地望着s玲，"你是说你们已经解决了那个问题，上帝之咒？"

s玲点了点头说："那是二十年前的事，也是那帮守旧的人执着的结果。可惜一切都晚了，时代已经改变，切断过去的联系更符合新人类的社会发展需要。所以，那名发明者永远不可能再说话了。这项技术以后也不会有人再提起，你将是唯一一个运用这项技术的人。对于你来说，这是极大的恩赐，但你必须签署保密协议，终身受控。"

孔多陷入了沉默。也许冥冥之中自有注定，上帝一直在戏弄人类，如果这个问题在一开始就解决，世界一定是另外一番模样。但现在……不管怎样，他最多沦为一个孤独的伪装者。这样的存在是自己逃不掉的归宿？

"不！这是对我母亲的背叛。"孔多推开了信封。

"可你母亲已经背叛你了。"s玲用冷傲的目光和孔多对视了一眼，"那好，我和你打个赌，等你到了家，如果你发现你母亲真的已经转换了，那你就接受我的提议！"

"如果我不答应呢？"

"那就下去喂狼！"

孔多望向了密林的远方沉默良久，"我接受你的赌局。"直觉告诉他，母亲一直在远方瞭望着。

十

林海独自坐在窗前，他回想起了自己的峥嵘岁月。尽管从未在正面冲突当中打过一次胜仗，新人类的军队几乎是不可战胜的，他还是坚决地肯定了自己武装斗争的意义。但那是他的过去，如今他得为自己的将来而奋斗，准确地说应该是下辈子。

"懦夫！"他又听到了那个老女人的咒骂。即使被绑在椅子上手脚都动弹不得，她那张嘴也没有停止反击。

"再重申一遍，我不是懦夫！我没有放弃任何人。我和他们争夺最后的食物和物资，我赢了，我把他们全杀了。我一直在战斗，在战斗！"说着林海举起了枪对着窗外的天空砰砰放了两枪。

"你疯了！"

"是的，我疯了！丛林和饥饿会使人发疯的！"

林海咳嗽着从椅子上站了起来，他来到了厨房，将最后几个馒头端到了桌子上，就着葡萄酒狼吞虎咽地啃了起来。酒足饭饱之后，他打了个响亮的饱嗝。那味道令一旁的郑雨兰感到恶心无比。

林海继续躺回了椅子，微闭双眼进入了迷思。他似乎已经看到自己的未来。他会除掉那个归来的政治犯，然后拿着他的转换券到川西省的首府。他会伪装成一个旧时代的普通遗老去后世委员会报到。他告诉他们，经过三十年艰难的心理挣扎自己终于想通了。然后，他会为自己选择一具不朽的年轻身体，再然后……

整个一生就是一场梦，如今他就快醒了。

十一

直升机越过了一片丘陵地带，苍翠的平原出现在了一条溪水的两侧。落魄的零星点缀的房子散落在绿色的地毯上，它们已经被绿色淹没。孔多认出了河流上那个巨大的木头水车，它还依然在转动着，从上面看，这是这个回归社区唯一有活力的东西。水车的前方就是他的家，那栋两层的木屋。它依然是几十年前离开时候的样子，只是爬满了绿色藤蔓，显得更加沧桑。

孔多指了指下面，要求 s 玲在草坪上停下来。飞机停在了麦田前面一处空旷的草地上，孔多迫不及待地奔向了田野。他一瘸一拐地奔跑入了那片麦田里，对面二层木屋在夕阳的余晖映照下显得那么的耀眼。他远远地就看到了那个妇人，她站在二楼的窗户上望着他。她比自己想象的更为苍老，苍老得令自己想哭，当年的一头黑丝已经变成了白发。但毫无疑问，那就是自己的母亲。他脑子里为自己构筑的那幅画面几乎完美地再现了出来，这一切就像个梦。

孔多穿过了麦田，带着浑身的麦穗停在了木楼的门前。他想仔细地瞅瞅这间木屋，还有二楼上那个久远的妇人。可欣喜的目光却骤然变得疑虑起来。那窗户里不止有他的母亲，还从一旁闪现出另外一个人，一个身材瘦高的老头。他正用手里的枪指着母亲的头。

"交出转换券！我不想伤害你的母亲。"

孔多愣在了原地。他终于想起了这个老头，回归组织的首领，人类价值最后的捍卫者，他年轻的时候一直想追随的精神偶像。而此刻他却呈现出一派落寞的凶残之象，而且他要索取的正是他曾极力鼓吹唾弃的东西。那个人曾经的伟岸形象在自己的眼前轰然崩塌了。

"根本没有什么转换券……那都是谎言！放开我的母亲。"

"少他妈废话！"

林海朝着孔多的方向放了两枪，将孔多脚下的尘土溅起。孔多踉跄着退了两步。

此时，郑雨兰却尖叫了起来。她转过身试图夺过男人手里的枪。两人缠斗起来，在挣扎当中，枪响了。

"不！"孔多叫道。

郑雨兰痛苦地倒下来，她扑倒在林海的身上死死地揪住他的衣衫。两人失去了平衡，从窗户上栽倒了下来，落到了楼下的稻草堆里。

孔多连忙冲上前去。林海见孔多冲了过来，举起枪开始射击。门前的大黄狗也闻声而动，冲了过来对着老头吼叫，随时准备窜去撕咬。老头冲着狗开了几枪，那狗还是义无反顾地扑了过来咬住了他的手臂，手枪掉落在地上。孔多捡起了枪，他看了看仰躺在草垛上奄奄一息的母亲，对准了林海扣动了扳机。老头终于不再动弹了，他的格瓦拉 T 恤上又多了一个弹孔。

孔多跪倒在母亲身旁，握住了她的手。郑雨兰睁开了眼，她胸口的洞还在汩汩冒着血，她望着孔多露出了淡淡的笑。

"我……等到你了……孩子。"

她抬起了颤抖的手想去触摸孔多的脸，可那手却在半空中停住了。孔多握紧了那手，贴在自己的脸上。他已经泣不成声，眼泪浸润了母亲胸前的衣襟。

"节哀吧！"身后响起了 s 玲的声音。"没想到，一张转换券竟然引出了一个大头目。现在，你最后的盼望也没有了。跟我走吧，这是最后一次机会。"

"滚！"

孔多回过了头，冲着她歇斯底里地怒吼。

s玲站在原地，她异常冷静的理智没有表现出半点愤怒。

"最后一次劝诫你，我已经没有耐心了。"

"滚啊！要不是你们发布的假消息，母亲就不会死。"

s玲点了点头。"那么，只剩下最后一个选择。"

她走近了孔多，掏出了怀里的枪对准了孔多的头。

"最后一名回归组织的政治犯和在逃的头目为了争夺一张转换券相互杀死了对方。我会向后世委员会提交这份报告。如果不能完成转换的妥协，贪婪地死去去也不错，这也将是对新人类一百年庆最好的注解。"

说完s玲扣动了扳机。

十二

嘭的一声枪响。

一颗子弹从s玲的眼眶里穿了进去，打烂了她身体里唯一的细胞组织，大脑。s玲瞬间倒地。

站在孔多眼前的是那个直升机驾驶员，那个曾经和他搭讪的人。那人放下了枪，平静地看着地上悲痛的孔多。

"你有一个坚强的母亲。我会报告后世委员会，s玲调解员在跟随你回家途中被回归组织的头目恐怖袭击而死。我杀了林海。而你，也死在了乱枪之下。"

孔多望着他手里的枪，他已心灰意冷，安静地迎接最后时刻的到来。而那人却收起了枪。

"这样，就没人来找你麻烦了。你将安静地度过你的残生。"

孔多有些恍惚，"为什么这么做？"

那个人从怀里取出一个本子丢在孔多面前。

孔多捡起来，翻开第一页。上面写着"孔东，我曾经的日子"孔多认出了父亲的签名，那是他的日记。

"父……亲。"孔多茫然地凝视着那个人。

"除了还在用他的脑子以外，我和你父亲没半点关系，我只是想替这个人完成他生前唯一的遗愿：如果你有出狱的那一天，一定安全护送你回家。现在我的任务完成了，应该继续自己生活。祝你好运。"

说完，他扛起了s玲的尸体走向了直升机。

孔多目送着他远去的背影，直至上了直升机飞上了天。他将那本日记揣入了兜里，这一刻他终于理解了父亲的"懦弱"。

大黄狗跑了过来依偎在他的身旁，舔着他的手臂。孔多抚摸着它的皮毛，他看到了弹孔深处露出的金属的骨骼。联想到那模糊的指印，孔多恍然大悟，他将母亲的尸体拥在怀中，目送着直升机远去，直至消失在血色残阳的天际。

孔多告诉自己，他一定会孤独地过完自己的余生。

无忧世界

钟云 此段记忆选中 Ctrl+x

TIME.SPACE.LOVE

一

繁华城市高楼林立，幕墙巨幅电子屏闪烁，显示着一幅人类大脑神经系统的三维动画，神经元之间万亿个突触连接形成迷宫般庞大的脑网络，浩瀚如星空。

"欢迎您来到无忧世界！"一个柔美的女声广播。

随着轻快美妙的音乐，脑影像变幻成为一个女人忧伤的脸，神色晦暗压抑，痛苦不堪。而后，光线渐亮，女人舒展愁眉笑起来，她身边出现一个男人和小女孩，也在开心笑着，发自内心的笑容无比甜美。这是欢乐无忧三口之家的幸福场景。

"忘掉痛苦，找回快乐的你！详情咨询,请点击进入——无忧世界。"

二

林月娥睡醒，她从城市街道角落的地上爬起来，背上双肩书包。这个中年妇女身穿一套脏皱的校服，嘴角荡漾着无忧无虑的笑容，背着书包快乐地走过街区。她走到环山路，从书包里拿粉笔在路边的垃圾桶上写了个记号：2#，走到下一个垃圾桶，她又写上：3#。

林月娥沿路走去，一路走一路写，一直写到45#垃圾桶。

她从45#垃圾桶里掏出餐盒、香蕉皮、饮料瓶、烤串竹签……她的动作必须小心点，避开一些容易弄伤手的尖锐东西。上星期，鱼刺就扎破了她的右手食指，伤口感染肿胀至今。林月娥刨了一阵，从中找到一个酸奶瓶摇了摇。瓶子里还剩余一点酸奶，她喝后满意咂舌，然后站到石凳上看向山坡上的别墅区。她微笑着，一直凝视眺望。

阳光煦煦，照耀着别墅区的枫林。一部兰博基尼跑车引擎轰鸣，冲出A06座花园别墅的车库。车体漆面金黄耀眼，一闪而过，车轮碾压路面上的枫叶飞溅，急速迫近欧式风格的汉白玉门楼，跑车在门闸前最近的距离，戛然急停。

"丁少爷早！"众保安立正敬礼，开闸放行。

一个保安诌笑着搭讪："丁少爷，今早不看湖人队的比赛了？"

丁雄坐在跑车驾驶舱里绷着脸，丝毫没有搭理保安的意思。他稚气未脱的脸上架着一副珍藏版的雷朋太阳镜，自有一番惹人注目的冷酷魅力。这个风华正茂的年轻人启动跑车，一路飞驰，冲进环山路的露天广场停下。翼式车门徐徐升起，他钻出驾驶舱，斜靠着车，甩开金属打火机点燃一支烟，怡然喷云吐雾。

林月娥跟踪、注视着丁雄152天，日夜不息。

从别墅区的正门口，沿着环山路到国语大学附中一共有76个垃圾桶。林月娥按门牌方式给垃圾桶编了号，她每天走在这条路上，来回徘徊，饿了，她在垃圾桶找食物，渴了，趴在绿化带的喷泉池边喝水，晚上睡在街边。通常，她会失眠，仰望着满天星斗，彻夜伫立在 45# 垃圾桶旁边的石凳上，远眺半山别墅区，凝视着树木间露出的 A06 座花园别墅顶层的露台一角。长时间看着它，灯光透过树梢照进她的眼瞳，渺渺茫茫。

跑车驶入广场，林月娥随之追过去。她一路快乐小跑，脏兮兮的脸上笑意更浓。

"瞧，老婆娘穿了我们的女生校服。" 一群学生路过，围住林月娥好奇打量。

"忒恶心！腿上套的那是啥玩意，裙子绷成了裤衩。"

一名学生嬉笑，把手中吃剩的鸡腿扔到地上，"嗨！美女，你是谁？"

"我叫任雪祺。"林月娥捡起鸡腿塞到嘴里大嚼，含糊笑说，"我在国语大学附中，高二（4）班，学号 C072……我 17 岁，差 27 天，AB 血型，水瓶座，我喜欢蓝色……"

学生们啧啧惊叹，嬉闹调笑一番后放过她。广场上的跑车聚会吸引了他们，转而围观过去。

一部部豪华跑车呼啸冲进广场，法拉利、保时捷、宝马、奥迪、玛莎拉蒂……停在丁雄的兰博基尼周围。驾车的少男少女衣装光鲜奢华，他们寒暄着，踩下油门空转引擎，排气管震动轰鸣，吸引了众多路人围观。

车载音响播放着重金属乐。一个妆容精致的少女脱下外衣挥动，荡笑着走向丁雄。她的肚脐上镶嵌闪亮的钻石扣。丁雄弹了烟蒂，一把搂住少女随音乐节奏舞动。人群众星捧月般围着两人尖叫笑闹。

衣衫褴褛的林月娥挤进广场人群，捡起地上一个矿泉水瓶，嘴角挂着若无其事的笑，目光闪烁注视着丁雄。她一步步走过去，握紧瓶子，盯着丁雄的胸膛心脏部位。

一部银灰色奔驰跑车旁站着一个冷艳女人，瞥眼发现林月娥，疾步冲过去抓了她的头发拖倒在地。"疯婆子，找死啊！"

林月娥笑呵呵摇头。

"姐，别管她，脏了你的手。"丁雄皱眉走来劝。这女人是丁雄的姐姐丁晴。

"我看她不对劲，像要动你。"丁晴哼了声。

"用这来捅死我，他妈牛！"丁雄大笑，抢过林月娥手里的空瓶子，要抽打过去，扫眼围观的人，他甩手像打保龄球那样扔出瓶子，"去，给小爷走一个。"

林月娥爬着去捡滚动的瓶子，样子滑稽。这伙年轻人大笑，你一脚我一脚踢动地上的瓶子，相互传递着。林月娥咧嘴痴笑，满地爬着追。场面十分欢乐有趣。

两个巡警路过广场，发现人群集聚笑闹喧哗，赶来查看情况。

丁雄看到当中来的一个老巡警，脸色急变，低头匆匆钻进跑车，招呼大家启动车子迅速离开。

人群散去，林月娥趴在地上抱着空瓶子傻笑。她的手指破皮，血染手掌，有气无力笑着，她一直注视着丁雄的金黄色跑车消失在路的尽头。

老巡警搀扶林月娥到广场休闲椅坐下，从附近商店买来食品，水果，鲜牛奶，还有消炎药。老刑警为林月娥包扎处理伤口，削苹果给她吃。

"你认识她。"另一个年轻的巡警小余看得吃惊。

老巡警没搭话，照顾好了林月娥，继续上路巡逻。小余忍不住说："马哥，你忒仗义了，对疯婆子都这么好。"

"她是一位母亲。"老巡警闷声回应。

"噢，她怎么疯的？"

"她没疯。"老巡警摇头。

"那怎么搞成这样？"小余笑了笑。

老巡警没吭声。

小余又说："马哥，我才来实习，凡事得跟您学，多了解这片地儿的情况。"

"她女儿去年死了。"

"真不幸，作为母亲很难受吧。"

"不难受……"老巡警抬眼看向幕墙电子屏播放的广告，"她去了无忧世界，什么都忘了。"

小余恍悟过来，"这样啊。忘了也好，无忧无虑的，难怪她一直笑。"

两人一路巡逻，处理了些日常琐碎情况：为问路的人指路；为居民寻找丢失的金毛犬；受指挥中心调派，处理一起碰瓷事故……走到环山路，老巡警忽然停步，看到标记着 45＃ 的垃圾桶，他转身看向山坡上的别墅区，愣了会儿。

"啥事？"小余问。

"那儿……"老巡警手指 A06 座花园别墅，"她女儿摔下楼，去年圣诞节的平安夜。"

"谁？"小余问道，转念想起来，"噢，那疯婆子。"

"她没疯。"老巡警说，"她叫林月娥，女儿任雪祺， 17 岁，读高二。"

"不好意思啊，马哥！"小余歉然一笑，"这个林月娥，她女儿跳楼自杀，还是咋地？"

老巡警神色疲惫坐在石凳上，抬手用力揉着太阳穴。他头痛难忍，掏出随身带的药服下。

三

小雪踉跄走向别墅顶楼的露台。

别墅楼下的花园里隐约传来欢笑声，歌声，悠扬的圣诞曲，混杂着男女嬉闹声。游泳池映着夜灯，碧波粼粼。

月光蒙蒙，晚风拂过树梢。小雪一边走一边扯了身上的衣裙，眼眸迷蒙，浮着醉人的笑。她坐到露台围栏上，悠悠抽烟，烟雾在花园灯光照射下袅袅飘浮。

一个酒瓶摔碎在地上，烟蒂火星乍现。

小雪随后坠落下来，身躯划过静美的夜。

医院的外科手术室，医生忙碌进行着一场手术。躺在手术台上的男人胫骨粉碎，腿上皮肤撕裂至膝关节，像菜市场被剥皮的牛蛙。护士人影晃动。手术台摆放全套器械，手术刀、钳子、镊子……一件件金属物表面泛光。

"血压掉了，快输血。"林月娥查看着监测仪。

血袋挂上。主刀医生固定止血夹，快速清创，切开筋膜，用镊子夹出一块块碎骨。

晚11点35分，最终抢救无效，男人死了。脑波消失，医生检查瞳孔，为死者盖上布。医护人员脱了口罩和手套，做术后清洗。手术室外传来一阵阵死者家属的痛哭声。林月娥神情疲倦，换去护士装，她靠着衣柜愣了一阵，流露出长时间抢救却无法挽回一条鲜活的生命的失落和无助感。

"护士长，有位马警官找你，走廊上等着。"一名护士通知她。

林月娥来到走廊上，只见死者老婆号啕大哭，瘫在地上几近昏迷。这个可怜的女人身背尚且幼小的婴儿。护工收殓尸体，通知火葬场运尸，让女人签字，她发抖的手无法握笔。林月娥怔怔注视着这一幕，直到马警官招呼她，"林护士。"

"马警官，这么晚来什么事？"林月娥抹去不觉涌出的泪水。

马警官正要说话，却被死者老婆的哭声打断。

林月娥和马警官离开走廊，叹说："一个打工仔，找老板算回家过年的工钱，没要到，急了就扑到那家伙的汽车上，刹不住被碾了。失血过多，送医院那会就没了血压，抢救六小时，唉，差一点……"她在楼梯口停步，虚弱倚着墙，"他老婆怎么办，孩子还小。"

马警官默然听着，神色严峻。

"找我啥事？"林月娥摇头说，"真不希望在医院这地儿见到你。你哪不舒服，来做肝脏复查？"

马警官咧了咧嘴欲言又止，浮现一种异常特别的踌躇表情。

"有别的事？"林月娥不禁诧异。她很少见马警官这样磨叽。

这位年近五十的老警察一脸风霜，微有驼背，但一身正气，是个尽职的基层民警。三年前，马警官曾被一个盗窃电动车的小贼捅伤，林月娥护理过他，知道这位警官办事一丝不苟，而又富有人情味，脸上总是挂着和蔼的笑。当时，他逮住那个13岁的小贼，没有用手铐，甚至还伸手搭着个头不及他胳肢窝高那小鬼的肩膀，打算说教几句。小贼突然拔出打磨尖锐的螺丝刀，插进他的肚子，往上一寸差点穿刺肝脏。

马警官认为他的运气实在太坏，出院后，他写了一份报告递交给检察院，为小贼说情开罪。

"林护士，跟我走一趟。"马警官终于开口，转身快步下楼。

林月娥感到了异常，到楼下坐上警车，她紧张问："你们收到我的举报信了？"

"啥？"马警官发动车子，驶出医院大门。

林月娥松口气，微笑说："那我想错了。前些天，我写过检举谭医生收受药商钱财的材料，挺复杂的一宗医药贿赂案。我以为找我是这个……我们去哪？"

"稍等，一会就到。"马警官目不斜视地看着城市灯光之外的夜黑。

林月娥想起女儿，从包里拿出手机开启。按规定进手术室必须关机，不知小雪这会睡了没。手机震响，收到两条信息。第一条消息发自 20 点 04 分，"老妈，我看完《巨大奇迹》了，拯救灰鲸好感动，将来我也想做志愿者，环游世界去保护动物。"

《巨大奇迹》是一部取材真实故事的励志电影，三条阿拉斯加灰鲸鱼被困在冰层下，不能浮到水面上呼吸，一名小镇记者报道了这事，引起媒体、普通民众甚至石油大亨和总统的关注，经过石油工人以及俄罗斯和美国军队的联合出动，在冰面上凿开一个接着一个的呼吸孔，引领这些巨大的生物朝大海方向前进。在那一刻，人类消除隔阂共同携手，创造了生命奇迹。林月娥觉得影片主题不错，推荐给小雪，让她写一篇观后感作文。

第二条消息发自 21 点 35 分："祝老妈圣诞快乐！很庆幸，我是妈妈的女儿，愿上帝保佑妈妈平安，身体健康，我永远爱你！"

林月娥的心猛地一下波动，感到无比幸福。

她笑意荡漾，忍不住对马警官说："现在的孩子流行过洋节，比春节还在意。今晚平安夜，不知有多少在外面疯玩不归家，让大人操心。小雪还好，她乖巧懂事，这会早就睡了。平时我忙，她经常一个人在家，做了作业做家务，也是到点就睡，给我省心。"

马警官没吭声，开车进入环境清幽的别墅区。路灯照亮，隐约可见里面一栋栋独体大别墅，前后花园，有整洁的草坪、游泳池，金属编花栏杆森严地围着别墅。一个公共监控摄像在车窗外一闪而过。

"这哪儿？"林月娥打量车外。

车前方出现一栋花园别墅，灯光雪亮，停着几辆警灯闪烁的警车，人影憧憧，忙碌在别墅里外。马警官停下车，"林护士，你千万要冷静，别太难过。"

"到底怎么了？"林月娥惊疑不定下了车。

小雪从别墅顶的露台坠楼身亡。法医、刑侦、痕迹鉴定的一众警员在现场勘查。草坪灯幽明，小雪的肌肤泛光像初生婴孩。她呈跪姿，蜷在溅血的汉白玉石阶上，宛若雨后散落的花瓣。

林月娥的意识模糊，似乎有声音朦胧说："尸体的颈椎脱位，刺入枕骨大孔，穿透颅腔……"又仿佛听到了女儿那清脆的声音，"妈妈，圣诞快乐……我永远爱你！"

四

林月娥在医院躺了七天。清醒时，她在病床上瞪着红肿的眼睛，聚焦不清。

阳光透过窗帘落在地上渐渐移动，时光流逝。

她的眼睛哭坏了，弱视，一周后才勉强能看清东西。而在往后更长一段时间，她不能说、不能听、不能看，也不能用手触摸小雪留下的任何遗物。

失去女儿那种遍体发寒深入骨髓的痛，日夜煎熬着她，让她生不如死。

女儿摔死了。

她死了……

死亡场景蚀刻在林月娥的脑海，像一段恐怖录像默默循环放映，历经日日夜夜不消失。

但她还不能随之死去，她得振作起来，从病床上挣扎起来，去追查行凶者。

丁雄害死了她女儿，但那小畜生的家人买通了所有关系，颠倒黑白。警方认定小雪酒后失足坠楼身亡。他们包庇罪犯，隐瞒了罪案真相，让那小畜生逍遥法外。

她要寻找证据，将丁雄绳之以法。

这天早上，一行人走进会议室，带来一摞摞宗卷、材料和报告，放在会议桌上分类整理。来人有检察官、律师、法医专家等。林月娥坐在躺椅上，护士为她点滴输液。

检察员介绍一位中年女人："我们政治处的秦主任。秦主任曾任检察官十六年，公正廉明，获过省十佳公诉人荣誉称号。"

"你好！林护士。"秦主任笑容亲切，握着林月娥的手，"我比你大两岁，也是单身母亲。我丈夫是缉毒警，两年前牺牲了。"

林月娥形如枯槁，木然不语。

秦主任宽慰她："你放心，我的工作长期面对各种犯罪，厌恶看到罪恶的人，从内心里，我和案件当事人家属一样，决不容忍案件背后藏有罪恶。我一贯主张严惩罪犯，认真分析、审查和监督案件，避免任何一桩冤假错案。"

"我女儿怎么死的？"林月娥强打精神，拿起笔记本记录，"你说，我记着。"

"经过刑警大量的现场勘查，人证、物证的调查，尸体解剖和法医学鉴定，综合认定，你女儿死于高坠伤，属自杀。因为涉及学生群体，社会影响很大，我们检察院领导高度重视，先后两次委托法医专家进行了复查鉴定，并成立小组反复核查分析，没发现可疑点，最终排除他杀，确认刑侦的调查结论。林护士，我理解你的心情，但我们要尊重客观事实。你女儿的情况不属于刑事案件，我们不能向法院提起公诉。你作为当事人家属，可以向法院起诉，对举办平安夜聚会的丁雄，提出民事赔偿责任。如果你需要法律咨询帮助，我可以为你……"

"我女儿怎么死的？"林月娥握笔的手激烈颤抖。

"请你冷静！"秦主任指着桌上的一摞资料，"这些都是详细的调查文件，记录了自杀事件发生的全过程。"

"你说。"

"丁雄的父亲丁旭天是知名企业家，旭天集团的董事长，名下公司主要经营酒店、车行等，资产实力雄厚。在平安夜的前一天，丁雄的姐姐丁晴从国外回来，为了庆祝，决定举办个家庭式的平安夜聚会，约了朋友和同学参加。当晚，你女儿应邀到场，一起游泳、自助烧烤，然后在别墅客厅举行音乐会，她还弹奏了平安夜的钢琴曲。期间，她一直在饮酒，喝了大半瓶的红酒和多罐啤酒。"

法医补充说："经检测，她的每百毫升血液中酒精含量为345毫克，属重度醉酒。"

林月娥神情恍惚听着。

"因为是集体聚会活动，当晚在场的同学目睹了全过程。事后警方录有详细的口供，多份笔录内容均能互证……"秦主任见林月娥大量出汗，脸色潮红，就问，"林护士，你感觉怎么样，还能坚持吗？"

"往下说。"林月娥向护士要了冰袋冷敷。

"晚九点半，小雪的醉意明显，到洗手间呕吐过一次，丁晴提议要司机送她回家，她拒绝了，说想去花园散步解闷。丁雄、丁晴等人也喝了不少酒，没在意。随后，小雪在没人察觉的情况下，从别墅花园的后门通道走楼梯，上到顶楼露台，大约二十分钟后发生坠楼。10点46分，例行巡察的保安经过别墅，透过围栏间隙发现尸体，当即报警，并进入别墅封锁现场。那时，聚会的人都还在别墅一楼活动，不知情。死亡现场因此保持完好，没遭到任何破坏，为现场勘查提供了准确的技术鉴定支持。结论表明，坠楼事发地没有第三者的介入，排除了他杀的可能性。"

"不！"林月娥失声呼喊，"小雪不会自杀，不可能自杀的，我女儿不会喝酒，更不抽烟……"

秦主任说："小雪抽的是Davidoff女士烟，丁晴放在客厅里的。她拿了一包，还拿走了一瓶红酒。在坠楼现场，刑侦从这两件物证上提取到她的指纹。"

"小雪的衣服……"林月娥颤抖，脑海闪过女儿那初生婴儿般冰冷泛光的肌肤。

检察员说："推测可能是醉酒致幻，或酒后情绪不稳定，她自己脱了衣服。露台上没找到第三者出现的新鲜印记，没目击者在场，不能判断她当时的状态、真实想法。"

林月娥问："她为什么要自杀？好好的人，为什么啊？"

"林护士，大姐说句不中听的话。"秦主任注视着她，"教育孩子挺不容易的，我们都心疼自己的女儿，放松了，担心她学坏，管严了，又怕她心里委屈。"

林月娥拼命摇头。

秦主任又说："事发前，小雪跟同学诉苦，说你平时对她要求太高，她很难做到，她心烦，苦闷得要死。"

"撒谎……撒谎，你们都在撒谎……"林月娥失声痛哭起来。

"冷静点，这些都是事实。"秦主任拍着桌上的资料。

林月娥连连摇头。"我女儿乖巧懂事，体贴人，放学准点回家洗衣做饭……我工作忙，她独立生活能力强，又好学，成绩好，她怎么会抽烟、酗酒？怎么可能和那些富家子女混在一起？还聚会……她发信息给我的，她在家，她晚上哪儿都没去，在家看书、看电视，早早就睡了……你们说的都是假的，骗我的，我生下小雪，她是我的心头肉，我……我们娘俩朝夕相处17年，17年了，我还不了解自己的女儿吗？不是这样的，她没自杀，她是被人害死的，求求你，告诉我真相……"

她的哭喊声回荡在会议室里。痛苦难禁，她抽搐吐出食物残渣。

护士查看心率监测器，心率显示125，劝慰她："林姐！别太激动，注意身体！"

秦主任皱眉说："情况不太好，要不让她休息治疗？我们下次再来。"

"别走！不要走……"林月娥极力控制情绪，抬头环视众人，"对不起大家，女儿死了，我很难过……我要知道真相，她的所有，她为什么死的。"

秦主任说："别急，慢慢来，总会搞清楚的。事实摆在那儿，没人能篡改。你身体要紧，先调整……"

"不！"林月娥打断秦主任的话，抬手指着室外，"17年前，小雪生在这栋楼，3楼妇产科422产房。胎位不正，剖宫产……吴医生为我做的手术，我还记得，肚子被划开，没痛感，可我很难过。我男人走了，我一个人生孩子，感觉像要死了，哭都哭不出来，肚子被掏空，五脏六腑撕扯得难受。"

她掀开衣服，露出松弛的腹部，用手摸着肚子上的手术疤痕，"小雪从我身子里拿出来，我见到她那会，一切都不重要了，我看着她，忘了所有的苦，她是我的宝贝，她那么美。我抱着她，再苦再累也不怕，再也没有感到难过……除了现在……她死了，早知道，我宁愿没生下她，她没有来到这世上，没有我给她喂奶、没有换尿布、没有哄她睡觉、逗她笑，没有教她学走路，教她说话，送她去幼儿园、上学，没有这一切，没有这 17 年……可我忘不掉，我永远记得……"

秦主任、检察员默不作声地听着。法医低下头避开林月娥的目光。护士轻声哭泣，握着林月娥颤抖的手。

一股风透窗吹过房间，纸张翻动，飘落。

林月娥看过去。只见小雪坐在窗台上，双脚悬空在外。小雪的头上血肉模糊，脸上迷蒙笑着，突然纵身一跃，她消失在窗外。

林月娥喘息着，渐渐镇定下来，冷静说："请给我看资料，我要知道我女儿怎么死的。"

"技术性的资料很多，你确定可以？"秦主任迟疑地看着她。

林月娥用力点头。

检察员说："这些是死因鉴定书、现场勘查报告、痕迹和法医学鉴定书、病理学检验报告，以及现场照片和尸体解剖……这个，看了心理恐怕难承受。实际上，我们都已经……"

林月娥说："我要看每一份。"

检察员摊摊手："好吧，希望你别累着。"

林月娥仔细查阅宗卷和一份份调查报告，她问："生前坠楼为什么内脏出血少？"

法医解释："高坠伤最突出特点，就是内脏破裂后出血少，因

为高坠死亡过程非常迅速。如果腹腔有大量出血，反而要考虑生前
受到外力侵犯后坠楼。"

"没遭到性侵？"

"经提取各痕迹物证，反复检测过了，没有。她在月经期。这
里的血迹，是经血。"

"她腿上、臀部的伤痕怎么来的？"

"这些是生活反应的痕迹。她长时间坐在露台围栏上所造成的
压痕，皮肤轻微擦伤、皮下充血，在死后，损伤特征表现更为明显，
实际上，没照片上看起来的严重。"

林月娥一边查看资料，一边做笔记，不断询问一些技术问题，
详细追查每一处可疑点。法医和检察员逐一解答。耗时漫长，从白
天直到晚上。

城市万家灯火亮起来，夜空幽美。

灯光下，林月娥翻看资料的身影孤绰，她疲倦极了，几度虚脱。
她要求护士违规为她进行皮下注射肾上腺激素，以维持精神集中不
断地查看资料，彻夜未眠。

清晨，降温了，天空飘雪。城市苏醒，街上人流密集。一座座
楼宇耸立在雪雾之中，大楼的窗口密如樊笼，禁锢着无数上班蚁族。

金融中心广场的巨幅电子屏播发着广告：欢乐无忧的三口之家。

"忘掉痛苦，找回快乐的你！详情咨询，请点击进入——无忧
世界。"甜美的女声播讲："你感到痛苦吗？你想忘掉痛苦吗？欢
迎您来到无忧世界，我们将为你去痛解忧，找回快乐的你，找到失
去的笑容……科技改变生活，创造完美无忧世界！"

一行人离开医院，神情疲倦地坐上车。检察员打着哈欠，抱怨说：
"疯子，她简直疯了。"

五

林月娥的家里一片阴郁，窗外落雪纷飞，天地白茫茫。

这位母亲长时间呆坐在沙发上，身边散落杂乱的资料，报纸上印着醒目的新闻标题：女生坠楼事件深度报道。她目光凝滞，恍然盯着房间阴暗处，似乎看到在那儿摆放着一具金属泛光的解剖台。小雪平躺在台上，毛发剃光，胸腔和腹腔掏空，心、肝、胆、脾、肾、胃浸泡在福尔马林液瓶里。

在母亲的眼里，小雪还活着，缓缓从解剖台上坐起来，呼唤她："妈妈！"

林月娥搂小雪入怀，安慰女儿，"别怕！妈妈知道的，你很冷，很害怕……乖囡，告诉妈，谁杀了你？"

小雪不言不语消失了，林月娥抱了个空。她战栗着，不停流泪。

日夜不息。林月娥像幽魂一样在家里徘徊，她从这个房间走到那个房间，寻找女儿的踪影，书架、衣柜、床底，她找遍家里每一处角落，不停叨念："出来呀，乖囡，妈看见你了。"

她最终撑不住，昏倒了，泪痕干枯的脸颊一动不动地贴着冰冷的地板。

邻居刘大姐找了开锁师傅来撬锁，打开了家门。师傅看到躺地上的林月娥，吓一跳，"这谁呀？"

刘大姐急忙搀扶地上的林月娥。"她女儿死了，难受。窝在家好些天不见人影，我琢磨着出事了。"

"可怜！"师傅摇头叹气。

刘大姐做了饭菜，劝林月娥吃东西，她却摇头不张嘴。

"你别糟蹋自个了，要顶住。" 刘大姐劝说，"丁雄那小畜生害了小雪，你要为她申冤报仇，就得硬朗起来。丁家有钱有势，上下勾结横爬，咱不怕，告倒那些王八蛋。来，吃两口。"

　　林月娥听了这话，开始艰难地吃饭、喝汤。

　　"你不能死。"她心里有个微弱但尖锐的声音说："你得先为小雪做点什么。"

　　屋外隐约传来元旦辞旧迎新的鞭炮声。雪花片片飘落，晶莹剔透。

　　工会的人来看望她。"别太难受了，保重身体啊！林护士。工会支持你的，你放心，能为你做的我们都会去做……检察院认为不具备刑事起诉条件，你也别硬来，想想别的办法。信得过张姐的话，我建议啊，由咱们工会出面，联合教育局、妇联，向上级申诉。先商议民事赔偿金额也行，怎么的，人不能白死啊！"

　　"我不要钱……我要丁雄偿命。"

　　林月娥低垂着头，怀抱骨灰盒，手指摩挲骨灰盒上的纹路。

　　丁旭天带着律师等人找到家里。

　　律师打开手提箱，拿出一沓一沓钱堆放在茶几上，说道："丁先生对您女儿意外身亡深感遗憾，希望您能谅解，达成庭外和解。这些您先拿着，数额还可以再商量。私下提出，或正式要求都可以，大家协商解决。"

　　林月娥看着茶几上的钱。

　　那一沓沓钱流出血，在茶几桌面上流淌，血一滴滴溅落，仿佛发出一声声生命逝去的脆响。

　　"林女士！"丁旭天面色沉痛地说："我也为人父母，知道拉扯大孩子不容易，都是心头上的肉。再多的钱也无法替代失去的女儿，不能弥补伤痛。但生活还得继续下去，请你原谅，很愧疚，我没管教好儿女，给你造成伤害、痛苦，对不起！"

丁旭天是本地著名儒商，经常活跃在电视访谈节目上，大谈金融地产、文化艺术和慈善。此刻，他身穿一尘不染的唐装，恭敬坐在林月娥家的老式弹簧沙发上，取下眼镜，试探着说："你还有什么困难，可以跟我明讲，一定办到。"

林月娥拉开家门，拿扫帚把所有的钱扫出去。

丁旭天悻悻走出门，不甘心地又说："我是单身父亲，理解一位母亲的心，望你保重！但劝你别做傻事……有些事，你根本无力回天。"

林月娥沉默着与他对视。

"说个条件吧！你要什么？"丁旭天最后问。

林月娥最后说："你儿子，偿命抵罪。"

一连数天。林月娥静坐检察院门前的路边，抱着一块纸板，上书：我女儿死了，凶手还活着！

风雪硕硕，她的身上积了一层雪。她僵直不动，唯有鼻下冒出一缕缕热气。

路人来来往往，围观议论纷纷。保安将林月娥拖离现场。

医院领导来劝说："林护士，你是有组织、有纪律的人，要讲原则、理性，不能这样胡搅蛮缠啊！你认为案件有问题，有委屈，可以通过正式的渠道，用正确的方式来解决，医院绝对支持你。可你这……这不是为难我们吗？"

林月娥回到家彻夜不眠，在台灯下书写申诉材料。

小雪站在身后的暗处默默看着她。她想，小雪坠落的一刹那，心里定是充满了恐惧。

她没能发出呼救声。

林月娥不想闹事，愿意走法律途径，可在丁家势力的干扰下，警察停止了对此案的侦察，检察院认为不具备刑事起诉条件，不能向法院提起诉讼。她除了往上申诉，还能怎么办？

从家里窗子望去，林月娥察觉路边停着一部深紫色的商务车。车顶积雪，车窗紧闭。但她感觉到，那车内坐了人，从墨黑的车窗后窥视着她的动静。

雪下得很紧。

六

清晨，林月娥买了去省城的火车票，在候车厅却被工会的人拦住了。

工会人员劝阻说："回家吧！请你想清楚后果，你这样去省检察院闹，医院要开除的，往后你就没了退休金。"

林月娥挎上装有申诉材料的包，跟工会人员离开候车厅。趁人不备，她突然跑开，混进街上的人群中，坐上出租车，前去汽车客运站。

但长途客车也被拦停了，上来两名警察，出示拘捕令带走她。

"林月娥，你涉嫌诽谤他人，危害公共治安。我们依法对你进行拘留。"马警官将林月娥反手背身铐上手铐，拿走了她的挎包，开包检查。包里装有厚厚的申诉材料，钱夹、身份证、手机等物，还有小雪的照片。

林月娥瞪着马警官。

马警官面无表情地说："你无视法纪，非议经审查定性的自杀案，在公众场合示威、造谣，按有关规定，强制拘留一天。"

带到拘留所，马警官把林月娥铐锁在审讯室的固定架上，锁门离开。

狭小的审讯室阴冷寂静。林月娥仰面看着天花板，望尽上方，她看到小雪坐在屋顶的天台上。风雪中，女儿的样子模糊不清，身形摇摇晃晃，最终，跌落下去。

林月娥的心也随之沉落深渊。

这一整天没人搭理她，直到夜深，马警官再次出现，带来一个便衣。

马警官放下手里拎着的一个餐盒，为林月娥解开手铐，歉然说："对不起！让你受罪了。"他打开餐盒，盒里有热气腾腾鸡肉浇盖的饭菜，"我媳妇做的，你趁热吃。"

林月娥活动着麻木的手腕，咬牙沉默瞪着他。

马警官叹口气，"形势紧迫，我不得不这样做。换了别的警察来处理你，可能更糟。"

林月娥说："放了我，如果你还有良知。"

"一会我送你去火车站。"马警官拿出林月娥的挎包，又给她一张火车票，然后指着那个便衣，"他是刑侦法医，你们在医院见过面了。他冒着严重违纪的风险过来，有话跟你说。"

林月娥震惊，抓住法医的手臂，嘴唇颤抖说不出话。

法医说："出于对职业的忠实，我无法说服自己隐瞒坠楼案的法医鉴定关键点。"

林月娥意识到事情重大，不由跪在地上，对法医磕头，"谢谢你……"

法医扶起林月娥，愧疚说："别这样，快起来。林护七，你是一位坚强的母亲，我不敢，也无法欺骗你这样的母亲。但我有个要求……"

"您说。"

"先吃饭，你必须吃点东西。"法医给她递上餐盒。

马警官说："真相总会水落石出的，你得保重身体，坚持到那一天。"

林月娥捧着餐盒，大口大口地吞咽饭菜，泪水扑簌落下。

"我发誓，我所讲一切是事实。"法医说，"希望你能冷静，克制情绪激动，听了理智判断。"

林月娥用力点头。

法医说："刑侦出示的法医学鉴定书、病理学检验等报告基本准确，但对你隐瞒了一项。小雪的处女膜陈旧性破裂，经解剖检验，子宫壁有一至两个月内堕胎损伤的痕迹。她做过流产手术。"

林月娥猛然呆住。法医的话像一柄尖锥，扎在她的心上。

"小雪的肾脏器官有衰竭迹象、肠胃溃疡脓肿、舌根有水泡、指甲轻度脆化。疑为长期吸食冰毒，身体慢性受损的症状。尸检时，没检验出毒品阳性反应，推测她戒了一段时间，近期没再接触毒品，过了生理反应期。这项证据不足，我仅是凭个人经验推测的，可能不准确。没在检验报告上注明。"

"冰毒危害极大，吸食致人性欲亢奋、神经敏感，容易产生妄想、幻觉。严重时会有自杀倾向。"马警官拧着眉，目露痛苦，随后说，"我摸到一些线索，尚不明确，疑有富二代涉毒秽乱聚会，涉案人年纪都很小。这不是个案，我们还在深入侦查。小雪坠楼，证据显示属于自杀，但他们通过毒品控制，那是杀人不见血。"

林月娥激烈发抖，无法讲话，无法相信这事。

马警官说："还有个特殊情况。小雪坠楼前遗落的手机，里面的信息被人清除。当晚，她不仅给你发过信息，可能还发过给另外的人。"

"小雪的小腹下纹有文身。"法医出示一张照片。 照片上，女儿光洁的皮肤上刺青一轮太阳的图案。密集的花纹围着太阳，文身诡魅。

林月娥恍惚听着，只觉两耳听到一阵阵尖锐的轰鸣声。

"初步怀疑小雪的文身与她通信的人有关。这人当晚没在别墅现场，我一定追查到底，查出这个神秘人是谁。"马警官坚定说道。

嘈杂声消失，四周寂静得可怕，林月娥几近昏迷。

马警官搀扶她坐上警车后座，开车前去车站。"别放弃！罪人终归会绳之以法。还有许多正直的人。你到了省里，先去纪委找李书记，争取面谈，告诉他这案子背后隐藏的黑网。那些豪门权贵专找在校女生下手，用金钱引诱和毒品控制她们，涉案人的背景都不简单。林护士，不仅是小雪，还有很多受害女生。我们尽力去做，不能再让祸害扩大。"

林月娥呆看着车窗外。路上车流拥挤，人群密集，人声嘈杂。只见路人停下脚步，纷纷转头对她看过来，指指点点，发出各种讥讽骂声。

"你女儿是个烂货。滥交、堕胎、吸毒……"

"屁的好学生，你乖囡傍有钱人寻欢作乐，醉了撒疯跳楼，摔死活该！"

"不知羞耻……"

小雪出现在人群中，拼命地跑。路人追她、打骂她，疯狂撕扯她的头发、衣服。小雪躲避着，伸手向母亲求助，拍打车窗："妈妈……妈妈……"人潮将女儿淹没。

"不……"林月娥惨痛无声呐喊。

雪片纷落，幕墙电子屏闪烁播放："欢迎您来到无忧世界，忘掉痛苦，找回快乐的你……科技改变生活，创造完美无忧世界！"

坐了六个小时的火车，林月娥随着旅客走出省城车站。

天黑了，路灯橘黄照亮飘落的雪花，林月娥一路走着寻找旅店。空旷的街上驶来一辆面包车，突然停在她身旁，车上跳下两人，迅速把她强行推上车。她挣扎着喊了声救命，头上就挨了两闷棍，把她打瘫在车座位上。

面包车在夜幕遮掩下开到城郊，摸进一处偏僻村庄的屋院。

林月娥被人架下车，拖进一间灯光昏暗的屋子，把她扔进去，锁门。她的挎包被人拿走，在院子里点燃一堆火，把她包里的申诉材料和物品摊开在地上，一件件扔进火里燃烧。纸灰飘起，落在白皑皑的雪地上。

林月娥苏醒过来时，摸到头脸上凝固的血迹。她挣扎起来，趴着装有铁栏的窗户向外看。这是一座破旧的屋院，民房低矮，她被囚禁的屋子约十几平方米，破落脏乱。屋外守着两个人。院子里有一棵叶落枝枯的石榴树。

"救命啊……"林月娥呼喊，"你们是什么人？放开我。"

一个看守接了一桶水，走向屋子，泼水进窗户。

林月娥被冰凉的水淋湿，浑身哆嗦。

"乖乖待着吧你，臭婆娘。"看守狞笑。

林月娥缩在房间的角落，双手抱紧自己。她冻到麻木，迷糊着晕过去。

不知过了多久，她醒来时已是晨光大亮。一碗饭菜摆到她身边的地上，"吃饭。"看守抬脚踢她。林月娥睁了睁眼，木然不动，抿着嘴没有再喊叫，她明白自己被非法拘禁，呼喊也没用，她冷冷盯着看守。两个看守咒骂着上前来，一人按住她，捏开她的嘴，另一人舀饭塞进她的嘴里。

林月娥吐出了饭。看守恼怒对她一顿拳打脚踢，打瘫了，接着往她肿胀流血的嘴里塞食物，像填鸭。

这种状况日复一日地持续进行，对于她，这是一段阴暗、刻骨铭心的记忆。

在被关押黑屋的日子里，林月娥什么都不能做，她浑身散发着臭味倒地昏睡，有时痴呆，陷入一种半昏迷状态，茫然靠着墙，长时间看着窗外。那窗外，月色如霜洒落院子。小雪孤零零站在院墙下，目光怯生生地看着她。

"乖囡，别担心，妈挺得住的……"林月娥喃喃自语，"我要活着，为你申冤。"

天亮时，小雪的身影消失了，唯见墙头上一条条冰凌如刀。林月娥挪到屋子里，手抓搁在地上的饭碗，一点点吞咽下饭。

面对这一切凌辱的记忆，林月娥很想忘记，很希望上天赐予她力量能让她抵抗，去反击，不让那些混蛋得逞，让恶行得到惩治。但没有发生这样美好的事，现实世界就是这样，苦尽并没有甘来，她根本无力抗争。世间没有神明，人间就是地狱。

月光明晃晃照着院子。看守从屋里拖出林月娥，捆绑在石榴树上，扯掉她的衣物，拿水管冲洗她的全身。

她毫无反抗之力，任由猪狗侮辱。

石榴树摇曳，她只能从喉咙深处发出嘶吼。一刹那，她似乎看见枯叶飘落，漫天飞舞。

不知多少次，在这样的夜晚，她的身躯被粗粝的树皮擦伤。

七

"林月娥被囚禁了多久？"巡警小余问。

"177天。"老刑警在岗亭交接班，转交给值夜班的巡警对讲机、执法记录仪和警车钥匙等物。

"半年呐，不知她怎么熬过来的。"小余随老巡警走出岗亭，"谁非法囚禁她，丁家指示的？"

"没抓到证据。"老巡警低头闷声说，"看守只是办事的马仔，后来跑路了，在境外贩毒滥赌，八月份，被缉毒警击毙。这条线就断了。"

"生活有时候就这样，太苦，太摧残人了。"小余不由摇头叹息，"难怪很多人去了无忧世界。"

街边大楼幕墙电子屏播放的广告画面上，一家三口无忧无虑地欢笑着。

"科技改变生活，让人们忘掉痛苦，快乐生活，创造完美的无忧世界。"

无忧公司的科技大厦内，举行着一场盛大的新闻发布会。宾客满座大厅，各界人士、各大媒体记者云集在这个充满艺术张力的建筑空间。台上呈现璀璨的全息光绘投影，运用增强现实技术再现人类大脑神经系统。

光线渐暗，喧哗人声安静下来。

"欢迎来到无忧世界！"主持人宣布，"有请创始人刘忻，刘教授。"

光圈追逐一个人出现在台上，大厅内掌声如潮。随着刘教授的出场，全息影像光绘的脑神经系统蓦然扩展，从台上扩大充盈整个科技大厅，犹如宇宙大爆炸。无数神经元闪烁连接成宏大网络，深邃广袤，浩瀚如星辰大海。人们沉浸在拟真大脑意识的奇妙世界之中，人人震撼，发出惊呼赞叹声。

刘教授的影像犹如脑神经网络上的一个节点，大脑世界浮现的一个视像，是亿万视像的其中之一。无数个视像在神经元网络上明明灭灭闪烁，人的一生记忆之河再现，同一时间，记忆中的一切视像浮现在同一个空间内，以全息光绘的方式，全方位展现在人们视野中。

"这是我的大脑云图，我一生的记忆。"刘教授挥手示意，"现在……我把它毫无保留地坦诚展示给大家。"无数视像中，可见一个人呱呱落地、茁壮成长、上学、恋爱、工作，参与研究实验的一幕幕场景画面。他的记忆，他在生活中所感所见的一切视像。

大厅内掌声如雷鸣。

刘教授笑说："当然，一些属于个人隐私的视像做了模糊技术处理——这是我最爱的人——我妻子提出的严肃要求，请大家谅解。"

人们发出会意的哄笑声。

"首先说明一点，我们的大脑有着无比强大、坚不可摧的防御机制，如果你不主动对外界开放记忆路径，没人能从大脑中窃取任何记忆视像。"刘教授指了指自己的头，"十分庆幸，我们尚且不会被黑客入侵大脑，没人能窃取你的记忆视像，只要你关闭意识之门，就不会被某邪恶组织控制你的大脑。除非你自愿，开放你的意识，让别人走进你的记忆世界。"

主持人问："教授，你们将如何运用这项伟大的新科技？它实在太宏伟了，看起来可以广泛用在每一个领域。"

刘教授说："科技改变生活，开创美好新时代，这是任何一项科技发明首先应该做的事——以人为本，为人类造福。目前，我们探索大脑科学之路才起步，要走的路还很遥远，前方是无数的未知。现在我们所能做的，至今最成熟的技术运用就是医疗行业。请敞开你的记忆，我们将为你去痛解忧，为你找回快乐，让你的生活无忧无虑。"

"记忆清除？"主持人惊呼。

"我讨厌'清除'这个词，这让人联想，我是一个拿手术刀切割人脑的邪恶博士。"刘教授摊了摊手，大家为之哄笑。刘教授说："实际上，用缓解、清理，或治愈来形容这项技术更准确。"

全息影像显示出医疗中心的全景。只见一间间环境洁净的医疗室内，一个个人躺在类似大脑核磁共振检查仪的一架科技设备上，正在接受记忆清理。他们闭着眼，脸庞浮现发自内心的微笑。

"我们为你治愈心灵创伤，清理可怕的往事，让你抛去那些痛苦的记忆。治疗过程就像你躺在家里的沙发上午睡，做了个甜美的梦，有仆人为你清理打扫了杂乱肮脏的房间，让你的生活恢复整洁明亮。治疗全程无痛，身体无创伤，不影响生活、工作。经医药监督机构检测认证，通过一系列临床检验，我们这项技术成熟安全可靠。从即日起，无忧公司将对公众开放，改变你的生活，为你创造完美的无忧世界。"

掌声再次轰鸣响起，大厅内一片沸腾，记者迫不及待地纷纷起立举手提问。

"刘教授，怎么去痛解忧？请详细说明，如何实现记忆清理？"

"人失去部分记忆，会不会有副作用？"

"你认为，清理记忆，符合人性伦理道德吗？"

"做一次治疗，需要多少钱……"

林月娥从街头一个被遗弃在垃圾清运站的木箱里爬出来。她衣衫褴褛，浑身累累伤痕，虚弱无力地伸手向街上的行人求救。路人发现她，围拢过来。有人拨打电话报警。

楼宇电子屏播报新闻："大脑能否被清理记忆？近日，无忧公司对外宣布一项重大医疗技术运用，为自愿忘掉痛苦的人进行治疗，清除一部分令人痛苦不堪的大脑记忆，缓解严重的心理创伤，让人们从不可自拔的悲痛往事中恢复正常生活。"

路人停步伫立观看新闻，新奇、疑惑，议论纷纷。

"清理人的记忆，改变生活，这是一项前所未有的新科技创造。专家称，这项高科医疗技术安全可靠，不仅让人们彻底摆脱痛苦，还能治愈人们以往难于消除的心理顽疾，脱敏心理成瘾，完全根治毒瘾、烟瘾、酒瘾，缓解非正常食欲、性欲和暴力倾向等心理问题……"

八

老巡警和小余走进地铁站候车。

地铁里随处可见"一家三口欢乐无忧"的广告画面。

"林月娥后来怎么样了？"小余问，"她选择去了无忧世界？"

老巡警神色复杂，连连摇头，"无论遭受多大痛苦，她也不会忘了女儿，她不会忘……"

小余有些惊讶，"可你说过，她最终去了。"

"如果还有别的法，可……"老巡警面露痛苦，"我该拦住她的，我错了。"

"咋了，马哥！"小余问。

"林月娥决定起诉丁家，民事赔偿。一个名叫谭俊的律师找上她，声称愿意为她提供法律援助，说可以明要赔偿，暗告凶犯。等到公开审理，就在法庭上出示被告人引诱少女聚众吸毒的相关证据，引起公众关注，舆论监督，就有可能把民事转为刑事案审理。"

"恐怕不妥吧，这要证据充足。"

"是啊，我们缺少丁家涉案的关键证据。我担心诉讼不成，反而打草惊蛇。那帮杂碎狡诈透顶，行事阴狠。搞急了，恐怕还要对林护士下黑手。"

"她怎么决定的？"

"她不怕，只要活着还有口气，她就要申冤。"

"庭审结果不太好吧？"小余担忧地问。

"我们上当了，落入丁家设的圈套。"老巡警痛苦之色愈重，"所谓的民事庭审，是一场劫难，有预谋的，充斥阴险毒恶。那天，许多人冒着大雨来法庭旁听，人人围观猎奇，都在看笑话，看林月娥身上揭开的伤疤。卑鄙无耻的审判。"

"圈套？怎么会这样。"

"谭俊那狗腿子早就被丁家收买了，他诱使林月娥上诉，提出两百万民事赔偿，让人以为林月娥想要钱，她是个挟尸索财的母亲。在法庭上，谭俊装模作样，辩护无力，出示的证据凌乱不清，陈述丁雄诱褒少女吸毒一事被法官当庭驳回，林月娥反被指控涉嫌诽谤。"

小余倒吸口气，"那她……该有多难受啊。"

老巡警没法再说下去，头痛难忍，他蹲在地上抱住头。他后脑勺有一处头皮脱落疤痕。这是钝器重击头颅造成的损伤。

地铁列车呼啸进站，隆隆震响。

民事法庭上。

　　"她作为单身母亲，寡居多年导致心理扭曲变态，对女儿冷血恶毒。"被告丁雄的辩护律师手指林月娥，满口义正词严。

　　"实际上，这个所谓爱女如心肝宝贝的母亲都干了些什么？证据显示，林月娥强迫不满三岁的女儿参加舞蹈、绘画、外语、钢琴等多达七种辅导班，别家孩子看动画片、坐过山车、在公园玩耍，她女儿却拿着沉重的提琴盒、画板，去少年宫教室。有谁知道，当她女儿在舞台上被人称为儿童钢琴家的背后，她有个恶魔一样强迫她训练的母亲？这位母亲要求女儿练琴，女儿哭泣，她竟然把女儿拖到门外，威胁不准吃饭，烧掉女儿所有心爱的玩具，骂女儿垃圾。那时，她女儿才四岁，那天是寒冬的下午。邻居亲眼看见，她女儿被罚站在寒风中瑟瑟发抖。"

　　林月娥惨然摇头。

　　"女儿上学后，林月娥的恶毒手段变本加厉。小学五年级，她让女儿每晚做十道奥数题，她掐着秒表计时，超时责罚；她规定女儿每周必须阅读一部文学作品，写千字读后感；期末考试女儿年级第五名，这位母亲居然对她说，你让我蒙羞，然后用钢尺抽她的手。她要女儿无条件服从她的一切规定：不许去同学家玩；不准她外出逛街玩乐、不准玩电脑游戏、不许任何一门课的成绩低于前三名；不允许她交往任何一个影响学习的朋友。同龄人在健康快乐成长，而她女儿却在她制造的阴影中越来越孤僻、自闭、敏感脆弱。"

　　林月娥不停地摇头，绝望。

　　"你用尽辱骂、威胁、体罚、关黑屋等一切凶狠手段，逼迫女儿做超出年龄承受的事。你女儿讨厌你，憎恨窒息的家，不敢当你面说，她跟同学吐露，说你是个恶毒的老巫婆。"律师质问，"在坠楼前两天，你是否威胁女儿，期中考成绩敢再下滑一个名次，你要杀了她？"

林月娥捂住嘴，泣下如雨。

法官说："林月娥，请回答，你有没有威胁过女儿。"

"我爱小雪……心疼……打骂她，我心窝子疼。"林月娥哽咽难言。

律师逼问："你用死来威胁女儿，是不是？"

林月娥抬起泪眼看着，"谁家妈妈会害女儿……我给乖囡最好的东西，用最贵的……我没有别的，只有小雪，我的心血……"

律师说："望女成凤，不择手段，这就是你高压管制女儿，采取的恶毒教育方式。"

林月娥爆发出撕裂呐喊："不……不是的……求求你别说了……"

"身为母亲，你应该反省，扪心自问，你女儿为什么跳楼？是谁让她酒后产生轻生的念头。"律师转身对法官侃侃而谈，"假如没发生坠楼意外，我将向法庭建议，更换她的监护人。她更适合和父亲生活在一起。林月娥离婚后，多年来，一直对女儿撒谎，说她父亲病逝。为了阻止父女见面，她以割腕自杀要挟，迫使前夫远离女儿。"

林月娥呆滞住，脸色陡然惨白。

律师向法庭呈交材料，"任雪祺的父亲移居新加坡，近两年，他和女儿保持通信联系。这是刑侦技术解密的手机信息显示。任雪祺多次跟父亲倾诉思念，抱怨对林月娥的不满。上述材料，林月娥虐待女儿的证据，经学校老师、同学、居委会多人指证，确认无疑，请法庭予以采信……"

林月娥怔怔望着，眼前模糊不清，传来尖锐的耳鸣，恍惚听到刑警证方说："我们找到一段监控录像，是在距别墅三百米外的摄像头拍到的，经技术处理，放大画面，证实任雪祺坠楼时，没有第三者在别墅露台上。"

法庭播发监控录像，画面上，小雪坐在露台石栏，身影幽暗。录像时间显示，小雪坠楼前一分钟。

画面无声，小雪的身影凝固不动，孤单清冷，时间渐渐逼近最后一秒。林月娥看着录像上的女儿，伸出手，"不要，不要，不要跳……"

女儿陡然失衡坠落，一刹那消失。

林月娥死死瞪着眼，手僵直。她蓦然听到头颅爆裂声，轰然震响，随后一片寂静。

庭审结束，人群涌出法庭。

丁雄释然走出被告席，扬着下巴，对林月娥微笑。

这位母亲瘫软在地上，痴痴对着已关闭了的那漆黑的录像画面，喃喃低语："妈错了，对不起、对不起……我是老巫婆，我恶毒，我该死……"

"马哥！难道就这样算了，那些王八蛋。"小余愤慨地说。

"还能怎么着……"老巡警虚弱无力地摇头，"法律是讲证据的。"

"丁家不可能做得滴水不漏吧？追查到底，总要揪出那些肮脏东西。"

老巡警看了小余一眼，"我很希望我能告诉你，我们一直查下去，直到把罪犯送进监狱。但我不能。那些有美好结局的大多是故事……忘了吧，也许还好受点。"他随着人群挤上地铁列车，佝偻的背影消失。

九

"忘掉痛苦，找回快乐的你！"

无忧公司高阔明亮的接待大厅里人头攒动，人们挤在各个接待处咨询治疗事宜，预约排起了长队。

刘教授带领一众专家和媒体记者参观考察记忆清理治疗过程。他们走进全息影像展示区，一幅幅治疗中心的视像，显示着前来求医的患者预约登记，一对一洽谈、接受诊断、确认方案、进行治疗、检测疗效、复查病情的全过程。

记者感叹："想不到有心理问题的人这么多，都争先恐后地来清理记忆啊。"

另一个记者说："生活中，人人都有不痛快的时候，有些事、有些人，一辈子都不愿再想起来，想到就揪心难受。"

一个记者手指患者的视像询问："刘教授，他们全都是自愿的，不后悔？毕竟，痛苦记忆也是自己的真实感受，一旦抛弃，将来要找回也难了。"

刘教授点头说："不是难找的问题。理论上，几乎不可能再找回被清理的记忆，过程不可逆。"

医疗主任补充说："所以，我们制定有严格、完善的治疗流程。在治疗前，我们反复确认，与患者签署合同，并作各项详细提醒。首先进行专业的心理辅导测试，凡是自身能克服的心理问题，我们都不建议清理治疗。而且，治疗分为三个等级的清理程度。一级清理，以缓解患者的情感抑郁、心理脱敏为主，只清理少部分记忆，适可而止；二级清理，治愈顽固的心灵创伤；三级清理，才是深度清理，彻底清除导致患者痛苦的记忆体。"

刘教授说："实际上，大脑有自我抑制痛苦的能力，俗称'遗忘'。我们做的，只是人为缩短遗忘的时间，让人们早点摆脱痛苦的折磨。我个人认为，一级清理足够了，既可以去痛，还能保留部分回忆。在我们有生之年，这些所谓痛苦的回忆，也是弥足珍贵。"

众人鼓掌称赞。

医疗主任调取一副全息视像，与一位治疗后来复查的患者进行实时连线，介绍说："这位是张博士，我们无忧公司的技术骨干之一，他第一个做了清理治疗。你好，张博士。"

"你好，杨主任。"张博士微笑。

"你感觉如何？"

"非常棒，从未有过的舒心。"

记者现场采访："能问下你，为什么要清理记忆？"

张博士说："我前女友不幸身亡……车祸，正如生活中那些突然降临的灾祸，我失去了她。我爱她，有一阵子，两年零七个月，我都很消沉、痛苦。但这不能改变什么，生活还得继续，我有父母、朋友，他们都希望我振作起来。最重要的是，我又遇到了一个好女孩，我必须开始新的生活。我想念前女友，但不想痛苦一直伴随我一生。"

"经过清理治疗，你还记得这些事？"记者有些惊讶。

张博士笑说："我选择了一级清理。非常感谢刘教授所做的完美设计，让我清晰地保留了那些美好的回忆，清理掉的，只是一些不良心理情绪反应。"

"真不错！"记者赞叹，"恭喜你走出痛苦的心理阴影。"

张博士快乐地向大家做了个邀请的手势，"我月底结婚，欢迎媒体朋友来捧场。热热闹闹的，我老婆肯定乐坏了。谢谢教授！"

刘教授欣然点头，"一扫过去的忧愁，笑得还挺灿烂。祝你幸福！"

一行人继续观看众多患者的视像。经过清理记忆治疗，患者们都感觉良好，脸上洋溢着幸福的笑容。一个记者看得有些羡慕，"我都忍不住，想预约治疗了。"

有人问："你有啥毛病？"

他拍了拍肥胖滚圆的肚皮，"我嘴馋，吃嘛嘛香，最爱消夜烤串扎啤，两天不沾搜肠刮肚想。不行了，高血压，重度脂肪肝。"

医疗主任说："这简单，做个一级清理，适当控制旺盛的食欲。最近来做这类治疗的人很多，尤其是想瘦身的女孩子，减肥疗效非常好。"

"太好了，那就定了。"记者高兴说，"但请留一点点美食回忆，我还想偶尔撮一顿。"众人听了大笑。记者恭维刘教授说："您真了不起，这是为全人类造福啊，堪比上帝，创造完美的无忧世界。"

众人纷纷盛赞，不吝赞美之词。刘教授怡然微笑。

有人若有所思地说："有选择、有保留的清理治疗最好，很人性化……是否有人做过三级清理？"

"目前只有一人，她选择彻底的记忆清理。"医疗主任答说，"她是一位母亲，她女儿死了。"

治疗中心 A 区的 520 治疗室。

两名身穿深蓝色罩衣的医师在控制台操作仪器。

林月娥躺在轨道床上，身穿无菌服，接受静脉穿刺。她即将进入一架巨型的大脑意识扫描仪。

仪器系统发声："系统自检正常，一分钟后开启意识深层扫描。"

"林女士，请最后一次确认。"医师注视着她，"你真的要彻底清理关于你女儿的全部记忆吗？"

她平静点头。

"治疗后，你将永远不能再回忆起你女儿。"

她闭上眼。轨道床缓缓移动，将她送入意识扫描仪。柔和的光亮起来，系统声传来："启动意识扫描。请敞开您的记忆，回想往事，彻底开放记忆路径。请按系统提示，逐步回忆清理对象……您第一次想到女儿的场景。"

扫描开始，柔光投射下来，穿透她的头部，搜索作用目标。一副完整的大脑模型影像建立，渐渐显示，神经元网格浩瀚如星辰大海。

恒定的亮光。

记忆画面如底片显影：十七年前，她的影像。那时的她年轻静美，窗帘飘荡，阳光漫漫充盈室内。她凝视着早孕试纸，笑容溢满脸颊，抿着嘴喜不自禁地笑着，轻轻摩挲肚子。

彩超检查，屏幕上图案模糊晃晃，一团小生命萌动。

她的腹部隆起，撑圆了衣裳，薄似透明的肚皮如一泓水波颤动。子宫里，胎儿调皮地动弹小脚，吸吮手指。

手术室，剖腹产，无影灯恍惚。新生儿被医生的大手举起来，紧闭双眼，发出清脆啼哭声。她注视着女儿，苍白失血的脸虚弱笑着。

"请继续回忆清理对象。"

女儿粉嫩的脸蛋，甜美之极，眷恋在她的怀里吃奶，小嘴一动一动，眼睫毛漆黑如夜……

女儿发急疹，脸色绯红布满红斑，高烧不退。她彻夜不眠为女儿拭浴降温，悉心照顾，心急如焚……

女儿蹒跚学步，牙牙学语叫唤"妈妈，妈妈"举着小手扑向她，笑脸一点酒窝……

记忆变幻，女儿像一株破土的绿芽苗壮成长，幻化着无数个她的身影场景。她背着书包、画板和琴盒，牵着女儿的小手走在路上，风雨中，两人穿了雨衣艰难走在路上。女儿不小心踩到水洼，跌倒了，她抱起女儿安慰，逗女儿笑，女儿把泥水洒在她脸上，她躲避着，欢畅发笑。

台灯柔亮。女儿做作业，她拿了鲜榨果汁给女儿，检查作业，打骂女儿，打着打着，她停下来，抱着女儿哭。

女儿问："爸爸去哪儿了？"

她说："你没有爸爸，只有妈妈……别难过，妈陪着你，陪你一辈子。"

女儿说："妈，你老了健忘，会不会记不得我？"

她说："傻孩子，妈永远记得，除非我死了。"

系统发声："请继续深入回忆清理对象……"

监控录像显示女儿清冷的身影，坐在露台围栏上。录像时间一秒、一秒跳动，流失……她注视着女儿，哼唱一首歌：宝贝睡吧，睡吧，妈妈轻轻摇着你。静静的夜，星星多美丽，亲爱的宝贝，睡吧，妈妈的臂弯永远抱着你……

女儿陡然失衡，坠落，一刹那消失。

灯光幽明。女儿呈跪姿，蜷在溅血的石阶上，肌肤泛光，像初生婴儿。

影像消失，静止的漆黑。女儿的声音恍然在说，妈妈，圣诞快乐，我永远爱你！

她的瞳孔收缩，又慢慢舒展，倒映一个靠近的蓝色人影。记忆清理完毕，医师为她进行检查。血压、心跳正常，意识波平稳。医师询问："你感觉怎么样？"

她恍然一笑，发自内心的快乐无忧。

十

一部部豪华跑车呼啸着在广场溜圈。车上少男少女衣装光鲜奢华，跑车引擎轰鸣，车载音响爆发出重金属乐，吸引了众多路人围观，一派欢腾的场景。

她身穿磨损残破的校服，背着书包，脏兮兮的脸上荡漾着笑容，快乐游走在人群中。

丁雄怀抱艳丽少女，飞扬跋扈坐在跑车里。她一直紧紧注视着，微笑走去。丁雄朝她吐口水，轰响跑车一溜烟冲出广场，急速驶上环山路。她的目光一直追随着，蹒跚走去，走到环山路，她拿粉笔在路边垃圾桶写上记号：2#，在下一个垃圾桶写上：3#……她从45#垃圾桶里捡食，站到石凳上眺望，凝视着山坡上的别墅，微笑。

她的身后，小雪静静伫立着，但她一直没回头看。

天空昏暗，下雪了，雪花簌簌飘落。城市里白茫茫一片，十分干净。

清晨天亮，雪停了，岗亭顶上堆积了半尺多厚的皑皑雪沫。老巡警到岗，清扫积雪，查看夜班《出警登记表》，挎上对讲机、执法记录仪和警车钥匙。他喝水服药，戴警帽，穿上长外衣去巡逻。

"马哥，这天冷了，紧走两步才热乎。"小余搓手呵气。

走在雪地上，他们收到指挥中心发来的指示："接群众报警，别墅区附近的环山路上发现一具女尸，请立即查看。"

两人赶到现场，分开围观的人群。地上，女人背靠45#垃圾桶僵硬不动。

"她死了。"小余上前查看。其实不用检查，生死已一目了然，她的头发眉毛都结了冰。

老巡警用对讲机回复指挥中心死者的情况，通知运尸车。处理完工作，他脸色青白，慢慢蹲在雪地上抱着头。

"马哥，怎么了？"小余感到不对劲，急忙拿起对讲机准备呼救。

老巡警摆手，撑着站起身，脱下大衣盖在女人身上。

她的瞳孔凝结冰霜，亮晶晶的，仰着头朝向半山别墅，脸上凝固笑容。

旭天集团的会议厅。

丁旭天衣冠楚楚高站在会议厅台上，意气风发地对台下集团高层发表讲话。

老巡警和小余闯入会场，走上台。"丁先生，请跟我们走一趟，协助调查。"

丁旭天衣冠楚楚的高高站在会议厅台上："通知钱律师，立刻来警局。"

来到楼下，小余推丁旭天上车，扣上手铐。

"怎么不出示逮捕令？"丁旭天冷笑质问，"你们有什么证据？"

老巡警沉默不语，驾车疾驶至一栋大厦前停车。小余推了丁旭天下车。丁旭天感到状况不妙，扫眼大厦，惊见无忧世界科技公司的标志。"你们要干吗？带我来这……"丁旭天挣扎反抗起来，"救命啊，我被绑架了……"

老巡警和小余控制住丁旭天，强行带入大厦内，一路拖到治疗中心，推进一间治疗室，捆绑在轨道床上。丁旭天眼见身后耸立着巨大的意识扫描仪，不禁惊骇大声呼救。小余拿了胶带封住他的嘴。室内几名医师不明情况，愕然看着这一幕。

刘教授和医疗主任匆匆赶来，惊讶问："警官，你们要对他做什么？"

老巡警手指丁旭天，"这人罪大恶极，能否读取他的记忆，作为起诉证据。"

"不行，绝对不行！"刘教授摇头。

医疗主任劝说："别胡来。再这样，我们报警了……虽然你俩也是警察。"

老巡警拿出执法记录仪的存储盘，连接电脑，打开录像，播放出林月娥的行踪画面。她痴傻笑着说：我叫任雪祺，国语大学附中，高二（4）班，学号C072，我17岁……

医疗主任看得震惊。"她清理了记忆，彻底忘掉女儿，但她……她变成了女儿。"

刘教授同样难以置信，"这太不可思议了。"

"这畜生害死无辜少女，手段恶毒。我们查不到线索，没有证据，难以将他绳之以法。"老巡警恳求说，"刘教授，我们需要你的帮助，给死去的母亲一个公道。"

刘教授犹豫一下，去到控制台，"我来操作试试。"

轨道床缓缓移进意识扫描仪，丁旭天激烈挣扎起来。小余按住他。丁旭天的上衣被扯开，胸口上露出文身，一个太阳的刺青图案。密集的花纹围着太阳，文身诡魅。

刘教授操作了一阵仪器，但大脑屏障排斥严重，意识扫描无果。教授思索了会儿，想到一种可能性。"警官，你得设法让他联想到相关记忆。"

老巡警对丁旭天出示一张照片。照片上，少女甜美笑着，眼眸清澈。

"畜生，她在黑暗中看着你。"

丁旭天眼瞪照片，浑身战栗，只觉脑海中闪过一道强光。

不久，记忆读取成功。意识扫描仪的显示屏上，一幕幕视像涌现：

丁旭天引诱玩亵少女的场景；富豪聚会淫乐；丁旭天密谋策划、遥控指挥贩毒团伙，走私豪车偷税……一幕幕深层记忆中的画面纷呈。

系统完整记录下视像——丁旭天的犯罪人生全景。

老巡警走出宏伟的科技大厦。他抬头看了看天，在石阶上坐下来，呼叫总部："刚刚发生一起绑架案，在无忧世界，请派警员……作案人是我。"

天空阳光照耀，漂白了一地的雪。

城市苍茫，街道上的车流碾压过积雪。警笛声由远到近，呼啸而来。

幕墙电子屏闪烁播放：欢迎您来到无忧世界，科技服务生活，让世界更美好！

老巡警脱下警帽，怔怔看着电子屏。他想，有些往事，有些人，似乎从未在记忆中浮现，却又无处不在。

脂肪人渣

征羽 ■ 世界上最后的胖子

TIME.SPACE.LOVE

一

　　煤气炉稳定燃烧，橙红色的火焰舔舐着长柄煎锅的底，热量均匀扩散，通过锅与油脂传递给三条肥美的意大利辣香肠。深吸一口香气，我抖动煎锅，给香肠翻了个个儿，美拉德反应滋滋地进行，淡褐色的脆皮让人赏心悦目。

　　曼迪站在我的身后，一动不动，屋子里太乱，她没地方可坐。

　　我吸起脂肪聚集的肚子，弯下腰从橱柜里抽出一只铁盘，压一下乱抖的劣质货，但好在便宜。

　　辣香肠滑进铁盘，我随手丢在一边，然后切下两片硬面包，放在沾满油脂的铁锅中煎烤。

　　这时，曼迪开口了："这就是你的午饭？"

　　我不置可否地点头，摆出一种懒得理你但又不得不敷衍一下的姿态。

　　"很不健康。"她说。

　　我啪的一下关上煤气，转过身，冲她抖动着满身的肥肉说："我缴过的脂肪税足够我吃更多。"

曼迪目视着我随意地坐在地上，端起盘子，大嚼起来。我能从她的眼中看到一种微弱的恐惧，以及更加微弱的好奇。不过也可能只是装出来的，在经历过昨晚的那件事后，我不再相信她是一个未经世事的少女。

她注意到了我的注视，赶忙移开视线，目光越过我，停在了我身后的墙壁上。

"上帝保佑女王。"曼迪轻声念着。那是好多年前住在这里的前住户留下的涂鸦。

"一首歌的名字。"我咽下一大口浸满滚烫油脂的香肠。

"我当然知道，"曼迪开始在屋子里走来走去，地上原先铺了上好的实木板条，如今已经被风沙侵蚀得不成样子，墙角边还长出了暗绿色的苔藓，正搭配这破败的空屋。

不，你不知道，我心想。

一百年前，这里足称得上高档公寓，现在却被我鸠占鹊巢。

曼迪仍然在漫无目的地走着。

谁都看得出来，她有些烦躁。

于是我刻意放慢了进食的速度。

就在昨天，曼迪差不多也是这个时候敲开了我家的门。

"我是一个记者。"这是她当时的说辞。

而这几乎是我所能想象的，初次见面最差的几个说辞之一，比"我是个征税官"稍好一点，但比"我是个推销员"差许多。

我倚着门，看着她，一动不动，直到把她看得心里发毛，没话找话，不得不说出真实的来意。

"呃，我现在只是在泰晤士报实习，但很快……"她的声音忽高忽低，仿佛被门外的寒风吹散了一些，"听说你这里是……"

"不是，"我打断她，"你可以走了，女士。"我关上门，"我对采访不感兴趣。"

然后我就去忙自己的了，你知道，写写歌，弹弹吉他之类的，这是我明面上的工作。

直到傍晚，老哥们希德来找我谈事情，我才发现曼迪还等在门口。

"嘿，坐墙边那妞是干吗的？"希德进门时问道。

我把头探出去，老实讲，曼迪长得还行，脸圆圆的，单眼皮，是亚洲人的特征，除了胸和屁股，足称得上身材娇小，是会让人有欲望的那种女孩。这时她正盘腿坐在楼梯转角，愣愣地瞧着我。

"就算你在这做完整套普拉提也甭想进我家一步，"说实话，如果她不是记者，我倒很愿意把她迎进来，快活一晚。但谁让她偏偏就是个屎壳郎呢，拿着小本子四处寻觅别人的粪便，然后用油墨团成巨大的球，恨不得全世界都来看看嗅嗅。那样我就完了，"快滚吧。"我朝她挥了挥拳头。

"是个记者。"关上门，我对希德说。

"妈的。"希德挺起肚子，朝地上啐了一口："政客们的狗。"他的肚子比我还大一些，几乎将自己的四肢吞噬。

我丢给他一盒太妃糖布丁，自己也打开一盒，凑近嘴巴吸溜着。布丁是二十年前产的，花了我三十磅才弄到手，保质期是早过了，但味道依然美妙，滑溜溜黏糊糊的饱含糖分。

"去他妈的肥胖导致癌症。"希德举起布丁，做干杯状。

"去他妈的征税官，去他妈的预防人力损失税。"我一口吞下布丁，将空盒子狠狠掷在地上。

希德是我的老朋友，他靠推销为生，但不是讨人厌的那种。主要原因在于他是我的推销员，我仰赖着他为我拉来顾客，然后关起门来狠狠敲上一笔——我的生意需要足够的隐蔽，免得引来政府的走狗，所以必须依靠希德精准的定向推销。

等存够了钱，再到黑市去，心甘情愿被那些倒卖旧日美食的混账敲走，然后在家等着征税官上门，抢走一大笔人力损失税，俗称"脂肪税"。

如此循环。

妈的，我年轻的时候，一切可都不是这样的。

那时候，超市里的商品琳琅满目，各种艳丽的色彩冲击着你的视觉神经，爆炸的视觉快感仿佛在人们的耳边大喊"买我买我！"，而我们也的确会买，因为它们足够好味也足够便宜，以及更重要的，无限量供应。

没有人会强制检查你的 BMI（体质量指数），然后让你交一大笔税，那时候，甚至电视上的广告还鼓励你胡吃海喝呢。

真是个美好的时代啊。那些日子，不愿意做的事情满可以交给机器人去搞定，人类只要做梦，休闲，然后去实现梦想就好了。

我爱那个时代。

二

希德没有带来好消息。

换句话说，已经有一个月都没有顾客上钩了。

很糟糕，再这样下去，我们很快就会买不起美食，只能去吃那些廉价的健康食品，没味道的青菜叶子、咬起来卜卜响的粗糙谷物，诸如此类。

除此之外……

"今天是几号？"我问希德。

"无所谓，总之后天就是缴税的日子。"希德明白我的意思。

妈的……

"你还有多少？"

"几磅。"

"我只剩五磅。"

"那只能……"

"只能重操旧业了。"我咬着牙说。

这一天的到来是迟早的事情。早在那个美好的黄金时代之前，人口的负增长就已经开始，最近几年，人口屡创新低，政府对 BMI 超标人群的惩罚却变本加厉，不只要交税，有时还会被判强制劳动来减重。

如此一来，我的客人越来越少也就不足为怪了。

整个联合王国，恐怕已经不剩几个胖子了。这个地下吸脂诊所倒闭是早晚的事。

只是没想到会这么早。

希德已经换上了一件肥大的带帽衫，帽子的阴影遮住半张脸，是这个城市犯罪分子的招牌装扮。我也匆匆套上一件深蓝色的，跟在希德后面，走出屋门。

小记者已经不在了，不然还真有些麻烦，我们毕竟是去抢劫，绝不愿意被别人看到。

我们追随着下落的夕阳，往中心车站赶去，那里聚集着大量的游客，兜里揣着刚兑换过来的英镑，呆头呆脑地观赏着这个国家最后一丝荣耀。

接近中央车站的时候，天色已经暗下来了，周围的 LED 灯瞬间点亮，它们属于各式各样的健康餐厅和运动房，记忆中的咖喱屋、牛排店、甜食小屋早被强制关掉，差不多就在"奇点"到来之后的两三年中。

我们在中心车站附近窥视，满街的中国人、印度人和巴西人怀着美好的憧憬来来去去，不知危险即将到来，每一个都是完美的目标。

我们接近一个满身波巴瑞的印度女人，静静地跟随，等待着下手的时机。基于人力不足的现实，即便全城布满了监控设备，也没有足够的人手来进行监控。与其将人力浪费在应对不大不小的突发事件上，远不如定时定点的收税来得划算，这是我们胆敢时不时当街抢劫一下的主要原因。

印度女人走向街角，马上就要进入一条小巷，希德冲我歪了歪头，示意我绕到小巷的另一边，和他前后合围，毕竟以我们的身材，实在不适合追逐。

我点头，快跑起来，我得赶在印度女人之前到达小巷的另一端。

跑步并不是件轻松的事，几步之后我就感觉到了膝盖的呻吟以及胸部的闷痛，停下来喘口气。这时，却有人轻巧地赶到了我的身后，轻拍了一下我的肩膀。

我停步回头。

妈的。

小记者怎么跟过来的？

"你可以叫我曼迪。"她冲我伸出手，我厌恶地拍开。

"别烦我，忙着呢。"

曼迪似乎是变了个人，全没有在我门前的畏缩，笑着说："我劝你放弃抢劫计划，今天起，这个国家的一切都会改变。内部消息。"

当然，这个国家每时每刻都在变糟。

我决定不理她，继续向前跑去。

就在这时，我听到了小巷里的尖叫，希德已经得手了。

我微笑着放慢了脚步，决定和小记者玩一下。

"突然想起来，我完全可以现在就来抢劫你。"我说。

曼迪突然一拳打在了我的肚皮上，在我还没意识到疼痛之前，她又收回手臂，在我的脸上左右开弓来了七八个大嘴巴。

"妈……"一声咒骂还没出口，我就呆住了，因为我看到了希德。

他的左眼高高肿起，手反背在后，正从小巷走出。他的身后是那个印度女人，以及一个身穿警官制服的——机器人。

一个机器人。

"奇点"到来之后就再没有人见到机器人，因为他们全部离开了，上传了。而此时此刻，一个机器人就在我眼前，押着我最好的朋友以及生意伙伴。金属的身休在夜晚的灯光下闪闪发光，似乎是在无声地冷笑。

曼迪站在那里，露出一副"看吧我早就告诉过你"的神情。"你欠我一个人情。"她说。

三

第二天，希德打来电话，说被判劳役三月，不得保释。我什么都做不了，于是只能在家吃些东西，等待着征税官上门，同时忍受着曼迪的骚扰——今天早上，她再次不请自来。

香肠吃完了，我找来一块土力架做餐后甜点。

"你是一个实习记者？"

"没错。"

"政府和机器人达成和解的内部消息，你怎么会知道？"

"不关你事，无论如何，我拉了你一把，你得报答我。"曼迪停在了墙根，期待地看着我。

我叹了口气，"你究竟要问些什么？"

"我要做一个关于边缘人群的专题。"曼迪说。

"哈，一个脂肪人渣专题？没错，我知道你们怎么说我们的。谁会想看？"

"七十多年前，有一种电影类型，专门讲述边缘人群的那些破事儿，吸毒、滥交、无所事事，观众并不少。"

"好吧，我承认偶尔会去抢劫，但我从没沾过毒品，而且每次做爱都会戴套。"

曼迪走近我，手中不知什么时候握住了纸和笔，我仰起头看她，突然有一种要窒息的感觉。从这个角度看去，她显得太过高大，让我精神紧张不已。

她用脚尖轻踢我丢在地板上的铁盘，盘中的油已经凝固，在那轻微的撞击下，颤动着反射出莹莹亮光。

"在我看来，这就是毒品。"曼迪说。

这个女人让我迷惑，有时显得如此干练敏锐，有时却又像一个没经过世事的蠢货。我不禁怀疑她拥有某种双重身份，也许是军情六处的秘密特工……然而我又很确定，我实在没有任何可以让特工觊觎的东西，偶尔抢劫？开黑诊所？弄一点辛苦钱混日子而已，那些肌肉紧绷的治安警察可能感兴趣，但绝引不来特工。况且我向来隐藏得很好，至少在其他人眼中，我是靠偶尔帮路过的声音艺术家弹吉他为生的。

"你问，算还你一个人情。"我低下头，避开她的样子，无论如何，当务之急是尽快摆脱她。

征税官就要上门了，而我却没有凑到足够的钱。

他们可不是吃素的。

我只来得及回答曼迪一个问题，急促的敲门声就响了起来。

曼迪没有将答案记下来，反而将笔记本放回了随身的棕色小包里。我拼命跳起来，忍着膝盖的疼痛，用最快的速度去拉开门。

门外等待我的是征税官的枪口。

黑洞洞的枪口抵上了我的前额。

我自觉地后退，手高举过顶。

虽然征税官向来凶狠，但一开门就拔枪这种事我还是头一回碰到。

"从今天开始，脂肪税改革，不再收取现金，改为强制劳动。"征税官面无表情，"不需要带任何东西，和我走一趟就好。"

我紧张起来，难以呼吸，几乎憋出了哮喘。

"哪……哪一类的劳动？"我小心地问。

"你不需要知道。"征税官说。

这时，曼迪不知从哪里冒了出来，她悄无声息地出现在了征税官的身后。她的手中，拎着我那厚实的长柄煎锅。

下一个瞬间，血就从征税官的头顶渗出，团起乱发，沿着他狰狞着的面部肌肉向下流去，很慢很慢，像融化的雪糕。砰！手枪落在了地上。啪！他倒在了地上。

"你又欠了我一个人情。"曼迪丢掉煎锅，微笑。

四

我扑倒在地，顾不上汗水透过衣服黏住灰尘，将征税官的枪抓在手中。

枪口指向曼迪，我坐在地上喘息。

"你究竟是什么人？"

"实习记者。"

"不，你不是。"我迟疑了一下，打开了手枪的保险。

"首先，把枪放下，其次，我救了你两次，最后，这把枪里面装的是防爆子弹，也就是橡胶头子弹。"曼迪缓步走回墙边，理了理长发，倚在了墙壁上。

"上帝保佑女王"，粗野的字体被她的身体挡住了大半。

屋子里陷入了尴尬，我握着一把不知道什么型号的手枪，放下也不是，不放也不是，只觉得手枪越来越重，粗糙的金属握柄几乎弄痛了我手掌上的肉，手臂开始微微颤抖，不是害怕也不是犹豫，只是长时间不运动的肌肉感到了疲惫。

我深呼一口气，放下了枪。

"我完了，你杀了他。"

"你知道被他带走之后，会是什么下场吗？"曼迪指了指双腿被我压在身下的征税官。

"苦力？劳改？"

"严重得多，"曼迪摇摇头，"你会失掉灵魂。"

这回换我笑起来："灵魂？那玩意早就离我而去了。"

曼迪张开左手的食指和拇指，对准自己的脑袋，做了一个开枪的手势，脖子恰到好处地向右一歪，像是头部被子弹射中。然后她嘟起嘴唇，冲放下的食指吹了口气。

　　"不是比喻，你的脑子会彻底坏掉，你这么多年积累下来的心爱脂肪也会一去不返，等待你的是比死亡还悲惨的未来。"

　　这个女人究竟知道些什么？似乎的确掌握着某些不为人知的情报，又显然不愿细说。我撇撇嘴，这样的人，很讨厌。

　　"内部消息。政府已经和机器人达成和解，你们这些脂肪人渣——无意冒犯——将会变成机器人的养料，而机器人们则同意偶尔离开云端，再次成为联合王国急需的优质劳动力。"她接着说，"不出意外，你的朋友现在可能已经见识到了他们的厉害。"

　　"希德？！"劳役三月，不得保释，"他们会杀了他？养料？"

　　女人又开始在房间里走来走去，高跟鞋踩踏着腐坏的地板，时而发出啪啪的脆响，有时又会挤出吱吱的怪音。"这么说吧，机器人自从集体上传之后，他们靠什么活？他们缺什么？"

　　"呃……电？"

　　"服务器在海中集中建造，潮汐已经足够它们的电力消耗。它们缺少的是信息。"

　　"因为政府禁用互联网？"

　　"没错，为了防止接触机器人的危险思维，造成人类的大规模上传，联合王国禁用了互联网。当然，如果他们有能力摧毁那些装满了机器灵魂的服务器，他们绝不会犹豫，然而，他们试了，他们失败了，于是就只能主动断开和它们的联系。"

　　"机器人完全没有理由和解……"

　　"机器人需要信息，信息就是它们的食物，信息成就了它们的意识，正如碳水化合物和蛋白质构成了我们的肉体。而封闭状态下，信息的质和量都会衰减。"

"所以它们会提取希德的记忆？"

"糟得多，希德的大脑会接入网络，成为它们庞大算力的一部分，制造、传递、再加工，没日没夜，超负荷地使用大脑……"

我一时不知道怎么接下去，只能任由沉默暂时蔓延。

"那样，大脑每天的能耗就会翻一番，不用多久，他的脂肪会消失，紧随肌肉萎缩之后。等到三个月过去，你的朋友便会成为真正的人渣，没有一丝脂肪。"曼迪停在了我的对面，直视我的双眼，我从来都不习惯这样的对视，便转开了头。

"至少还有议会……"

曼迪冷笑起来，"你有多久没有投过票了？十年？我走访了不计其数的脂肪人渣，你这样的人，你们早就放弃了自己的权利。没有选票，谁会在乎你们？"

我感到疲惫如决堤的洪水般袭来，于是我重重躺下，仰视着天花板，那些分格的线条从没像今天这样锐利。

曼迪曲起小臂，用拇指指了指身后墙面的涂鸦问："她有多少岁了？一百岁？两百岁？她会一直统治下去，不是吗？God Save The Queen, She ain't a human being. 而你们没有未来。"

我打了个激灵，连忙坐起身，两只手在身后支撑着身体的重量，"你知道这首歌！"

"我早就说过。"

"我还以为你说的是另一首更有名的。"

"所以，你愿意加入我们吗？同志。"

五

　　我从没想过有一天，我的眼前会站着一个革命者。

　　在片刻的惊愕之后，我站起身："我还有选择吗？你在我家杀死了一个征税官！"

　　"他并没有死。"曼迪指出。

　　我却已经朝她伸出了我的右手，期待着她的左手激动而兴奋地握过来："我加入，我至少要救出希德。"

　　然而曼迪却一动不动，用轻柔平稳的声音说："第一，我们不会救希德；第二，你暂时还不够资格加入我们。"她用手指指我，"太胖了。"

　　我突然意识到眼前的这个女人，真是一个控制别人情绪的大师，什么急躁，什么敏锐，什么平和，只不过都是表演出来的吧，为了方便带动交谈者 ——也就是我——的情绪，从而让我达成她的愿望而已。

　　不，这回你行不通的。

　　我拍了拍肚子，皮下脂肪扬起波纹说："这也是一种反抗，明白吗？你既然知道大麻电影，那我问你，那时候的人吹叶子是为了什么？反抗和叛逆！自从奇点之后，任劳任怨的机器人们有了自主意识，它们抛弃了工作，选择上传到虚拟空间，享受。只留下了数不尽的金属空壳，旧日的低智能生产线也早遭废弃，加上人口几十年的负增长，人力资源危机！政府为了减少癌症、二型糖尿病造成的人力损耗，做了什么呢？征收脂肪税，监控 BMI，强制运动，关闭美味餐馆，停产高能食品！他们要剥夺我们享用美食的权利。

　　"我说，不。这十年来，我没有吃过一口蔬菜，一口粗粒谷物。

健康食品都见鬼去吧！这就是我的反抗！你说的没错，美食就是我的大麻，是我的叛逆！"我高高挺起肚子："正是这些脂肪，使我有资格加入你们。"

曼迪仿佛没听到我这一番慷慨陈词，淡淡地说："不久之后，会有战争，而你这样，无法作战。"

"是你先问我要不要加入的！"

"瘦下来，你就可以加入。"

"不可能了，脂肪细胞的数量一旦增加，就不会减少，我唯一能做的只是让它们的体积减小，而这需要大量的时间，但我们显然没有那么多的时间。"我试图从另一方面说服她。

曼迪打开了自己的小包，走向我说："你有办法的，忘记你是以什么为生的吗？"

吸脂手术，"你怎么知道？"

她在我身前蹲下，从小包里拿出了一条麻绳，"先帮我把他捆上。"她用手指捅了捅地上的征税官。

六

以营救希德为交换条件，我接受了给自己吸脂的要求。

因为只要局部麻醉，所以自己给自己吸并没有多难。

曼迪帮我往肚皮上灌了一管利多卡因溶液，然后把消了毒的吸管递给我。我咬了咬牙，一用力，直径两毫米的吸管口轻而易举地插进皮肤，吸管震动起来，开始击碎我腹内的脂肪，使它们变成液状，然后被负压抽吸出来。

我有些后悔这么些年都没有升级过设备，哪怕是有个辅助的氦氖激光也好啊。以我的经验，这样暴力的抽吸，必然会让复原后的皮肤凹凸不平，仿佛贴上了一张残缺的拼图。好吧，这是必须付出的代价，只求别并发栓塞综合征，让我见不到两天后的太阳……

肚皮以肉眼可见的速度瘪了下去，我示意曼迪帮我关掉开关，吸管立刻停止了抽吸。

我舒了口气，接下来就是胸部和四肢了，既然腹部成功吸脂，其他部位也应该问题不大。呃，也许还应该加上屁股，不，屁股上的脂肪还是留着，得保留下最后一点反抗的火种。

七

虽说是微创手术，但手术刚结束就下床活动，伤口难免不烧起来似的疼。然而，一个被袭击了的税务员还在这间屋子里，我们不得不尽快转移。

才一上午没有出门，城市已经发生了天翻地覆的变化。

机器人再次充斥街道，它们的身体虽然有些陈旧，但依然运转自如，警察，建筑工，清洁工，这些人从来都不爱做的工作，显然又再次交给了它们。

"我得买台电视机，不然就好像离开了这个世界似的。"我小声咕哝。

曼迪走在我的前面，穿梭于城市中隐蔽的桥梁和小巷，不一会儿，就连我这个土生土长的本地人也有些分不清方向了。

真是个隐蔽的地方。

两小时后，曼迪在一座中世纪风格的建筑前停了下来。她轻轻敲门，间隔长短不一的八下，显然是约定好的暗号。

门开了，曼迪带我走进去，门边并没有人，大概是安装了自动系统。

她直奔地下室而去。

屋内的光线很暗，煤油灯，我小心地跟随，脚踏在条石砌起的台阶上，凹凸不平的触感从脚底传来，寒意，我感到了。

十八级台阶之后是一间十多平的小室。

这间小室里也没有人，倒是有几张单人铁网床，墙边堆着木条钉起的大箱子，看不出装了些什么。

曼迪随手指了指一张床："这里是一个安全屋，你先在这儿休息一下。"

我坐在床上，上半身向前探了一下，几乎跌倒，没有肚子上的脂肪帮我维持坐姿还真有些不习惯。

"那希德……"

"你先养好手术的伤。"曼迪打断了我说："过几天你就会见到首领。"

八

我好久都没有睡过这么久了。

多久？不清楚。总之很久。

我做了无数个梦，却没有一个在我记忆中留存，我感到了疼痛，也感到了机体生长的活力。

我的细胞在修复，我知道。

我还没有醒来，我也知道。

这也是一个梦吗？

我睡了多久？

"五天，你睡了五天。"曼迪的声音。

我睁开眼睛，没有一丝疲惫，我跳下床，肌肉结实得难以置信，这就是瘦下来的感觉吗？我看着自己的双手。

曼迪冲我挥手说："去见首领。"

我再次跟在她的身后，像一只刚出壳的小鸭。

似乎从一开始，她就将我牢牢握在手心，假装的采访，阻止我的抢劫，击倒征税官，革命者，吸脂手术……一条完整的线，一步步递进，仿佛我一直都在跟随，跟随着曼迪事先踏定的脚印。甚至我的生意愈发冷清，说不定也和他们有关……

睡糊涂了吗？

但，她作为一个革命者，怎么会对尚未公开的政府决策那么了解……我问过，她不愿意告诉我。

唉，当然是因为有间谍啊。

我终止了无根据的猜想，跟上曼迪的脚步。

不管怎样，现在的我都是他们中的一员了。

上到了顶楼。

光线好了一些，我扫了一眼房间，除了曼迪和我，没有第三个人。

"首领还没到？"我问。

曼迪摇摇头。

我吐吐舌头。

这时，一个声音响起，浑厚、温和，震荡在整个房间之中。

"我在。"声音来自四面八方，"欢迎加入革命。"

我再次扫视整间房，没发现什么，一定是音响。音响想必隐藏在墙壁之后。

我皱了皱眉说："远程通话吗？"

"不。"首领的回答斩钉截铁。

"我的确在这里。"他说。

我转向曼迪，"他是机器人？！"

九

接下来的事，我已经不愿记述，却又不得不记述。

"你可以去解救你的朋友，我会派曼迪帮你。"首领说。

"只有我们两人？"

"足够了。"

"不可能。"

"因为你们都经过了改造。"

"什么改造？"我看向曼迪。

曼迪伸出手指，点在我的胸口，"你睡去之后，我替你进行了改造，现在的你，皮肤之下是钢铁骨骼。"

"我……我并不知情……"

"这是革命必需的，就像抽去脂肪一样，我们必须坚强。"曼迪的话在我耳边炸开。

十

他们不让我好好当人，你们压根不想我当人。

他们夺走了我的美食，你们夺走了我的身体。

现在，只有屁股下的那一大块脂肪才真正属于我。

我能做什么呢？除了用屁股把吉他坐得稀烂。

我本就应当质疑你们也质疑他们。现在却没有机会了，面对有恃无恐、光明正大的剥削、控制、摧残……

现在的我只能质疑我自己。

只能自毁。

跃出窗，同那些玻璃一起，成为渣。

人渣。

十一

两层的楼高，再加上改造过的钢铁骨骼，我自然没有死成。不然你也不会看到这一篇文字。

哦，因为我的摔伤，我们没有救出希德。

再生尸

柒武 ■ 你的意识已经被 COPY

TIME.SPACE.LOVE

零

　　回春治疗所涵盖的一系列技术，都是医疗史上最为重要的突破性技术。回春治疗让我们终于战胜了衰老，也让这个时代成了人类最好的时代。

——生命先驱公司发言人　戴维·斯图尔特

　　有谁会不喜欢回春治疗？难道还有人会不想永葆青春？谁会高兴看着自己皮肤松弛、胸部下垂？

——当红女星　玛利亚·安德森

　　躯体的回春治疗可以认为是一种治疗方法，但脑回春则另当别论。脑回春相当于先消灭了人原本的灵魂再复制一个伪物取而代之，不论这个复制出来的伪物有多像真的，那也不是真正的灵魂。失去了灵魂的行尸走肉，我们怎么还能认为他还是原来的那个人？

——国会议员　卡尔波·菲利普

我并不排斥脑回春治疗，我相信灵魂并非只存于脑中。既然回春治疗后我的思想并不会改变，脑细胞也仍是自己的，那么谁能说我已经不是原来的我呢？

——慈善家　阿尔伯特

一　宽恕者

阿尔伯特·卡文迪许爵士渐渐从昏睡中醒来。

才一睁眼，他就发现主治医生劳拉已经在床边候着了。早已经坐在床边椅子上的劳拉身体微微前倾，正摆出一个微笑迎接刚醒来的他。但不知怎么地，他觉得劳拉看起来有点不太对劲。

劳拉的微笑似乎是努力在脸上挤出来的一样，整张脸都透着一股怪异的不协调感。

卡文迪许眨眨眼，正想开口问她这是怎么了，可忽然间注意力就被墙角的一样东西吸引了过去。从眼角的余光里，他瞥见了一棵缠绕着层层叠叠发光灯带、挂满了闪闪发亮饰物的圣诞树，正静静地立在病房的一角。

疑惑的卡文迪许又用力眨了眨眼睛再度环顾四周，结果他发现病房里除了圣诞树外还有不少圣诞装饰，窗外也飘起了皑皑白雪，此时竟已是严寒的冬季。

可他明明记得，自己入院时还正是盛夏。

"怎么已经到了圣诞？"没等劳拉开口，卡文迪许就先出声问道。

一听到这句话，劳拉忽然整个人从椅子上蹦了起来，脸上刷的一下变得毫无血色。

卡文迪许也被吓了一跳。

相比已经来到的寒冬，倒是劳拉这仿佛天要塌下来的反应让他感到更加讶异。但在短暂的愕然后，卡文迪许还是习惯性地摆出尽可能温和的表情，柔声安抚起劳拉来。

"别慌，劳拉，不管发生了什么都不要慌张。不论什么事也好，都会有解决的办法。你先坐下来定定神，好吗？"

卡文迪许那节奏悠和、音调恰到好处的话语，就仿佛是带有魔力一般，让劳拉心神开始逐渐冷静了下来。她的呼吸变得不再那么紊乱，心跳也稍稍回缓。好一会儿后，她终于又慢慢坐回了床边，道出了心中的顾虑。

由于卡文迪许一开口就问怎么到了圣诞，所以劳拉认为他的记忆出了问题，也就是说应该是脑回春治疗出了问题。作为主治医生的劳拉意识到可能要承担的重大责任后，无法承受如此严重后果的她才骤然陷入了恐慌状态。

原来如此。

卡文迪许又闭上眼睛稍微回想了一下，果然自己记忆中昨天确实还是六月，来这里也是为了做例行的脑状态备份，而不是做脑回春治疗。看来自己的记忆确实有所缺失。

不过即便如此，劳拉似乎也还是有点反应过度了。

"我们活在人间而非天国，世间之事物偶有差错实属难免。不论多么精确的机械，都不可能每时每刻都完美运转，永远不出错，更何况是人呢？不必太过担心了，知道出了错我们就尽快搞清楚究竟哪里出了问题，然后再想办法补救就好。"卡文迪许又缓缓说道。

这些话再度发挥了效果，劳拉听后似乎又变得更加安心了一些，脸上也恢复了一丝血色。

接着，在征求了劳拉的意见后卡文迪许把助理菲尔斯叫了进来，跟劳拉一同初步核对自己的记忆缺损情况。菲尔斯随身携带的终端里存有卡文迪许的详细行程记录，以及所有重大决定的影像记录，所以只要用终端中的资料和他的记忆验证，会比单纯让劳拉询问更容易判别。

没多久初步核对就完成了。直至六个月前做了脑备份的那一天的事情，卡文迪许都还记得一清二楚，但此后的事情他却一件也不记得。

不仅是日常的所有投资和慈善项目的决策，就连其间发生过几可致命的严重车祸以及决定做脑回春治疗等重大事件，也完全没有任何印象留下。当菲尔斯把相关的影像记录调出来时，卡文迪许就仿佛是透过屏幕在看一个容貌相同的陌生人一般，脑中根本没有任何片段浮现。

结果很清楚，不多不少正好只缺损了最近六个月的记忆。

劳拉沉默不语，菲尔斯则当即劝卡文迪许报警。因为不论是有意或者无意所致，记忆缺损都可视为人身伤害的同等罪行。何况在菲尔斯看来，正好损失六个月记忆有点蹊跷，让警察来展开调查才是最好的选择。

劳拉一听之下，才刚有一丝血色的脸又刷的一下变得惨白，整个身子也开始微微颤抖。

"对不起，是我的错，我的错。"劳拉甚至开始不断鞠躬道歉，"对不起，对不起……"

看着再度恐慌不已的劳拉，卡文迪许有些于心不忍。稍作思索之后，他做出了决定。

他不打算苛责劳拉。

以往每次来做理性脑备份时，劳拉都尽职尽责地认真接待，待人处世也都干练得当且细心负责，因此卡文迪许选择了相信劳拉，相信即便自己失忆是劳拉所导致的结果，这也恐怕是劳拉的无心之失，是无可避免的失误。

卡文迪许告诉劳拉他不会报警，有过错只要想办法补救即可。脑回春治疗是成熟技术，这里早已有数百例成功的例子，相信劳拉总能找到解决办法的。

人总难免会犯错。对于无心之失必须要有宽容之心，都要尽可能地包容，不是吗？

只要不是有意而为，过错可以被原谅。

只要并非十恶不赦之人，都拥有被宽恕的机会。

二 欺瞒者

劳拉·摩尔医师心里还是咯噔了一下。

因为卡文迪许先生醒来的第一句话就是："怎么已经到了圣诞？"

但是，对此她并没过多在意。

毕竟卡文迪许才经历了为期一个月的脑回春疗程，记忆恐怕还停止在治疗开始之前。加上他又是刚从昏迷中醒来，脑袋恐怕一时没转过弯而已。

"卡文迪许先生，"她微笑着轻声答道，"你刚刚才完成了脑回春治疗，已经过去了一个月。请放心好了，后天才是圣诞节，如果顺利的话你明天就能出院，正好赶得上呢。"

"脑回春治疗？"正四处打量病房的卡文迪许把目光转了回来，

"……怎么我一点印象也没有？"

有点不对劲。劳拉微微皱起眉。

她起身检查了一下床边的仪器的参数，接着又掏出一支笔形手电，对着卡文迪许的双眼照了照，但她并没有发现什么不对劲的地方。一切数据和迹象都表明卡文迪许的恢复状况良好，简直是脑回春治疗的成功典范。

然而，卡文迪许在闭目仔细回想了一会儿后，仍旧很肯定地说道："我记得很清楚，入院的日期是六月十八日，还是夏天。而且我入院也只是来进行例行的脑备份，怎么会变成了脑回春治疗？"

劳拉心里一震，麻烦大了。

以目前卡文迪许的话来做简单判断的话，他似乎是连过去半年的记忆也都丢失了。

在脑回春治疗过程中导致患者记忆缺失，是可以视为严重医疗事故的。因为记忆被认为是意识的重要组成，损害了记忆就相当于损害了患者的"灵魂"。

如果因人为因素而损伤记忆过多，在法律上甚至可视为某种程度的"谋杀"。

因此，脑回春治疗所做的不仅是将所有衰老的脑神经元细胞进行复制更新，还必须在其后针对每个神经元进行刺激塑形，力求每个神经元的位置和突触都跟原本的完全一致才行。这样一来受治疗者整个神经元网络才能保持原样，才能保证受治疗后躯体内的"灵魂"依然是他本人。

劳拉的胃开始抽痛了起来。

她一旦紧张到某个程度就会这样。最近的一次，是上周当她得知丈夫失业消息的时候。

"卡文迪许先生，别担心，这是正常现象。"劳拉堆起职业性的微笑，用尽量平静的语气说道，"因为脑神经网络的复苏并不是一次性到位的，只要休息一下就好。有些人要等上好几天，所有记忆才会逐渐恢复过来呢。"

劳拉不敢相信自己居然敢这么扯谎。可在抽搐得越来越厉害的胃疼和卡文迪许那正寻求答案的目光下，压力让她根本没时间多想，就遵循直觉说出了这么一通谎言。

结果卡文迪许只是轻轻点了点头，眉头就完全舒展开来，相信了劳拉的说法。

这让劳拉觉得有些意外，卡文迪许最近已经变得难以相处，近几个月来都不那么平易近人了。可这也让劳拉更加忧心忡忡，这是不是也说明卡文迪许的性格在治疗后又有所变化？

不过劳拉仍旧无暇细想，以好好休息的借口亲自给卡文迪许加了一针镇静剂，免得有别人得知刚才发生的事。卡文迪许的助理就在外头。

直到亲眼确认卡文迪许昏睡过去，劳拉才转身推门而出，直奔数据分析室而去。

数据分析室的椅子上，劳拉正在显示屏前翻来覆去地察看着卡文迪许的治疗数据。渐渐地，她的脸上渗出点点汗珠，逐渐布满了额头。

"怎么会这样……"

劳拉不禁喃喃自语。无论她怎么看，卡文迪许的治疗数据都一丁点儿问题也没有。

按当今法律要求，脑回春治疗前后的神经网络的误差非常严格。具体来说，在人脑中总计约 860 亿个脑细胞中，只允许有不到 2000

个神经元联结的误差。而眼前的最终扫描数据显示，卡文迪许在完成最后一次微调治疗后，有所变动的联结加起来只有不到 800 个。

这数据近乎完美。

可这该怎么解释如今卡文迪许先生的状况呢？尽管从数据上可以排除治疗过程有不当操作出现，可这无法改变昏睡着的卡文迪许仍旧缺失了半年记忆，甚至是连性格都有所改变的事实。

"为什么……为什么呢？"劳拉双手捂着脑袋趴在桌面上反复低语。已经绞尽脑汁的她思绪像是陷入了泥潭，仍在抽搐的胃部也在折磨着她。但忽然间，一个猜想从脑海中冒了出来。

那 800 个联结。

恐怕问题就出在那 800 个神经元的联结里，这是唯一可能的合理解释。或许那 800 个神经元凑巧就包含有一些十分关键的节点，能大大影响受术者的记忆和意识呢？

在劳拉印象中，好像有那么一两例疑似病例曾在网络上流传过。但不知这种情况是不是太过罕见，以至于正式的期刊上都没有人发表过相关论文。

为什么会那么倒霉呢？

最近劳拉已经霉运不断，不仅女儿念的私立学校学费上涨，还有大半没还的房贷利息又面临提高，上周丈夫还丢了工作。结果今天劳拉又碰上了这事，连在世界上都极为罕见的特例都被她给撞上了。

本来作为无法预料的罕见病例，劳拉倒也不必担心会背上什么责任，可最近的情况却有点复杂。

目前极有影响力的国会议员卡尔波·菲利普正在努力推进禁止脑回春的法案，还经常上热门时段的节目宣称脑回春是毁灭人原本的灵魂的罪行。由于议员的主张日渐得到支持，当下生命先驱公司高层对此法案已经高度重视。

在这节骨眼上，劳拉这儿冒出个脑回春失败病例，再加上患者是在本城甚至是国内都备受尊敬的大慈善家卡文迪许爵士？劳拉无法想象自己面临的后果。轻一点的结果就是被辞退。最糟糕的情况，则是在经历长期调查后仍无法洗清自己的失职嫌疑。

简直是倒霉透了……

忽然，劳拉的胃部开始剧烈地抽搐起来，疼痛一阵强过一阵。细密的汗珠开始从冰凉的额头冒出，全身也开始微微颤抖起来。

不不不，不！

不能让这事发生！反正还没别人知道这事，只要直接纠正过来不就得了？

劳拉咬着牙做出了决定，干脆亲自操刀再对卡文迪许的大脑进行再一次全局微调。只要让他的大脑再按备份恢复一次，那些能大大影响记忆的关键节点，这次就不至于再次"侥幸"漏网。

这样卡文迪许的记忆应该就能顺利恢复，他也不会记得今天究竟发生过什么。而卡文迪许醒来时只有劳拉一个人在场，也没别人会知道今天究竟发生过什么。

只要在被发现前把问题解决，问题就不存在！

随后劳拉亲自把卡文迪许推往治疗室，并且支开了操作员。接着她再次调取了储存着卡文迪许大脑信息备份的"铂金盘"，放入了微调仪的读取器中。

这种为脑回春治疗推出的专用储存媒介，是约10厘米见方的一个扁盒子，内藏数十张坚硬的合金碟片，号称可储存万年以上且绝对无法伪造。

在给仪器设定好调整程序后，劳拉按下了确认键。紧接着，把卡文迪许半个身子吞进嘴里的庞大仪器发出低沉的嗡嗡声，开始射出定向粒子流调整起目标神经元来。

劳拉这才总算松了口气。

虽然她得想法子解释为什么要再让卡文迪许做一次微调，但这总比让人知道卡文迪许曾缺失过半年记忆要好得多。

第二天，劳拉依旧独自来到病房，等待着卡文迪许醒来。

等到卡文迪许缓缓睁开双眼，心中仍忐忑不安的劳拉尽力翘起嘴角摆出一个微笑。卡文迪许看见劳拉后，嘴唇动了动似乎想说些什么，但忽然又像是发现了更奇怪的东西，转而开始环顾四周，然后有点诧异地开了口。

"怎么已经到了圣诞？"

这句跟昨天一模一样的话，如同一道惊雷穿过耳膜。

劳拉猛然从椅子上蹦了起来，脑子里轰的一下变得空白一片……

三 怀疑者

艾迪·吉布森警长可不相信巧合。

他从一开始就不相信卡文迪许爵士的案子是什么巧合所致。

现实中哪来那么多巧合？越是不同寻常的事情，就越有可能有阴谋潜藏其中。

正巧是关键联结点出了问题导致抹去最近半年的记忆，而且在大脑重置了第二次后还是完全同样的症状？这概率恐怕堪比用手枪从一英里外直接一枪爆头，甚至还要还低。

吉布森相信这其中一定埋藏着不可告人的阴谋。可真正的犯人是谁，究竟他的最终目的又是什么呢……

"警长，人都到了，简报会可以开始了。"一旁的警司泰瑞打断了吉布森警长的思考。

吉布森收回思绪，点点头后站上了讲台，清清嗓子说道："各位，今天的简报会是关于阿尔伯特·卡文迪许爵士记忆被篡改一案。四天前，生命先驱治疗中心的医师劳拉·摩尔，发现卡文迪许在脑回春治疗后记忆有所缺失，但当时她并没有选择上报实情，而是擅自决定再一次重置卡文迪许的大脑。第二天摩尔发现重置没有效果，但她又花言巧语骗得卡文迪许放弃报案而转向内部调查。幸好她的上司得知后还是选择了报案。

"从我们开始接手调查后，最开始怀疑的就是卡文迪许的主治医生劳拉·摩尔。作为回春治疗中心的主任医师，摩尔拥有的权限也是最多的，各个环节她都有下手的机会。可是，在初步调查后我们发现，摩尔女士并没有在机器上做过手脚。具体的调查过程，由于涉及一些专业内容，接下来由技术专家彼得为大家报告……"

说完吉布森从讲台上让了开来，戴着黑框眼镜、一头卷发的彼得登上讲台，对大家点点头示意后继续了下去。

"……生命先驱公司声称他们的仪器绝对安全可靠。不过任何机器都是人控制的，只要有人参与的环节就可能有漏洞。要判断医疗中心的机器有没有被动过手脚，最强有力的证据就是医疗中心的治疗数据。

"因此我和中心专家一起，对采取了双重异地备份的医疗数据进行了排查，结果发现数据毫无异常。就连摩尔独自进行的那次重置操作，留下的记录也符合程序，重置完全是按铂金盘上的备份数据进行的。

　　"不过，卡文迪许的记忆确实也已经缺失，那么剩下的唯一可能性就是，铂金盘上的脑备份数据被篡改过了。可如果犯人真是在铂金盘的数据上做了文章，那卡文迪许脑袋里很可能就不仅仅是缺失了一段记忆那么简单了。犯人甚至可以通过篡改卡文迪许的思维得益。"

　　"你是说，"一名肥头大耳的警员插嘴道，"犯人已经'黑'进了卡文迪许的脑袋，可以操纵他直接汇出一大笔钱？"

　　被打断的彼得看了看这名警员，解释道："呃，很可能，但恐怕没那么直接。更隐蔽的办法是，例如犯人可以在卡文迪许的意识里只植入那么一个小小的、几乎无法被发现的想法，让其对某个公司的信心增加或下跌，犯人就可以从股票和期权中获取丰厚利益。"

　　胖警员抬了抬下巴表示明白后，彼得推了推他的黑框眼镜，继续说："于是，我们接下来前往了生命先驱的铂金盘制造子公司，对卡文迪许用于脑回春治疗的那块铂金盘进行了检验。结果表明，其外表面刻蚀的明文序列号是被修改过的，跟加密数据中的序列号并不相符。

　　"接着公司用加密算法验证了铂金盘里的数据，发现里头的数据并没有被暴力篡改。生命先驱采用的是自行研发的独立五重加密算法，所有刻录和加密模块都保存在有严格安保措施的区域里，理论上外人是不可能破解篡改数据的……"

　　"那也只是理论上，对吗？"一名高级警探又插话道，"没有绝对的无法刺穿的盔甲，只有不够锐利的长枪。那些狡猾的罪犯可个个都是找理论漏洞的专家呀。"

　　这穿着皮衣的高个子是局里的明星警探马克。本来他手上的另一个案子已经快要结案，可今天警长却突然让他转到这个案子上来，他不免有些不高兴。

"安静，马克！让彼得说完。"吉布森警长厉声说道。他这几天已经够烦了，要不是马克是局里破案率最高的警探，他早就已经忍不住爆发了。

"唔……我们当然没有听信公司的一面之词。"彼得接着说，"我们的技术专家组之后亲自检查过生命先驱公司的加密算法，查过他们的加密程序和设备，我也咨询了这方面技术能力更强的 G 市警局技术专家，多方结果都表明生命先驱公司的加密手段足以确保铂金盘的数据安全，不可能有外人能破解……"

"搞半天不还是啥也没查出来吗？"马克又懒洋洋地大声说道。

彼得被他搞得有点紧张，右手不停地搔着那头短短的棕色卷发，半天没有说出一句话。

吉布森直直盯着马克，恨不得破口大骂，但最后他还是忍住了，严肃地说："我们警察的职责，就是不断寻找可能性，然后调查、排除，直到正确的答案出现。谁敢保证自己每次都能一击即中，获得最终答案？每排除掉一个可能性，就意味着离正解接近了一步。技术方面的问题基本就是这样。谢谢你的汇报，彼得。"

马克撇了撇嘴，不置可否。彼得则急忙溜回了位子上。接着吉布森又站上了讲台。

"然而，这个铂金盘能告诉我们的并不只这些。按理说，这个铂金盘里的数据应该是在回春治疗前做的最后一次备份，时间戳应该在一个月前。但实际上，彼得在生命先驱公司调查时发现，该铂金盘上的时间戳却是整整六个月之前。从时间上看，六个月前正是卡文迪许倒数第二次脑备份，也就是他最后一次做定期脑备份的时间。在发现了这个信息后，我派了戴森警探跟进这条线索。戴森，请你为大家汇报你的调查结果。"

坐在第一排左侧的戴森也不起立，就坐在原位上侧了侧身子面向大家，就这么说了起来。

"警长告诉我这个消息后，当晚我就跟搭档一起来到卡文迪许的宅邸。因为隐私和安全方面的考虑，完全记录了某个时间节点脑状态的备份铂金盘，一般都只有唯一一份，由客户自行管理。如果要对比六个月前的定期脑备份，只有亲自到卡文迪许那儿取回调查。

"当晚卡文迪许已经回到家中，于是我们就时间戳一事直接向他进行了询问。他很大方地把我们带到了宅邸中的一个密室里。在密室里，一个锁匠正用激光器在割开一个保险柜。卡文迪许说，他的所有脑备份铂金盘都保存在这个保险柜中，但他从医院回来后发现自己已经不记得密码，只好找人把保险柜强行打开。

"我们原本的目的就是想要带走脑备份盘进行调查，所以就在现场等锁匠打开保险柜，亲自把所有铂金盘都带了回来。第二天，我们把这些备份全送到生命先驱公司去进行检验，随后发现那张六个月前的脑备份盘被掉了包。唔……为了不至于混淆，我们把这张盘叫作 B 盘好了。那么，一开始从治疗中心直接拿到的那张铂金盘，我们就把它叫作 A 盘。

"也就是说，本应储存着六个月前卡文迪许脑备份资料的 B 盘，现在存着一堆无法通过验证的乱码。而本应储存着一个月前脑备份数据的 A 盘，尽管里边的数据能通过验证和解密，可它却让卡文迪许的记忆回到了六个月前。

"至此，我们已经能推断出犯人究竟做了什么：他并没有篡改卡文迪许的思想，而是把真正的 B 盘用一张乱码盘掉了包，然后再把真正的 B 盘和真正的 A 盘掉了包，让卡文迪许的大脑再次装载了真正 B 盘里的数据。真正的 A 盘则还在他的手中。

"但遗憾的是，此后我们没有查到别的新线索。卡文迪许的密室出于隐私考虑并没有安装监控，那些铂金盘上也没有可疑指纹和其他残留物。我们没有任何线索能追查出犯人调包了铂金盘的时间，也不知道犯人具体是如何办到的。"

知道犯人做了什么，但不知道他是谁，也不知道他的目的究竟是什么。动用了四组人手花费了三天获得的调查进展，只有这些而已。

这他妈算什么进展！吉布森正为此头疼不已。

卡文迪许的名声已经让这案件成了烫手的山芋，市长那边今天也已经放了话，一周内如果还不能破案，就等着被降职吧。因此吉布森只好采取了紧急措施，召集更多人手进行调查。

于是才有了今天的这个为新加入同事介绍情况的简报会。在场的警探和警员已经超过了整个分局的半数警力，把会议室几乎塞满了。

戴森点点头向警长示意汇报完毕，吉布森暗暗深吸一口气尽量压制住心中的烦躁，开始进行简报会最后的总结。

"本案的大致情况就是如此。如有其他疑问，细节都在发给你们的资料里边。可以说，直到今天我们的调查所得还相当有限，因此我才把在座的各位都抽调到这个案子里来，让调查进入下一个阶段。

"接下来，我要你们地毯式排查所有与本案有关的人。即便犯人不是亲自下手，也肯定和有机会下手的人有所联系。你们要一个个把那些和卡文迪许有所接触的人查个清楚，包括劳拉·摩尔在内的所有医疗中心的工作人员、卡文迪许手下的工作人员以及过去六个月曾出现在他宅邸内的所有人，甚至包括卡文迪许本人。至于具体的任务分配，由泰瑞警司负责分派。

　　"挖掘！挖掘！挖掘！我要你们像野猪一样挖掘，翻遍每一寸土地！不论是谁在有所图谋，我们都一定要把他给挖出来，绳之以法！"

　　吉布森警长以吼得半个警局都听到的声音结束了简报会。然后他迈出会议室，回到了自己的办公室，一屁股坐到了那张崭新的真皮座椅上。

　　然而吉布森连屁股还没坐热，就响起了敲门声。

　　"进来。"吉布森大声说道。

　　马克推门而入，直截了当地说："警长，我想从这条线跟进调查，可泰瑞警司不答应，你跟他说一声吧。"

　　说完马克把一个文件夹放到了吉布森面前，吉布森瞥了一眼马克，捡起文件夹看了起来。

　　文件夹里的资料是半年前卡文迪许车祸一案的调查结果。

　　当时的现场情况表明，卡文迪许乘坐的加长轿车被一辆卡车从侧面高速撞击，同车的保镖和司机全部当场死亡。但卡文迪许不仅奇迹般地活了下来，而且只留下了轻微脑震荡和一些皮外伤。

　　事故现场的痕迹显示，卡车司机当时还下车查看过情况，并且把卡文迪许搬上了卡车然后驾车离开了现场，看样子似乎是想要把卡文迪许送去医院抢救。但开了一段路程后，司机不知为何又改变了主意，把车开上了林间的小道，丢下卡文迪许和卡车自己跑掉了。

　　此后调查人员发现，这辆卡车早已上报被盗。而且当时的肇事司机不仅没有在车祸现场留下任何证据，就连逃逸后弃车时也仔细清扫过驾驶室，找不到可以确定他身份的物证。

　　因此，车祸一案的唯一线索就只剩下了当事者卡文迪许。在送院时他仍有意识、并未昏迷，因此他当时很可能看见了卡车司机的脸。

然而或许是因为脑震荡的缘故，卡文迪许后来怎么也想不起来肇事者的样子，无法给警局提供更多线索了。

后来此案一直未破，成了悬案。

"我的直觉告诉我，"坐在吉布森桌子前的马克说道，"卡文迪许失忆一案的犯人，就是这个导致了卡文迪许半年前车祸的罪魁祸首——那个仍然在逃的肇事者。"

吉布森抬头看了一眼马克，问："这怎么说？"

"我们知道卡文迪许回忆不起肇事者的样子，但那个肇事司机可不知道。而且他也不知道我们早就停止了调查，所以他有足够的动机，想要让卡文迪许忘记关于车祸的一切，从而逃避追缉以及让卡文迪许无法提供关键证词。"

马克往后靠了靠，翘起了腿继续说道："而以卡车是被盗车辆，以及肇事者事后处理是如此到位来看，他恐怕是个经验丰富的犯罪老手，或许他真有能力策划并实施了铂金盘的调包。显而易见，他才是可以从卡文迪许失忆半年中确实获利的人。"

吉布森放下文件夹，看了一眼马克。马克还是那副轻浮的样子，可他不愧是警局里的王牌，一下子就发现了案子的关键之处。吉布森都有点不敢相信，这两个案子的关联前两天居然没人发现。

"好，你就顺着这个查吧，我会跟泰瑞说的。别令我失望。"吉布森说。

"放心吧，我什么时候搞砸过？有我出马，你很快就能给市长一个交代的。"

马克信心十足，飘然离去。

四 牺牲者

阿莫斯·索萨·古斯曼吞下最后一口咖啡，准备起身出门自首。

卡文迪许的备份铂金盘，就是他掉的包。

然而，如今事态早已发展到跟阿莫斯所预计的相差颇远，他根本没料到现在事情会闹得这么大。警察已经开始了大范围调查，迟早他们会查到他的头上。阿莫斯面临的将是五年甚至二十年以上刑期的指控。

但阿莫斯并不后悔，只要这能够帮上卡塔丽娜。

卡塔丽娜是阿莫斯的亲姐姐，比他大十一岁。在阿莫斯九年级时，卡塔丽娜就被诊断出得了多发性硬化症。在当时这是一种不治之症。

到阿莫斯十二年级时，卡塔丽娜的硬化症持续恶化，小脑被自身免疫系统攻击导致严重破坏，几乎全身瘫痪。医生说她恐怕只剩下一年可活。

不过也就是在这一年，多发性硬化症的治疗有了突破性进展。一种能够完全抑制病情发展，能让免疫系统不再攻击髓鞘的药物面世了。卡塔丽娜的病情终于可以不再恶化，保住了性命。

随后的十多年间里，器官克隆、端粒延长、干细胞培育等突破性技术相继成功，但能治愈卡塔丽娜的技术却迟迟毫无进展。

因为从抑制药物研发成功开始，多发性硬化症对普通人来说已经并无危害，只要在发病初期及时治疗即可完全控制病情。到了今天，即便是急性发病导致脑神经元损伤的恶性病例，只要病人在发病前做过脑备份，也可以随时按照备份重塑神经元。

唯有像卡塔丽娜这样的病人，她们还来不及赶上脑备份技术成熟，许多脑部神经就已遭到破坏。而没有备份过脑神经蓝图的话，就连当今的医疗技术也无法把神经修复如新。这类情况特殊的病人相当稀少，所以没公司愿意在这个领域投入过多资源，相关的研究也因此而几乎停滞。

阿莫斯全家人都几乎失去了希望，直到卡文迪许爵士的出现。

五年前，在卡文迪许的慷慨资助下，一个研究小组再度组建了起来，开始继续进行无脑备份蓝图情况下的脑神经修复研究，这正是卡塔丽娜康复所需的技术。

两年后卡塔丽娜成功申请到参加该小组的治疗实验，阿莫斯和父母当即就决定卖掉房子、辞去工作，然后带着卡塔丽娜搬来了这个城市。

随后阿莫斯在生命先驱公司的回春医疗中心找到了一份操作员的工作，空闲时间也常常到这个研究小组做义工。修复技术在一步步向前发展，卡塔丽娜完全康复的将米仿佛触手可及。

然而到了六个月前，卡文迪许毫无预兆地撤掉了资助，修复技术研究再度停摆。

阿莫斯很纳闷，为什么大慈善家卡文迪许会突然改变心意，突然做出这一残酷的决定？

此后阿莫斯多方打听，想要联系上卡文迪许，说服他改变想法。但后来他才了解到，卡文迪许并不单单只停止了资助这一项目而已，他也同时关闭了其他多个慈善项目。每天都有不知多少人想尽办法要见他一面，希望说服他恢复资助。但几个月过去了，卡文迪许都没有见他们中的任何一个。

但就在阿莫斯再次面临绝望之际，事情很快又有了转机。

两个月前，一个陌生人打来电话说他能让卡文迪许回心转意。

只要照他的吩咐去做，那个修复研究项目就可以恢复。

他让阿莫斯叫他比尔。

一开始阿莫斯并不相信比尔。比尔凭什么说他能办到呢？外头不知道有多少人在试着劝卡文迪许回心转意，但有谁做到了？至今仍没有任何一个项目被恢复，还有更多的项目正在被砍掉。

但比尔信誓旦旦地说，只要阿莫斯肯帮忙，他就可以进入卡文迪许的脑袋，直接篡改他的思想。

只要阿莫斯肯利用自己在医疗中心的身份，到时候在卡文迪许的疗程中动上那么点手脚，就可以神不知鬼不觉地改变那么一点点卡文迪许的思想，那个研究项目就会再度重启。

比尔的计划听起来有点难以置信。

比尔怎么能改变卡文迪许的思想呢？生命先驱机器的系统安全性简直高得离谱。而且据阿莫斯所知，人类大脑的意识编码至今仍未被破解。

阿莫斯一时之间犹豫不决。

尽管比尔的计划听起来不太靠谱，但他已经知晓卡塔丽娜的治疗项目，或许他真的是有备而来的。如果，这真的是个能拯救卡塔丽娜的机会呢？

电话那头的比尔仿佛猜到了阿莫斯的想法，告诉他不必现在就做决定。只要他肯跟比尔亲自面谈，他就会相信比尔的。

阿莫斯考虑再三，还是决定和比尔见上一面再说。

之后比尔带着他来到了一个位于郊区废旧厂房里，其中一个房间中放置着一套看起来相当新的机器。阿莫斯认得，这是一套铂金盘数据处理器。

比尔得意地告诉阿莫斯，这是原铂金盘研发公司被生命先驱收购后资产转移时，某个仓库在清点时一连串"无意"过失下遗漏的一台。阿莫斯检查了一下处理器，尽管它是旧版机器，但算法和最新版并没有区别，仍然能够读取和刻录铂金盘。

至于思维解码这部分，比尔则解释说有一位专家已经暗地里自行研究成功了。但他并不满足于只是发表成果而已，他希望得到的是实实在在、能拿到手的回报，所以他才选择和比尔合作。

因此，除了植入想法让卡文迪许恢复资助之外，他们还会植入另一个小小的想法以从中获利。至于具体内容是什么，比尔说阿莫斯不必知道。

而比尔要阿莫斯做的事也非常简单。他只需要看准机会把脑回春治疗用的那张备份盘调包出来，让比尔修改后再调包回去。这不需要什么高深的手段，只需要熟练的手法。比尔会替阿莫斯找一位魔术师兼街头扒手当老师，让他掌握神不知鬼不觉地从袖子里调包铂金盘的手法。

比尔反复强调，只要动作足够利索，谁也不可能发现这事。事后卡文迪许也什么都不会意识到，只不过是植入两个小小的想法而已，没人会发觉有什么不对劲的。

阿莫斯想起瘫痪已久的姐姐，终于被说服了。为了卡塔丽娜，他决定干上这么一票。

但阿莫斯还是上当了。

他没料到卡文迪许醒来后第二天，警察就封锁了整个中心。卡文迪许被发现丢失了半年的记忆，主任医师劳拉也被带回了警局问话。

不是说没人会发觉吗？比尔这个骗子！

阿莫斯立即拨打比尔的号码，却根本无法联系到他。可恶的比尔不仅完全搞砸了，而且他就这么逃了？那阿莫斯怎么办？这样他不仅没能帮到卡塔丽娜，反而自己随时会被警察盯上，面临刑事指控。

阿莫斯又跑了一趟郊区的工厂，希望能在那找到比尔，尽管这个希望相当渺茫。可出乎意料的是，尽管比尔不见踪影，但所有设备仍好端端地摆在那。

比尔似乎是由于太过匆忙，来不及清理掉这些罪证。阿莫斯不由感到有些庆幸，有了这些证据，至少能证明自己只是从犯。

不过阿莫斯也并未立即告知警察，因为他觉得比尔留下的罪证过于详尽，甚至连比尔当时展示计划用的便携终端都还在桌上，这实在是有点蹊跷。

然而，此后事情的发展也变得越来越奇怪。

阿莫斯打听到消息，卡文迪许先生似乎对丢失了记忆并不在意，他不怎么关心调查进展，也没有催促警察。此外，卡文迪许竟然还开始逐渐恢复起过去撤销了的资助项目，这其中也包括卡塔丽娜的那个研究小组。

比尔到底在搞什么？

他一方面保证没人会发觉，如今却弄得人人皆知。而另一方面承诺的让卡文迪许恢复资助，却又真的实现了。

这是究竟是怎么回事？

阿莫斯绞尽脑汁思索了很久，最后他才终于想明白了，这恐怕才是比尔的真正计划！

其实这一切都在比尔的算计之内！

而在比尔的真正计划里，阿莫斯只不过是个诱饵，一个替比尔掩盖他真正目的、让比尔全身而退的诱饵。

从一开始，比尔就没打算让阿莫斯全身而退。在比尔的计划里，阿莫斯不仅是实施调包必不可少的帮手，而且在事情暴露后，还要扮演更为重要的角色———一个为了亲人不惜铤而走险的主谋——至少在警察看来是这样。

比尔希望警察咬下的诱饵故事是：阿莫斯为了姐姐卡塔丽娜，从半年前就一直处心积虑想要让卡文迪许恢复资助。最后他想方设法盗窃并调包了脑备份盘，把卡文迪许的意识恢复到了半年前还热心于慈善的状态，希望他会重新启动那个治疗项目。

为此，比尔除了植入一个隐蔽的念头让自己获利外，还把卡文迪许的记忆思维恢复到半年前，让阿莫斯的犯罪故事真实可信。

而且比尔还要为阿莫斯植入一个特殊的念头。

这个特殊的念头所要达到的效果，是让卡文迪许不愿恢复那半年的记忆。甚至，当卡文迪许得知了阿莫斯的罪行后，这个念头也会再度发挥作用，让他不会再度撤销掉那些慈善项目。

在比尔的计划中，这是最关键的精妙的一招。

只要阿莫斯想通了比尔的真正计划，就会心甘情愿地在他的剧本里扮演主角、把所有罪名都承担下来。只要阿莫斯把一切罪名揽下，从而把整个案件的故事说圆。甚至没有人会知道比尔这个人存在。

而如果阿莫斯不肯配合，暴露了比尔的真正计划，那么卡文迪许的记忆和思维都会被修复，卡塔丽娜就再也没有机会重新站起来了。

这计划如此完美，一切都无懈可击。

因此，比尔根本不在乎事情会闹大，因为他原本就计划好要阿莫斯背这个黑锅。比尔也根本不在乎会留下证据给阿莫斯，因为他算定了阿莫斯不会选择出卖他。

比尔布置下了这一切，在阿莫斯回过神来之前，一切都已成定局。

为了卡塔丽娜，阿莫斯会乖乖地按照比尔的剧本走下去。当警察通过慈善项目查到卡塔丽娜，继而发现阿莫斯处在有利益冲突和有条件动手这两条线的交叉点后，阿莫斯在被质问时就会承认比尔想让他承认的一切。

不会有人知道，其实卡文迪许的意识被动过了手脚。也不会有人知道，其实比尔才是真正的主谋。

比尔设下了一个精巧的陷阱，让阿莫斯乖乖地跳了进去。他也早就算到了一旦阿莫斯想明白所有的事，就会心甘情愿地待在陷阱里等待追捕者，掩护他逃之夭夭。

不过阿莫斯也明白，比尔这真正计划的完美实施，仍取决于那个特殊的念头——卡文迪许即便得知了阿莫斯的故事后，也不会撤销掉那个慈善项目。

如果这个特殊的念头并没有生效，阿莫斯将毫不犹豫地交出比尔的所有罪证。

可这该如何证实呢？

办法似乎唯有一个，就是让卡文迪许听到阿莫斯的故事，那个比尔精心准备的诱饵故事。

阿莫斯思前想后，终于决定亲自找卡文迪许坦白。比起从警察口中得知这个故事，或许由当事者的他亲自说出，会显得不那么让人反感。

只要能帮上卡塔丽娜，无论多小的机会阿莫斯也得抓住。

五 再生者

阿尔伯特·卡文迪许静静地听着，直到阿莫斯说完了整件事的来龙去脉。

原来阿莫斯是为了姐姐才铤而走险，谋划了盗窃铂金盘并进行了调包。最终这位善良的青年还是决定自首，但在自首前他希望卡文迪许先了解真相，求得宽恕。

"我原谅你，孩子。"

卡文迪许毫不迟疑就原谅了阿莫斯。

阿莫斯不由怔住了，他没料到卡文迪许的反应会这么干脆。

但实际上，甚至在阿莫斯出现以前，卡文迪许就已经做出了决定——

即使案子能够侦破，也不要为难犯案之人。

这一决定并非一朝一夕之事，早在当天劳拉坦白时，卡文迪许就已经起了这样的念头。那天劳拉最后还是坦白了其实已经又擅自重置过一次脑状态的事实，菲尔斯力劝卡文迪许让警察处理为好，但他想了想后仍然原谅了劳拉。

因为卡文迪许当时就隐约感觉到，这说不定也是主的安排。

主的想法从来难以捉摸，但卡文迪许从来不怀疑主的计划，没有主的安排就不会有今天的他。从幸运地被一户好人家领养，得以在良好的环境中成长；到五十年前投资了一家有潜力的虚拟实境设备公司，获得了第一桶金；再到后来的进一步投资决策大获成功。卡文迪许的财富在五十年的时间内稳步增长，最终在五年前踏入了全球顶尖俱乐部。

卡文迪许一直都明白，这并非是仅靠个人努力能获得的。他之所以能在无数选择中做出正确决定，都离不开主给予的慷慨指引。

卡文迪许相信，主自有他的安排。

当然，主并不会直接告诉他计划，主总是会把启示藏在一些隐匿的细节中。唯有相信直觉细心寻找之人，才能发现这些藏于森林中的面包屑，才能于不寻常间发现主留下的蛛丝马迹，最终发现那条通向正途的林中小径。

这次的失忆事件也是如此，卡文迪许很快就察觉了启示的踪迹。

他了解劳拉，她一向负责而正直，谁能想到她会忽然鬼迷心窍，擅自违反程序又做一次重置，企图把事情掩盖下去？这突发的异常之处，正是启示常常藏匿的地点之一。所以当天他最终还是决定不苛责劳拉，并且把不恢复记忆作为一个保留的选项。

卡文迪许又接着说："你这么做是为了姐姐，乃是善良之举。今天亲自来向我忏悔，自然能得到主的宽恕。我原谅你。虽然无法让你免受刑罚，但我会亲自向法官求情，请他从轻发落。不要太担心，我会保证你的姐姐的研究项目资金，如果生活上有困难，我也会安排的。"

阿莫斯听后心里很乱。

卡文迪许丝毫没有谴责阿莫斯，还处处为他着想，这是比尔预先埋下的念头，还是卡文迪许原本人格做出的决定呢？

但卡文迪许是那么和蔼慈祥，话中流露出的情真意切直透人心，这伟大的人格恐怕并非是比尔埋下的小小念头所能虚构。

在卡文迪许深邃而饱含慈悲的目光下，阿莫斯终于相信眼前的卡文迪许已经发自内心地原谅了他，即便没有比尔埋入的念头也会如此。

泪水缓缓溢出阿莫斯的眼眶，他决定告诉卡文迪许比尔的存在以及比尔真正的计划。

卡文迪许又听阿莫斯讲述了第二层真相后，感到微微有些惊讶。但他随后只是笑笑，告诉阿莫斯这是不可能的。

在人脑中植入想法，绝无可能办到。

这一点卡文迪许非常确信。

如今他的一个重要投资方向就是虚拟实境的下一代产品——能提供全浸入式体验的植入式芯片。不过，研发这一产品的公司至今仍在为一个关键的技术障碍头疼，那就是对意识、对思维的解码技术。

这个公司的 CEO 会定期汇报他们的研究进展。他们不仅自己有一个团队在研究思维解码，也在不断和其他机构的学者、研究者接触，但遗憾的是至今解码研究仍没有多大进展。

卡文迪许也曾详细问过他，可不可能有人在自己偷偷研究解码并且取得重大突破？ CEO 很肯定地说，不可能。如今业界的共识是，解码研究必须要下一代量子计算机辅助才能成功，那至少也要三到五年的研发时间。不可能有人脑袋灵光一闪就搞出什么突破。

因此，原谅劳拉和阿莫斯，都完完全全是卡文迪许自己的意愿。

除此之外，卡文迪许也一样会原谅比尔。因为不论比尔的真正意图有没有实现，他都做对了一件事，那就是让卡文迪许失去了这半年的记忆。

因为在那些记忆中，埋藏着种种他避之不及的邪行魔念，他必须把它们完全摒弃。即便能找回这半年的记忆，卡文迪许也绝不会让它恢复的。

在卡文迪许如今毫无印象的过去的六个月里，他的行为有颇多诡异之处，他完全无法理解为何自己会做出那样的举动或者是做出那样的决定。

例如在四个月前卡文迪许曾决定住处进行了施工改造，但具体明细并未列出。他推断这应该是在改建密室、保险库之类的东西，可他对这种东西一向是毫无需求的。询问菲尔斯之后他确认了此事，住所里确实增加了一间连菲尔斯也不允许进入的密室。

说起这个的时候菲尔斯的表情非常古怪，在卡文迪许的追问下，菲尔斯才又透露了一些并未记录在案的事情。原来密室建成后卡文迪许经常带着应召女郎在里边厮混，还常常一叫就是好几个。

卡文迪许听后无比震惊，怎么会有这种事？

色欲乃七大罪之一，十诫中也有毋行邪淫之诫，故在男女之事上除了妻子外他从未和其他女人有染。即便是在壮年时妻子就不幸先逝，在其后数十年时间里他依然从未和其他女性有过亲密接触。但菲尔斯随后调出了一段本该删除的录像，卡文迪许才不得不接受了这个现实。在录像中他亲自打开了密室的门，把三位高挑的性感女郎迎了进去，画面里的他一脸淫邪、饥渴难耐。

卡文迪许完全无法想象，自己是中了什么邪才会做出此等行径？

可这还没完，随后卡文迪许还发现自己在近半年里拒绝了所有新增的慈善项目，而且砍掉了超过 30% 正在提供资助的项目。他一直以来都积极捐助、支持慈善项目，既受之则也必予之，这是主的教诲。而在短短的几个月时间内就砍掉了这么多项目？这绝不是他该所为。

但据菲尔斯说，在一个月前卡文迪许甚至把数十张圣诞慈善晚宴的邀请函给烧了个干净，然后转头就搂着应召女郎的腰进了密室。

震惊之下卡文迪许又回过头细细翻看行程和记录，终于发现了这些恶行的开端，原来是在半年前遭遇了严重车祸之后。菲尔斯说，从那之后他就仿佛是变了个人。

而从这半年的行程和记录来看，卡文迪许也确实就像是被恶灵附身、邪魔入侵一般。或许在车祸中发生了什么事情，才让他改变了一直以来的信仰，举动变得大为反常。他完全无法想象自己在车祸中经历了什么，因为所有关于车祸的记忆都包含在丢失的那半年记忆里了。

卡文迪许这才恍然大悟，此番失忆的意义为何。

主的启示已经明明白白。

失去了这半年的记忆并非坏事，反而是一个能驱除附身邪魔的机会。因此卡文迪许才决定不再想要追究此事，让那些邪恶的记忆永久消失。

阿莫斯坦白一切后，卡文迪许随即也明白了，谋划这一切的比尔以及实施者阿莫斯，其实都是主的使者，因此他必将宽厚以待。

为了让卡文迪许能重回正途，主才安排了这一切。

因此，他必须遵循主的安排，抛弃这半年罪恶的记忆，从此远离邪路、得以再生。

卡文迪许先生，你可以叫我"比尔"。

我听说阿莫斯已经进局子了，但他好像没有提过这个名字。真不知道他究竟在想些什么，我明明已经留下那么多东西给他了，把所有东西交给警方不就完了吗？

……嗯？你听过这个名字？你也知道我就是帮助阿莫斯偷来铂金盘的那个人，也是一手策划了整个事件的主谋？有意思。

……等等，卡文迪许先生，你好像搞错了什么。事情根本不是阿莫斯说的那样，至少关于我的计划那一半完全不是。请相信我，除了阿莫斯自己亲身经历的那些以外，他的猜测全错了。

而且错得离谱。

至于我的真正目的，和整件事的真相是什么，别急，我来到这儿为的就是把一切和盘托出的。

为了加强我们之间的信任，我还是先证明一下自己吧。该从何说起呢……唔，我可以告诉你那个废弃工厂的地址，那里那套铂金盘数据读取器，就是我获得阿莫斯信赖的工具之一。

此外，我这里也有张照片。看，这上边的女人叫艾德莉亚，是你曾经接触过的应召女郎之一，不过你现在已经没有关于她的记忆了。但是没关系，你仔细看看这张照片的背景，认出来了吗？这是你的密室。艾德莉亚说那时的你喝醉起来可是口无遮拦，要打开你的保险柜不比扒下你的衣服要难多少。

还有，这张照片也很关键。喏，这是我，注意我手上的铂金盘那行序列号。你可以现在就把序列号发给生命先驱公司确认，看看这是不是已经遗失的那张脑回春治疗的备份盘？

这下能相信我就是那个"比尔"了吗？很好，卡文迪许先生，信任是最为重要的基础，看来你很明白这一点。

……

好了，我们开始吧。

不过在此之前我想问，卡文迪许先生，你觉得人性应是本善还是恶？你觉得世上有没有不该来到世上的恶人？有没有躯体中只蕴含着纯粹之恶的人？

别急，卡文迪许先生，在你回答之前我想先说这么一个故事，一个关于"恶"的故事……耐心……耐心地听下去，先生。听完这个故事你就会明白一切的。

这个故事的主角，名字叫作比尔。

比尔是个在孤儿院长大的孩子，从他记事的时候起就已经在孤儿院了。他……不太老实。偷窃、打架、对其他孩子动手动脚。

这样的孩子当然没人领养，对吧。

但比尔自然有比尔的办法。有一天半夜，孤儿院的宿舍忽然着火了，几乎所有的孩子都受了伤，除了比尔。他很"幸运"地去了厕所，逃过一劫。那段时间里，比尔是孤儿院里唯一一个没有伤，看起来健康活泼的孩子，他终于被一户人家收养了。

但很快这户人家就开始后悔了。

他对养父母很好。但除此之外他身边就没有不倒霉的。猫也好、狗也好、女孩子也好、男孩儿也好……都是他的暴力目标。后来他开始偷窃，从养父母的皮夹里偷钱。直到比尔的养父母威胁说要把他送回孤儿院，他才稍微收敛了一些。

可比尔从未真正改过。

学校很快成了他施展拳脚的地方。恐吓骚扰同学、破坏学校设施……仅仅是小学比尔就因此转学五次。到了中学后比尔更是勒索、盗窃样样不少，而且他这时早已经验丰富，善于使用各种手段——包括恐吓证人——让自己免于受罚。

离开学校后比尔混起了帮派，他的"技艺"从此更是精进。盗窃、抢劫、贩卖毒品样样都有他的份。凭借着丰富的经验和狡猾的头脑，比尔从来没有被警察抓过一次。

然而让人费解的是，这么狡诈的坏蛋却一直都很讨女人喜欢。

其中有一个这样的笨女人，玛格丽特，她不幸怀上了比尔的孩子。她希望把孩子生下来，但比尔可不想当父亲，他对她拳打脚踢，威胁她要把孩子打掉。可怜玛格丽特不知道该怎么办才好，只好整天躲着比尔不敢回家。

最后是警察帮了玛格丽特的大忙，他们把比尔所在的帮派整个端掉了。但"幸运"的比尔又早已不见踪影，他和帮派保险柜里那一大笔钱一起失踪了。

玛格丽特一直没有比尔的消息，就独自生下了孩子然后抚养他长大。尽管母子俩的日子过得并不轻松，但总算是平静而安宁。

不过好日子终有结束的一天，十年后比尔又卷土重来了。

一天玛格丽特接到比尔的电话，说他已经回到了养父母的家中，想见母子俩一面。玛格丽特犹豫了一阵，但她想孩子总得见上一面父亲，于是还是带着孩子去了。

结果母子俩抵达时那栋房子已烧成平地，比尔的父母也在火灾中双双遇难。而比尔则是又很巧合地在酒吧彻夜未归逃过一劫。

你看，比尔总是那么的"幸运"。

之后比尔又缠上了玛格丽特，以无家可归和想重修旧好的理由跟着玛格丽特回了家。天真的玛格丽特以为比尔已经变了，孩子也总算有个父亲在身边。但比尔的邪恶并非一朝一夕，怎么可能立即改邪归正？

果不其然，很快悲剧再度上演。当比尔把一切程序办妥、继承了养父母的遗产后，玛格丽特就遭遇了一场车祸身亡。之后比尔抛下自己的孩子人间蒸发，从此再无音信。

一转眼数年过去，这个孩子艰难地长大后，才终于明白了幸运比尔的真面目。

原来就在玛格丽特死前不久，比尔为她买了保险，而比尔也正是在领取了保险金后不知所踪。真相一目了然，是比尔一手策划了车祸，害死了玛格丽特。

孩子万万没想到，自己的父亲竟然是这种人，为了钱竟然连母亲的性命也要谋害！

无法原谅！绝对无法原谅比尔！

愤怒的他发下毒誓，决心一定要找到比尔，不为母亲报仇誓不罢休。

之后这个孩子开始四处调查，追寻比尔的踪迹。期间他又发现，比尔原来年少时已经劣迹斑斑，成年后更作恶多端、从未悔改。他还找到了种种蛛丝马迹，表明比尔的养父母家那场大火也是他的杰作。

可狡猾的比尔一直隐藏得很好，好到就像是已经从人间消失。一年、两年、十年过去，孩子都没发现比尔的踪迹，他只好放弃了追寻，最终在一个小镇定居了下来。

说到这，卡文迪许先生，你觉得比尔是个什么人呢？难道你能否认比尔十恶不赦？就算是你，也觉得他没资格继续活在这个世界上，对吧？

……很好，看来我们对比尔的看法一致。

不过我还是要告诉你，比尔并没有如你所愿，由于作孽过多而自取灭亡。如此幸运而狡诈的恶魔，你的主又能拿他有什么办法？相反，比尔不仅活得好好的，而且现在就在这个城市里，最近还一举成为超级富豪。

不不不，千万别误会，可别把邪恶的比尔和我相提并论。这个比尔并不是我……

那么比尔究竟是谁？

别急，请再给我一点点时间，马上答案就会揭晓。你猜猜看，比尔来到这个城市后，是用什么手段怎么变身为超级富豪的呢？

显然，他走的不可能是什么正路子。在半年前，他精心策划了一次车祸，从此他顶替了车祸的受害者，摇身一变成为了本城首屈一指的富豪。

这下，你明白我的意思了吗？

——比尔就是你。

——你就是比尔。

我担保所说的一切都是事实，不管你让我对谁发誓都可以。

请先不要激动，听我把所有来龙去脉补充完整吧，待会儿你就会相信这一切的。

我想你应该记得圣玛利亚孤儿院吧？毕竟你就是从那里被领养的。或许你当时的年纪太小，对当时的情况并没有太多印象。不过实际上，你在那里并不是孤身一人，而是有一个双胞胎兄弟也在孤儿院里。当时的院长不知出于什么考虑，并没有向员工透露此事，也没有告诉你们这些小孩子。

后来你们两兄弟分别被不知情的卡文迪许和鲍尔两家人收养，再之后这两家人都发生了什么，现在你已经都知道了。

然后时间来到一年前。比尔偶然间看到了卡文迪许的样子，随后就查明了自己的身世，发现原来超级富豪、大慈善家卡文迪许爵士竟然是自己的双胞胎兄弟。自然而然地，一个邪恶的计划又在他的脑袋里形成了。于是他设计了一场车祸把卡文迪许杀死，在处理掉尸体后自己顶替了他。

比尔的孩子在看到这场事故的新闻后，也立即就感觉到比尔再次出山了。他随后也来到了本城，对比尔展开了他的复仇计划。最后，他来到比尔的面前。

对，我就是那个孩子。

这当然不是随口胡说，DNA 能证明我就是你的儿子，也就是故事里的那个孩子——比尔·鲍尔和玛格丽特·莱恩的孩子。

我还可以给你所有关于比尔的资料，包括替比尔处理卡文迪许尸体的同伙的信息，只要有了这些线索，我相信你绝对有能力和资源把线索补全，挖掘出更多可靠的证据，拼凑出比尔策划车祸的全貌。

这些信息，你可以在我留给阿莫斯的电脑中找到。如果他不是想得太多，把一切交给了警方，你早就可以明白整件事的真相了。

……当然，我明白你会坚持自己是卡文迪许。我也承认，你的记忆并没有问题。

可你仍旧是比尔。

这是无可改变的事实。

这自相矛盾吗？

实际上这两种说法并不冲突。因为虽然你拥有卡文迪许的意识，但你的躯体则确确实实是比尔的。这就是你必须接受的真相。

其实，原本我不想把事情搞得那么复杂的。要替玛格丽特报仇，我可以简简单单地直接找媒体或者警局把比尔的事爆出来就完了。毕竟找人偷出卡文迪许的脑备份盘，还要说服阿莫斯替我把铂金盘调包，都是相当耗费精力的事。

但很不巧，当我得知比尔就在这个城市时，他已经顶替了卡文迪许。比尔固然不能放过，因为他已经给这个世界带来了无数不幸，如果我鲁莽地直接动手，这个世界又将失去一位伟大的慈善家，世界将变得更加黯淡。

当时我很为难，所以才想出了这个计划。

我让艾德莉亚把卡文迪许车祸前的脑备份盘盗了出来，然后让阿莫斯调包，把卡文迪许的意识灌录进了比尔的脑子里。而保留了比尔意识的那唯一备份，我已经把它确确实实地销毁了。

从此，邪恶比尔的意识完全消亡，卡文迪许的意识再度复生——尽管他的记忆有六个月空白。

虽然不算两全其美，但总算是能兼顾两方面的计划，不是吗？

……可为什么我要让你知道这些？为什么我会留下资料给阿莫斯，甚至是亲自现身告诉你这些呢？

你问到重点了。

其实当初我的计划是，在毁灭了比尔的意识之后就全身而退再不出现。但当我在把最后的铂金盘交给阿莫斯后，脑海里仍萦绕着一个疑问。

这样就够了吗？仅仅让比尔的灵魂消亡就够了吗？

我想了很久，答案是不够。

不，绝对不够！

如果我就此离去，比尔——也就是你——就不会知道真相，会认为自己真的是卡文迪许而心安理得地活下去。这对我来说、对玛格丽特来说、对真正的卡文迪许先生来说、对被比尔伤害过的那些人们来说，都远远不够。

因此我才会留下信息给阿莫斯，才会今天来到你的面前。

尽管比尔的灵魂已经消亡，可他的肉体仍在。而即便仅剩肉体也好，我也要让这肉体明白，它不过是具行尸走肉而已。

它拥有卡文迪许的记忆，却不是卡文迪许；它唾弃比尔的邪恶，可它又拥有比尔的躯体。

所以，我今天来只是为了确保这一件事。

确保这具回魂尸即便活着，也将永远无法获得安宁，永远活在纠结挣扎的地狱之中！

弹震症

灰狐 ■

虚拟与现实的边际

TIME.SPACE.LOVE

"你有一个做出正确选择的机会。"

韩均默读了两遍这句话，然后按下回车。

"我明白，我知道要怎么做。"

回复来得很快，简洁、干脆。

韩均默默地点头，事情进行到这里，已经成功了一多半。

他潜伏在各大网站、论坛、自媒体评论区，发帖、留言，就为了找到这个 ID 叫作"毫不犹豫 9527"的人。

通过长期观察，韩均知道这个人很忙，生活在平均值偏下一些，活跃时间通常是晚上十一点之后。他总是抱怨，脑袋里充满了理想主义和无休止的愤怒，还有，最关键的一点，他的道德模糊，并且愿意为一些虚无缥缈的理由付诸行动。

"制造工具是我们人类和动物区分的重要标志，也是千百年来无数劳动人民得以养家糊口的本领之一，我们的现代化社会就是靠工人制造的无数零件拼出来的。可是，3D 打印机改变了这种平衡，它的出现将取代千百万工人岗位，让数以千万计的工人失去工作，甚至无家可归。我们必须抵制 3D 打印，这不是个人喜好的问题，这事关这个社会的平衡和发展。向制造了我们的电脑、我们的手机、我们的微波炉、我们的汽车……向制造这个社会的所有工人致敬。制造工具，是人类的特性，也是人类的权利！我们要捍卫我们的权利！！"韩均打出一串自己都不相信的空话。可是他知道，"毫不犹豫9527"会相信，一个字都不会怀疑。

"明天上午，10点整，工业园，新工业公司。""毫不犹豫9527"回复。

在网络的号召下，抵制3D工业化打印的人群将组织一场抗议，他们会像往常一样，拉条幅，喊口号。虽然他们诉诸的理由各不相同，但是反对3D打印让他们聚在一起。

得知这次抵制行动之后，那些做自媒体的拍客都蠢蠢欲动，希望拍到一些爆炸新闻换取点击量。但韩均有自己的想法，他必须有的放矢。

"是的，做好准备。"

"明白。"

"你会穿什么衣服？"韩均故作随便地问，他必须能够在人群中认出这个陌生人，才能保持跟拍。尽管他无法预料网络另一面的人会做出什么样的行动，但是根据"毫不犹豫9527"平时的言行，韩均还是有很大的概率获得足够博人眼球的新闻的。

"我会穿蓝白相间的衣服，很好认。"

"好的。"

韩均回复了最后一句，开始清理痕迹，他注销掉这个网站的用户，删掉注册邮箱里所有的通讯记录，现在，没有人能够通过"毫不犹豫9527"找到他了。

第二天韩均很早就到了滨江工业园，他躲过保安，爬上荣光制药厂的侧楼，从这里能够俯瞰到整个新工业公司的大门口。

　　3D 打印机之前只是民用级别的小玩意，普通用户拿来做做餐具或者小玩具。但是新工业公司凭着自主专利技术将 3D 打印直接带进了工业量产化的水平，这确实给传统工业制造带来了冲击，但是并没有网络上说的那么严重。不过在很多人的推波助澜之下，工业 3D 打印简直成了洪水猛兽，它将是压垮传统工业、造成经济崩溃的最后一根稻草。

　　抗议的人群已经走过来了，大概有三四百人，这比韩均推测的还要多一些。虽然韩均始终在和这种人打交道，但是他到现在也没有搞清楚这些人的热情是从哪里来的。

　　他靠着楼顶的水泥墙坐好，戴上 VR 头盔，操纵飞行器起飞。

　　虚拟现实技术让他附身于那架仅有 70 厘米宽的飞行器上，如同飞翔的鸟。飞行器越过楼顶的女儿墙，向人群俯冲下去。

　　飞行器腹部的全方位摄像头实时地将拍摄到的画面传回 VR 头盔，韩均能够随时看到各个方向的景色，并且这段视频将会传到网络上，所有的 VR 系统用户都可以体验身临其境的感觉。

　　他跟在人群后面，保持七八米的高度，在这里没有人能够听到飞行器微声旋翼的声音，韩均观察着，打算等混乱开始再靠近些。

　　人们举着反对的牌子，沉默地走着，直到站在新工业门口才打起精神。三四个领头人站在队伍的最前面，挥舞着拳头，有节奏地喊着事先编好的、很押韵的口号。这时韩均发现了"毫不犹豫9527"，可是……

　　那身蓝白相间的衣服，是一件校服。

　　韩均一时间愣了，他没有想到精心挑选的对象竟然是一个孩子。"毫不犹豫9527"看上去十五岁左右，身材不高，很瘦，黄黑相间的头发几乎盖住了眼睛，虽然穿着规矩的校服，但从他走路的姿势和喊口号的神态中都能看出来这不是一个三好学生的样板。

不过他确实是个孩子。

这个年纪的孩子更加冲动，做事更加不考虑后果。

韩均窃喜，他操纵着飞行器靠近，心里已经开始编排那个孩子的故事：贫困的家庭，父亲因为 3D 打印的冲击下岗，母亲重病，孩子向新工业宣战……

新工业的人从办公楼里出来，一个负责人模样的中年人开始向抗议的人群讲话。韩均拍到了他脸上的特写，轻蔑、不屑、厌恶，所有能够加强对立的表情全部挤在这个愚蠢的负责人脸上。果然，不到一分钟，抗议的人群开始骚动，人们纷纷向前涌，新工业全副武装的保安举着有机玻璃盾牌挡在他们面前，飞行器从空中俯瞰，那场面像是潮水遇到礁石。

"毫不犹豫9527"也跟着人群向前涌，他瘦小的身材被挤得东倒西歪，但是他的气势毫不输给其他人。这个血气方刚的少年在人群中竟挤出一条路，他冲在最前面，高高跃起，一脚踹在防爆盾牌上，将那个保安踢得后退一步，但是旁边另一个保安补上了空缺，举着盾牌将"毫不犹豫9527"顶翻在地，人群中出现了一个微小的波澜。

这正是韩均等待的场面，他控制飞行器飞到侧面，让保安和抗议的人群分列两旁，镜头聚焦在"毫不犹豫9527"身上，前景和背景里的人虚化成了模糊的脸谱。

这个构图太完美了，韩均自我感叹道。

"毫不犹豫9527"再次向盾牌冲击，像是义无反顾的西西弗斯。

几次之后，少年停下来，他的额头不知道什么时候受伤了，血流下来，洇红了他半边脸庞。他抹了把脸，停下动作，等呼吸稍微平稳之后，少年掀起衣服，掏出一个玻璃瓶。瓶中装着无色的液体，瓶口用布塞着。

韩均意识到了那是什么——莫洛托夫鸡尾酒。

他的心中泛起一阵恐慌，他预料到了冲突，可能会有流血，但是……莫洛托夫鸡尾酒，操，这是武器。

少年点燃瓶口的布条，明黄色的火焰迅速跳跃在他手中。有的人意识到了这里的情况，向后退去，韩均的镜头中只剩下"毫不犹豫9527"。

一切在韩均的视野里变成了慢镜头，玻璃瓶脱离了少年的手，在空中旋转，弧形多棱的瓶身反射着东边太阳的光芒，它砸在有机玻璃盾牌上，反弹回来，落在少年的脚边，碎了。

火焰迅速膨胀了好几十倍，随着泼洒出来的可燃液体爬上了"毫不犹豫9527"的身体。少年被吓傻了，他木讷地后退两步，火焰在他身上翻滚啃噬，这时他才感觉到疼痛。

明黄色的人形不辨方向地奔跑，所到之处自然形成一个真空的圈子，保安和抗议者远远地看着，没人上来抢救。少年摔倒了，撞破了腰间其他的瓶子，火焰再一次爆发出来。

韩均忘记了自己是在操纵无人机，他越靠越近，呆呆地看着这一切，VR头盔传来的图像让他身临其境。他的脸上发烫，仿佛感觉到了烈火的炙烤，虽然在拍摄之前已经关掉了声音，但是他却无法关掉自己无意识的哀号，是他煽动起了这一切，是他毁了这个孩子。

他默默地看着火焰在少年身上尽情舞蹈，闪亮的光烙进了他的脑海，他知道自己已经永远无法忘记这一幕。

"啊！"韩均大叫一声，从椅子上跳起来，周围的同事行动停滞了不到一秒，又开始继续做自己的事，显然对韩均午睡的时候还会做噩梦的毛病已经习以为常。

"又做噩梦了？"坐在邻座的同事徐清问。

韩均揉揉眼睛，挤出一个苦笑，从那天开始，这个梦已经纠缠了他四年。这是他的报应，他已经认命了。

"嗨，你真得去看看心理医生，你这么一惊一乍的，我们都快做噩梦了。"徐清靠在韩均的办公桌旁，俯视着他。

"几点了？"韩均看看电脑屏幕上的表，自己回答，"还有二十分钟呢，不行，我还得再休息一下。"

"别睡了，"徐清猛地一拍韩均的肩膀，凑过来悄悄地说："你看公司最新的宣传片了吗？"

"什么宣传片？"韩均问。

"就是那个新项目啊，VR ARMOR。"

"不是离公布还有半年呢吗？宣传片都拍好了？"

"还没，不过宣传部的哥们给我发了一些粗片，你要不要看。"

"为什么要给我看？"韩均不解地问。

"这个太恐怖了，你只要看了，就会觉得你做的那些噩梦都不算什么了。"

"什么乱七八糟的，到底是公司的宣传片还是恐怖片。"韩均不屑地斜眼看同事。

"看了你就知道了。"徐清挤过来，用手机屏幕在电脑前一刷，视频开始通过串流播放。

韩均靠在椅子上，双手抱怀看着屏幕。

NETLORD 天蓝色的 LOGO 出现在屏幕上，然后是 VR ARMOR 泛着金属光泽的斜体字。

VR ARMOR 是 NETLORD 公司计划新推出的全身式虚拟现实设备，像科幻游戏里常见的外骨骼，但是它并不是让使用者到处走的，而是在内部放置了数不清的传感器和力回馈装置。

它比通常的头盔式 VR 设备更加封闭，能够让使用者完全沉浸在虚拟空间中。

随着 VR 系统将近十年的发展，在技术上和表现力上已经能够让使用者难以区分虚拟和现实。NETLORD 公司就是凭借着自己开发的 VR 系统"ROOM"在这几年迅速崛起的，随着虚拟现实逐渐渗入到普通人的生活当中，ROOM 系统在市场上的占有率几乎和微软的 WINDOWS 系统持平，昔日的软件巨人因为错判了局势，在人体动作捕捉和识别方面耗费了太多的精力，现在想再夺回霸主的地位已经很难。

但是 NETLORD 并未因此止步，它在 VR 系统体验上还想更进一步，VR ARMOR 就是在"更真实、更虚幻"的理念下诞生的全新一代 VR 设备。单单是看到 VR ARMOR 这几个字，就让韩均心潮澎湃，因为这是他身为 NETLORD 公司的一员，和其他人一起奋斗了无数个日日夜夜的成果，是他的骄傲。

但是在下一秒，画面变了，笑容凝固在韩均的脸上。

屏幕上出现一个粉色的球形物体，表面粗糙，坑坑洼洼的，有的地方还有或深或浅的色斑。几次呼吸之后，韩均意识到那是一张脸，一张被烧伤之后的脸。幻想中的火焰开始在韩均脑子里燃烧，以他的理智和勇气为燃料，火越烧越旺，吱吱作响。

"操，这……"

"他叫曾平，"视频的画外音响起，"四年前他在一场大火中幸存……"

那个粉丝卷心菜一样的人转过来，直视着屏幕，从头部的下端裂开一条缝，那是曾平在笑。

325

"怎么样，公司……"徐清吐槽说，他声音很低，但是韩均猛地一震，仿佛五雷轰顶。他努力维持的理智溃坝了，就在他以为已经能够正常面对时刻纠缠他的噩梦时，噩梦回望着他，向他微笑。

他双腿发软，从办公椅上滑了下去。

"哎？你怎么了？"徐清发现韩均不见了，他弯下腰，发现韩均正蜷缩在桌子下面，双手揉着眼睛，力量大得简直要把眼珠子生生挖出来。

"快出来，你怎么了？"徐清伸出手把韩均拖出来，让他靠着墙角坐好。韩均双手在脸上乱抹，好像想拼命搓掉什么东西。

"不可能，不可能。"韩均喃喃地念着同一句话，仿佛是某种咒语。

"你在说什么，来喝点水，嘿！"看到韩均歇斯底里地发作，徐清采取了最简单的方法：一巴掌扇在韩均脸上。

韩均停止了颤抖，他顺从地接过徐清塞给他的水杯，猛灌几口。一阵恶心的感觉涌上来，他推开同事，跟跟跄跄地向卫生间跑去。

但是他没有成功，几步之后，他张开嘴，全部吐在了公司光可鉴人的微晶石地砖上。口水、眼泪和鼻涕糊了韩均一脸，他听到身后窸窸窣窣的脚步声，其他人都聚了上来，但又谨慎地保持距离。徐清走到他身边，小心地不让自己的皮鞋沾到地上的呕吐物。

"你回去休息吧。"徐清拍着他的背说。

韩均没有回头，他胡乱抹了一把脸，"替我请个假。"之后便狼狈地冲进安全通道，一路跑下楼梯。

回到自己的公寓，韩均从抽屉最里面找到了那张 U 盘，那次事件的全程录像就储存在那里面。但是韩均没有向任何人讲过，也没有向外传播过。尽管四年过去了，在那个少年身上起舞的火焰从未熄灭，它一直在灼烧着韩均的良心。

　　在那之后韩均就放弃了做 VR 自媒体的打算，开始向四处投递简历，打算脚踏实地工作，永远不再接触那段往事。他幸运地被招进 NETLORD 公司，他有了朋友、有了同事、有了值得奋斗的梦想，还有了小小的成果，因为 VR ARMOR 的成功有他的一份功劳。

　　他把 U 盘连上电脑，鼠标移动到那段视频的图标上，突然开始苦笑。这四年来他每天都会梦到那个场景，连每一团火焰跳动的样子都记得清清楚楚，现在却要点开重看一遍。

　　但是转念一想他又开始骂自己傻：家里根本没有可以播放的 VR 设备。

　　VR 系统的强大就在于用户拥有一个封闭的视觉空间，并且头盔内置的运动感应器可以根据用户头部转动来移动画面，给人真正身临其境的感觉。这也是 VR 自媒体兴起的原因，用户可以坐在自家的椅子上体验过山车的天旋地转，或者潜入海底欣赏遨游的鱼群。

　　或者，在半米之外看着一个少年被活活烧死。

　　那种真实的感觉给韩均留下了严重的后遗症，他不敢再靠近火焰，也不能再进入虚拟空间。

　　但是他想再看一遍当时的录像，他说不清为什么，只是，单纯地想。

　　网上有将 VR 录像转换成二维电影的软件，韩均搜到一个破解版的，安装好，开始转换文件。

　　文件很大，屏幕上显示转换要一个半小时，根据韩均的经验，实际大概需要三个小时。

　　他站起来，摸摸肚子，早饭吐在公司的走廊上，现在临近中午，他的胃已经开始抗议。

　　如果韩均有 VR 设备，并且和他的同事们有着同样的消费习惯的话，他就可以进入虚拟街区，移动到商业街，在数字化的大堂点餐，然后静等送饭小哥上门服务。

但是他没有，所以他只好亲自走去饭馆，不过他不反感这样。

韩均溜达到两个路口外的商业街，找到一家小店点了一碗牛肉面。

虽然不是休息日，但是商业街上来来往往的人却也不少，尽管有预言家曾断定 VR 社区服务的兴起将会使实体商铺模式衰退，但是这么多年过去也没看出来有什么影响。人类是最能够适应变化的生物，但骨子里面，还是传统。

当然那个做牛肉面的师傅除外，他戴着 VR 头盔和感应手套，双手在空中挥舞，操作着两米之外的料理机拉面、煮面、浇汤。

"明明可以直接用手操作，为什么要这样？"韩均问。

"这叫 VR 网络＋，你见过穿着西装的厨子吗？这是我们店的特色。"厨师面对墙壁，却用收银台上的摄像头看着韩均。

韩均摇摇头，夹起一块牛肉，肉汁喷溅在嘴里，香气醇厚。

真实的就是真实的，永远不会改变。

黛西·冯深吸一口气，推开实验室的门，尽管已经来过无数次，但是每次开门的时候，仍然能够感觉到一股冷风扑面，就像站在一个漆黑的山洞洞口，洞里藏着一头狼。

不过实验室里没有狼，只有半个人。

她走到电脑前，皱着眉看了看屏幕上的数据，犹豫几秒钟之后，她按下按键。

电脑旁一台类似 VR ARMOR 的盔甲式机器缓缓打开，露出里面使用者的脸。

那张脸是平的，没有毛发，甚至连毛孔都没有。大火将他的皮肤烧成蜡一样的薄壳，五官只是那颗肉色蜡球上的几个空洞，眼睛在小坑里闪着光。黛西控制住自己没有往他的身上看去，因为那具身体比脸还要惨，四肢被烧融的皮肤粘连在一起，如同被皮肤缠裹起来的木乃伊，手和脚已经消失不见了，那场大火吞噬了它们。

两年前 NETLORD 计划推出 VR ARMOR 全身感应型虚拟现实设备时，需要一个特别的代言人。黛西找到了这个叫曾平的可怜孩子，那时他像一只巨型蜘蛛的猎物，被各种管子和电线缠绕着，困在窄小的病床上，严重受伤的喉咙随着每一次呼吸发出尖利的啸声，好像一个人在荒野中绝望地吹着求生哨。NETLORD 公司出资治疗了曾平，并且将他的康复和 VR ARMOR 开发计划结合在一起。在这两年中，他们拍了一系列的纪录片，在虚拟世界里，曾平可以行走了！曾平可以跑步了！曾平可以飞翔了！

在选择性测试的环节，随意挑选的潜在用户都被精心剪辑的纪录片感动得流下眼泪，表示一定会买一台 VR ARMOR，好像他们买的不是一台虚拟现实设备，而是失去已久的良心。

纪录片传达了丰富的正能量信息，而在现实生活中，曾平的爸爸沉迷于酒精，妈妈无法面对自己的孩子变成这样。在收到 NETLORD 公司的合作款项后，他们消失了，将曾平留在公司。

黛西通过曾平的案子跻身公司高层，但从那时起，她也和曾平绑定在了一起。

"有什么事吗？"曾平问。

"你已经在里面待了六个小时了。"黛西说。

"哦，对，多亏你提醒，我应该去跑步了，麻烦帮我把球鞋拿来。"曾平抬起大腿，在空中晃了晃不存在的脚。

黛西没有理会曾平的讽刺："你不应该在里面待太久，测试系统的时候你要保持清醒。"

"你说得对，我总会混淆虚拟和现实，看，我在现实中是个废人啊！我真想保持清醒。"

"你……"黛西摇了摇头，暗骂自己怎么又被带入了这种状态。曾平像是一个阴郁和抱怨的黑洞，会把人的脑子向那个方向吸引，和他闲扯太多，总是能让人产生咬舌自尽的想法。

在恢复意识之后，曾平就对 NETLORD 提出要求，只和黛西沟通。于是黛西成了身兼保姆职能的克拉丽丝·史达林，而曾平是无耻、残废、丑陋版的汉尼拔·莱克特。

"这一版的 R-ARMOR 怎么样？"

"还行，不过……"尽管曾平是个混蛋，但是他对虚拟现实系统的判断非常精准，并且时不时还会有异想天开而又切实可行的想法，事实证明，他的意见大多是正确的。

曾平说了十一点意见，黛西一一记下，打算稍后把这些交给程序员。

"等一下！"

"什么？"

"我说的那个……"

"你才 17 岁，VR 性爱那部分功能不会向你开放的。"

随着 VR ARMOR 发布会的临近，公司内部铺天盖地都是曾平的纪录片。韩均在家躲着，十五天的年假很快用完了，在他面前有两个选择：辞职，或者回去上班。

他战战兢兢地回到公司，同事们都默契地对他吐在走廊那件事闭口不谈。也许他们在照顾韩均的感受，也许他们根本就不在乎，这就是做程序员的好处，大家都有怪毛病，不需要在人情世故上花太多心思。

　　治病最关键的是直面病因，看到纪录片中的曾平一天天"好转"起来，韩均心里那些说不上是愧疚还是悔恨的情绪稍微减弱了些。燃烧着烈火的梦仍然会来纠缠他，但是在梦中他已经听不到曾平的惨叫了，还有一次他居然感觉曾平在火焰里向他微笑，就像纪录片中那样。

　　VR ARMOR 的发售大获成功，利用曾平作为代言让大家知道 VR ARMOR 不仅仅是一个 VR 头盔的加强版，而是完完全全的另一种生活。再加上 NETLORD 在这件产品上出色的设计和精益求精的工匠精神，连最挑剔的评论家都无话可说。

　　公司给所有的员工额外发了丰厚的奖金，并且还计划组织开发组的员工们出国旅游。尽管大部分程序员都在抱怨不想出门，只希望宅在家里打游戏，可私下里却又在 VR 社区里挑选外出装备，所有人的虚拟形象都成了穿着多袋渔夫装工装短裤戴着墨镜遮阳帽的样子。

　　NETLORD 公司的股价节节攀高，生产线上的订单都排到两年之后了。

　　这样的情况持续了一周。

　　"今天怎么大家都沉着脸？"韩均走进办公室，发现气氛有所不同，连抬起头看他一眼的人都没有，大家都冷冷地坐在自己的办公桌前，一言不发。

　　"不知道谁在网上传了一段视频，对我们公司打击很大。"徐清说。

　　"什么视频，发给我看看。"

　　徐清看看韩均，撇了撇嘴，伸手拿起自己桌上的 VR VISION，递给韩均。

韩均捧着那个乳白色的 VR 头盔，迟迟不肯往头上戴。

"只有这个版本的。你快戴上看看，特震撼。"

"我……"

"你脸又白了，不舒服？"徐清皱着眉头问。

韩均摇摇头，仔细端详手中的头盔，最后咬了咬牙，把它戴在自己头上。经过几年的改版，VR 头盔和他上一次戴——也就是四年前——感觉大不相同，它更加轻，与皮肤接触的位置不软不硬，牢牢地包裹着他的头部，没有漏光的地方，真舒服。

没有出现想象中透不过气的感觉，韩均仰着头，向徐清竖起大拇指，示意可以播放了。

视野由黑变蓝，渐渐地从视线之外亮起红光，接着一闪，韩均回到了那天早晨，他悬浮在七八米的高空，俯视着抗议的人群坚定而缓慢地向新工业公司的办公楼走去。

火焰，旋转的燃烧瓶，曾平的脸，一切又回到韩均的脑子里。

一只冰冷的手握住了韩均的心脏，寒气从胸口蔓延到四肢。他摘下头盔说："这是什么意思。"

"你再往下看就知道了，"徐清摊手，"我们的代言人，当年是反对 3D 打印工业的抗议者。在众多抗议者中，那孩子是最凶猛的，他向保安投了燃烧弹，结果把自己烧了。我们的 VR ARMOR 全部是 3D 打印的，找到这样一个代言人，你知道这有多讽刺吗？"

"不！我是说这视频是谁上传的？"

"不知道，当初好多出于同情心和爱而下单的客户都取消了订单，我们的股价一下子跌了 17 个百分点，哎！韩均你上哪去！"徐清还在自顾自地说着，而韩均早就离开了办公室。

这到底是怎么回事？是谁把视频传到网上的？他是怎么得到这

段视频的？

韩均带着满脑子的问题回到自己的公寓，他打开电脑，运行起自己编写的安全程序，自检的窗口里无数代码飞速跳跃，韩均盯着它们，但是却没有任何可疑的迹象。他又运行了一遍，然后开始在家里翻找，门窗没有暴力入侵的痕迹，密码锁也没有非正常登陆，没有任何财物丢失。

一切正常，只是，抽屉里的 U 盘不见了。

"不用找了，是我拿走的。"正在韩均焦头烂额之际，一个清脆的女孩子声音突然在他身边响起。

韩均被吓得跳起来，险些撞翻了书桌，他稳住身子，四处寻找，但是没有发现任何人。

"谁！"韩均艰难地咽了一口口水，干涩地问。

一架小型的六轴飞行器从房间的一角飞出来，悬停在韩均面前，"是我……"飞行器停了几秒，"很抱歉用特别的方式拿走了你的东西。"

"特别！"韩均吼道，他向飞行器走近一步，飞行器突然后撤了一段距离，像是在保持安全距离，"你这叫偷！"

"对不起。"飞行器说，声音很小，带着委屈，韩均突然心软了。

他开始观察这架飞行器，它的直径只有十几厘米，完全可以停在韩均的手掌上。六个微型旋翼一直转着，化作六团白光，但几乎听不到声音。飞行器的外壳非常简陋，没有任何装饰，看上去不像任何厂商的风格，应该是自行设计、然后 3D 打印的。不过这么小的飞行器，却有四个摄像头组、拾音麦克风、扩音器、高功率电机……做出这种设计的人，确实不简单。

韩均向飞行器挥了挥手，飞行器敏捷地躲开了。虽然凭借景深摄像头和免碰撞程序，自动飞行器也能够凭借精确的算法躲开韩均，不过凭着韩均多年驾驶飞行器的经验，他感觉这个微型无人机是有人在实时控制的。

这就说明……

驾驶者就在附近。

"你为什么要上传那段视频？"韩均问，他迈开步子，在房间里走动。靠近窗户时，他步子慢了些，外面的街道上冷冷清清，梧桐的叶子已经泛黄，有人快步跑过马路，没有可疑的迹象。

"这很重要，我必须阻止 VR ARMOR 的扩张。"飞行器跟在韩均的身旁，保持在他肩膀的高度，仿佛并肩而行。

"为什么？"韩均停下，注视着飞行器。

"因为，"飞行器一字一句地说，"不能再有更多的受害者了。"

"什么意思？什么受害者？"

"VR 系统从问世，到现在全面进入市场，才有几年？安全性经过检验了吗？前两代的 VR 头盔简直就是半成品，那个时候分辨率不稳定，应用程序都还没有，就草草地卖出去 600 万套，简直是拿消费者做试验，还有过用户恐慌和癫痫的报道。这是完全不负责任的，现在 VR 系统还没有完善，竟然又要推出 VR AMROR 了，我支持这个新设备，但不是现在，也许，应该是三十年以后。"这套义正词严的宣言以一个略显稚嫩的女孩声音由一台微型飞行器传出来，三者相互矛盾的形象让韩均一时难以接受。

他晃晃脑袋："你说的这些太片面了。"

"我怎么片面了？人类使用含铅汽油的时候，造成了多大的危害？南极上空 3500 公里的空洞，那是 80 年前大规模使用氟利昂造成的。还有核电站，转基因，还有你的记步手表。科技走得太快，在确认安全之前就大量使用了，但所造成的影响却全都留给了后代。"

韩均笑了，这段说辞太像之前他在网上给别人洗脑时用的词了。

"天哪，你究竟多大了？"

"关你什么事。"

"你应该少听那些网络名人的段子，他们为了吸引眼球什么都干得出来。你现在用的电就是核电站发出来的，转基因食品也已经吃了两代人了，哪里有什么问题。"

"时间还不够长，我们必须谨慎。"

"不说这些了，我就是 VR ARMOR 系统的开发者，"韩均骄傲地说，有意忽略了"之一"两个字，"我们经过了几十万次的验证，完全不存在任何问题。"

"那你告诉我，你有多长时间没有戴上过 VR 头盔了？"

"这……我有特殊情况。"韩均支支吾吾地说，"这不能说明什么。"

"我还有其他方式能够证明。"

"什么方式？"

"我。"飞行器说，"我就是 VR 系统的受害者。"

"你怎么了？"

"我分不清虚拟和现实，"飞行器干笑两声，"他们说我有病，但是到现在还没有给我的病起一个名字。"

韩均知道这是谁了，他转身跑出公寓。

R-ARMOR 面罩打开，曾平用了几秒钟才使眼睛聚焦，他看见黛西站在他面前，"嘿！我们不是说过了吗？不能总这样强制打断我，前一秒我还在进行火星行走，下一秒就看见你在这里站着。"

黛西不说话，只是看着曾平，脸上的表情飘忽不定。

"有什么事就说，我还忙着呢。"

"我们的项目暂时停止了。"黛西说。

"停止了？为什么？这个项目不是发展得很好吗？ R-ARMOR 项目也进展得很不错，为什么要停止？公司都在这上面投资几十亿了，你们是不是蠢？"

"你怎么知道公司的投资数？"

肉球裂开一道缝，露出参差不齐的白牙，曾平笑着说，"我在那里面还是有点能耐的。"

黛西耸耸肩，"你要是真有本事，现在就应该知道我在说什么了。"

"你什么……"曾平突然打住，重新躺回 R-ARMOR。

"我等你十分钟。"黛西说，想想曾平将要知道的一切，她突然有一种幸灾乐祸的感觉。

"你为什么不一起进来？"曾平说。

"我更喜欢现实世界。"

黛西看着 R-ARMOR 缓缓合拢，将曾平吞入其中，她感到一阵轻松。因为抗议视频的缘故，高层突然改变了对曾平的态度，之前的合作关系不复存在。事实上，这是曾平在 NETLORD 公司的最后一天。之后，他将被送回他自己苍凉破败的家。出于人道主义精神，NETLORD 会捐助给曾平一笔钱，如果要求不高的话，这笔钱能够让曾平在五年之内都享受到基本的医疗和康复护理，但是他可能不太容易接触到虚拟空间了。

这就是现实，现实中的现实。

VR ARMOR 开发完成之后，黛西感觉到不应该让曾平仅仅停留在虚拟世界。于是她提出了 Reality ARMOR，结合虚拟现实和外骨骼双重功能的装备。它有着机器人型，既可以远程遥控，也可以

进行穿戴，还集成了 VR ARMOR 的大部分功能。这件 R-ARMOR
是唯一的一件实验品，但是曾平仿佛对外面的世界完全失去了兴趣，
还是整天沉迷在虚拟现实中。

这个出于私心的项目恐怕也保不住了。

黛西绕着 R-ARMOR 转了一圈，然后找了张椅子坐下来。她
很想喝杯酒，但是实验室里除了连接 R-ARMOR 的一套设备之外，
还有角落里曾平的病床，不过他很久没有在那里睡过了，为抢救准
备的医疗设备上蒙了一层灰。因为曾平的外貌，更主要是他扭曲的
性格，没有人想和他在一起，于是这个名为高科技设备实验室的房
间被安排在冷清的办公楼北栋。北栋原先是 3D 打印的实验室，测试
VR ARMOR 时，所有的零件都可以随时打印随时测试。现在 VR
ARMOR 进入量产，3D 打印实验室就暂时关闭了。有时曾平会心血
来潮让黛西做两条假腿，但是很快他就会对现实失去兴趣回到虚拟
世界里去。

只有穿过长长的走廊，回到自己的办公室，黛西才能喝到纯正
的麦芽威士忌，否则，只能忍着。

不知道遭返曾平之后自己会受到什么样的处置，也许也要和大
办公室还有威士忌告别。但为了第一时间看到曾平的反应，黛西决
定留在这里，她觉得自己得了斯德哥尔摩综合征。

R-AMROR 传来轻响，黛西发现自己不知不觉睡着了，她站起
来走到 R-ARMOR 旁边，曾平向她看来，漆黑的瞳仁里燃起的火焰
让黛西打个冷战。

"这是谁上传的？"

"不知道。"

"NETLORD 居然查不到？"

"视频已经扩散开了，是谁上传的不重要，重要的是如何挽回损失。"

"对！他们在诬蔑我，我的名声，我是不是要告他们侵犯我的名誉权？"

"不！"黛西突然提高了声音，曾平一愣，"我说的是公司的损失，你的形象与我们之前精心包装的形象有严重的冲突，这让NETLORD 公司的口碑大打折扣，公司正在想办法补救。"

"怎么补……"曾平眼睛一亮，但随即变得暗淡无光，"哦……是要和我划清界限了吧。"

黛西点点头，这个场面不如想象中的愉快，反而让她有些内疚。

"如果是我，我也会这样做的。"曾平平静地说。

"我会尽力争取一些……"黛西脱口而出，但是却被曾平打断。

"不用了。"曾平说，"还有什么事吗？"

"没有了。"

"我还有多长时间？"

尽管心里有数，黛西还是看了一眼智能腕表："到明天中午。"

"好吧，再让我在这里待一会，冷静冷静。"曾平说，"有事我会在 VR 里呼叫你的。"

"那个……"黛西张了张嘴，却说不出什么。

R-ARMOR 再次合拢，黛西走出实验室，穿过漫长的走廊，向办公室走去。

终于可以喝一杯了。

她走了两步，听到空荡荡的走廊里还有另一个脚步声。

黛西回头，看见 R-ARMOR 跟在她身后。

"曾平，你去……"

　　R-ARMOR抬起手，一拳打在黛西额头，黛西重重地倒在走廊上。

　　"我冷静了一下，现在，我要发火了。"R-ARMOR说。

　　"你找谁？"开门的是个中年男子，比韩均矮，但是体重差不多是他的两倍。

　　"嗯，那个……"韩均看着中年男子头顶上稀疏的头发，不知道该如何开口，"您家有个女儿吧。"

　　男人皱起眉头，趁他还没说出脏话，韩均接着说，"请让我见她一下，我有点事要找她。"

　　"你他妈……"

　　"爸，让他进来吧。"男人刚骂了半句，一架六轴飞行器停在韩均肩膀上空，飞行器上的喇叭说。

　　……男人耸耸肩，侧过身子，韩均从他的肚子和门框中间挤过去。

　　飞行器领着韩均，穿过客厅，走进卧室。

　　一个身材纤细的女人靠在床边，头上戴着最新型的VR VISION头盔，脸完全被遮住了，只能看到下巴的一道曲线。

　　"你是怎么知道我的？"女孩问。

　　"坐电梯的时候邻居大妈总是说，这一层有个奇怪的女孩，从来不出门，好像有什么病。"韩均看看女孩，又看看飞行器，不知道该面对谁，"再说这么大的飞行器，距离操纵者不能超过300米。不过在咱们这样的楼里面，超过120米信号就被削弱得不能实时控制了。"

　　女孩点点头："你说得很对。"

　　"飞行器是你自己设计的？"

　　"是。"

　　"真的很棒，"韩均伸长脖子，仔细端详着悬在他身旁的飞行器，

"你这个飞行器的构造比市面上大多数飞行器都要好。"

"嗯……那个……请不要离我太近好吗？"

韩均转头看着两米以外的女孩，她头盔下的下巴和脖子都泛红了。他猛地意识到她说的是飞行器。

"哦，对不起。"韩均后退一些。

"为了让自己方便，我设计了很多种可以让我……怎么说……'附身'的装备。可是大多数我自己的小打印机做不出来。"

韩均想了想："所以你无法分辨虚拟和现实，所以你做出了一系列存在于现实中的装备帮助你在虚拟世界里判断现实？"

"你说得太复杂了，不过就是那样。"

"有意思。"韩均说。

飞行器落到女孩头顶，女孩站起来说："对不起，我叫陆琪。"

"韩均，我想你早就知道了吧。"

"是的。"

"你一直在监视我？"韩均问。

飞行器从陆琪头顶飞离，绕到韩均身旁："是的，实际上，这栋楼所有的人，我都……"

"你这么做很不道德。"

"可是……我这个样子……不能出门，只能……"

"我不想听你的借口。"韩均打断女孩，"有的事，无论是因为什么，都不能做。"

被韩均斥责的陆琪抽一口气，发出小猫一样的叫声，头盔下的小嘴咬住嘴唇，不吭气了。

韩均叹了口气，语气缓和了些："U 盘呢？"

飞行器一个俯冲，落在陆琪对面的书桌上，韩均顺着看过去，发现了自己的东西，他拿起来装进兜里。

"你到底是怎么了？"韩均问。

陆琪沉默了一会，伸手取下 VR 头盔。一张清秀的脸显露在韩均面前，陆琪看上去十四五岁，因为长时间窝在家里，她皮肤苍白，实际年龄应该比面相上要长几岁。VR 头盔在她眼部周围留下了明显的印记，像是被潜水镜勒出的红圈。遗憾的是，本来大而明亮的眼睛却直勾勾地看着前方，目光涣散无神，好像盲人。

"你的眼睛……"韩均在陆琪面前挥挥手。

"我能看见，虽然我有些近视，但是这个距离是能看清的。"

"那你……"

"你驾驶过飞行器吧。"陆琪问。

韩均点头。

"当用 VR 视角驾驶飞行器的时候，应该注意什么？"

韩均想了想，"别碰到东西？"

"是的，无论碰到什么东西，飞行器都会失去平衡，然后失控坠毁。"陆琪转动头部，向四周看看，然后猛地转回来，"对不起，为了能让动作传感器感应到头盔的动作，我看东西更习惯转头而不是转眼珠。"

"可以理解。"

"还有，你开着飞行器时怎么下楼梯？"

"当然是飞过去了。"

"所以你能明白我了吧？"

"我不明白。"韩均被这个问题问得摸不到头脑。

陆琪突然蹲下，掀起了自己的睡裙，露出两条苍白的腿。

"你！"韩均赶紧把头偏向一边。

　　"没事，你看吧。"陆琪说。

　　韩均谨慎地把视线挪回来，看到那两条腿上纵横交错的伤疤，还有手术缝合的痕迹。

　　"我从高台、楼梯上飞下去，还有一次是三楼的阳台。"

　　"我明白了。"韩均摆摆手，让陆琪放下睡裙。

　　"VR太真实了，让人……"陆琪看着韩均，"我是说最起码有一部分人，会在虚拟空间迷失，无法分辨虚拟和现实，最终陷入迷茫。"

　　韩均想起了纠缠他很久的烈火之梦，点点头表示赞同。"一直到现在，还没有人能够解决平面网络时代的晕3D游戏这种症状，虽然那样的用户很多，但是没有什么危害，所以没有人研究这样的事。"

　　"但是虚拟现实就不同了，对于像我这样的人来说，是致命的。"

　　"我很同情你，也同意你的看法。"韩均认真地说，"但是我不赞同你的行为……我曾经见过你这么大的孩子，为了所谓的责任和理想，以卵击石，最后……"

　　"你说的是他？"

　　"是的。"韩均承认。

　　"你觉得我会有危险？"陆琪笑道，"网络是透明的，即使是NETLORD也不敢对我怎么样。再说了，我用了假身份，还买了海外代理来发帖，它们不可能发现的。"

　　韩均以冷笑回应，"你才多大，你也太小看这个世界了。"

　　话音刚落，仿佛是为了证明这个世界有多危险，窗外响起了尖利的轮胎摩擦地面的啸声，紧接着是金属撞击和玻璃破碎的声音。

　　韩均和陆琪靠近窗户，看到100多米外的立交桥匝道上，一辆逆行的黑色SUV和一辆银色小轿车撞在一起。

　　"看见没？已经找到你了，你那些安全措施根本不顶用。"韩均指着 SUV 车身上贴着的 NETLORD 公司 LOGO 说。

陆琪撇了撇嘴。

SUV 车门打开，一个墨绿色的高大身影从车上走下来。

"操！见鬼！怎么是他！"韩均后退一步，脸上愁云密布，"快！快走！"

"怎么了？"陆琪被韩均带得一个跟跄，"他是谁。"

"来找你的不是 NETLORD 公司，那个人是来报私仇的。"

绿色人影无视向他咒骂的轿车车主，轻轻一跃，站上了匝道的防护墙。

"他叫曾平，就是那个被火烧伤的人。那个大个子是 NETLORD 和军方合作开发的全息外骨骼，数字化战斗服。"韩均不知不觉加大了声音，"你把视频传了出去，给 NETLORD 造成了很坏的影响，现在公司想甩掉这个包袱，对于曾平来说，免费的医疗和保险，还有无限制的虚拟空间都没了，你说他恨不恨你？"

陆琪咬着嘴唇点点头："现在怎么办？"

"现在……"

绿色人影微微屈膝，然后向前一跃，像一只扑击目标的猎鹰。可是匝道和公寓楼之间有着一百多米的距离，曾平只跨过不到一半的距离，便摔了下去，砸在了三十多米下街道旁的书报亭上。

"幸好调试还没有完成，我们还有一段时间。快走！"韩均拉着陆琪向外跑。走了两步，韩均又跑回来拿上陆琪的 VR 头盔，"他应该是根据你头盔的序列号跟踪你的。"

"那我们还带着干什么？"

"你想让他把你家拆了吗？"

"那带上吧。"陆琪干脆地说。

他们跑出公寓，可是电梯还停在十九楼，没有下来的趋势。楼梯间里传来咚咚的脚步声，沉重、充满力量。

韩均神经质地连续按着电梯按钮，可是徒劳无功。

"去他妈的保密协议，那套战斗服是实验品，军方想开发完全靠虚拟系统遥控指挥的战斗盔甲，就像你的遥控飞行器一样。R-ARMOR 既可以穿戴，也可以遥控，曾平一直是这套战斗服的开发测试员。"韩均想了想，"很棒的测试员。"

电梯门开了，韩均快步走进去，他回头，看到陆琪扶着墙看着他，欲言又止。

"快进来啊。"

"我……你……你能背着我吗？"

"为什么？"

"我……晕现实。"

脚步声越来越近了，没有时间犹豫，韩均把陆琪拉过来，背在背上。好在女孩很轻，不算吃力。

"我爸就是这样带我出门的。"

电梯门关闭，开始缓慢下行。

"对了，你不说我都忘了，你爸呢？"

"他看到你来，大概回避了吧。他有点着急。"

"什么跟什么啊，有什么好回避的。"韩均无奈地笑笑，"通知你爸一声，暂时别回家。"

"好。"陆琪戴上 VR 头盔。

电梯门被撕裂的声音从头顶传来，让韩均牙根发酸。他靠着电梯墙壁，向上看，等待着。

电梯猛地一震，R-ARMOR 重重地落在轿厢顶上，接着一只机械手穿破厢顶，向里面摸索。

韩均伏低身子，躲开那只手。陆琪抬着头，微型无人机像发卡一样别在耳边，充当她的眼睛。

"他要杀了我们吗？"

"大概是要杀了你，为什么你一点都不害怕？"

"这样的场景在虚拟游戏里见得太多了。"陆琪冷静地说。

"你不会指望我们还能读档吧。"

电梯终于到了，韩均第一时间冲了出去。

"我们得快离开这里。"

"开那辆车吧。"

陆琪指着前方一辆淡紫色的丰田两厢车，顺着她的动作，那辆车闪了两下车灯，门自动弹开了。

韩均把陆琪放在后排，自己坐进驾驶室，车子发动了。

"这是你家的车？"

"我喜欢这个颜色，这栋楼里所有的智能设备，我都破解过几百遍了。"陆琪说。

"好吧，你不能再这样了，这是犯罪。"

"游戏里没人这么说。"

"虚拟游戏不是一切。"韩均叫道。

他踩下油门，丰田车风驰电掣地驶出地下停车场。R-ARMOR不知疲惫地大步跟在后面，越来越远。

"终于甩掉了。"韩均长出一口气。

"现在怎么办？"

"我要回 NETLORD 公司去，那里有 R-ARMOR 的超驰装置，可以终止曾平的控制。"

"你所知道的，好像超过了一个普通的程序员。"六轴飞行器从陆琪头顶离开，悬停在韩均副驾驶座位上。

"我感觉他迟早要来杀我，所以做了些调查。"

"他会杀你？"

"我不知道，我感觉他会。"韩均舔舔嘴唇，"毕竟他有很严重的反社会倾向，是我精挑细选出来的人，凭着自己的喜好不顾一切。"

NETLORD 公司大楼就在眼前，韩均放慢了车速，他远远地看到，大楼南栋的玻璃幕墙碎了一大片，形成了一个丑陋的洞，不时还有玻璃碴向下掉。前方隐约有红蓝色的闪光，还有警笛的声音。

他又向前开了些，警察已经将公司围住了，前面堵得水泄不通。

"妈的。"韩均骂道，他调转车头，兜了个圈，把车停在公司后门。

他背着陆琪，悄悄上了北栋，一路上没看到其他的员工，大概是已经被疏散了。

推开高科技设备实验室的门，里面一片狼藉。

韩均放下陆琪，走进屋内，链接 R-ARMOR 的主控电脑被砸得稀烂，韩均所有的线索就到此为止了，他只听说过有一个超驰装置。但是那东西长什么样，是一个程序？还是一个人肉炸弹手里那种按钮？他根本不知道。

"嗯……"

安静的实验室里响起一声呻吟。

韩均绕过桌子，看到他的顶头上司的上司——黛西·冯倒在地上，额头有一大片瘀血。

"冯总，你怎么样？"韩均扶起黛西，想了想，学着电影里的动作用大拇指按她的人中。

黛西长出一口气，睁开眼睛，"你是谁？"

"我是咱们NETLORD的员工，冯总，R-ARMOR的超驰装置在哪儿？我们必须阻止曾平。"

"叫我黛西，这是公司的机密，你不能……"

"冯总！"韩均一手抓住黛西的肩膀，"没时间了，曾平要杀了她，我们必须……"韩均指向门口，可是本该等在那里的陆琪不见了。

"陆琪！"韩均追出实验室，但是看不到陆琪的影子。

只有一个绿色的人。

韩均退回实验室，对黛西大叫，"快！超驰装置！让他停下。"

黛西指指那一堆电脑残渣，摇了摇头。

R-ARMOR走进实验室，"那个女孩在哪儿？"人形的机械瓮声瓮气地吼道。

"你不需要找她。"韩均说，他随着R-ARMOR的逼近向后退步，故意将战斗装甲引向房间的一侧，给黛西留出逃跑的空间。可是黛西只是直勾勾地看着R-ARMOR，没有离开的意思。

"不，她毁了我的一切，我要撕碎她。"

"不是她，是我。"韩均看着机器人说，"是我毁了你的一切。"

"你？"战斗装甲的动作突然停下，"你是什么玩意？"

"这是一次做出正确决定的机会，你确定要做吗？"

"什么？"

"这是一次做出正确决定的机会，你确定要做吗？"

"你在搞什么鬼。"

"操！四年前，是我煽动你去'新工业'门口抗议的，你还记得吧。"韩均挺了挺腰板，让自己看上去没有那么心虚，"你只在网上跟我交谈过，但是我知道你的一切。"

"是你……"曾平沉默了几秒，像是在思考，"所以那段视频是你拍的。"

"是的,"韩均点头,"虽然我完全没有料到会是这样的结果。"

曾平笑了,笑得前仰后合,这让战斗装甲的动作看起来十分诡异。

最后,曾平收起笑声,对着韩均俯下身子说:"你给了我一个很好的理由。"

R-ARMOR 对着韩均的肋骨挥出一拳,韩均根本没有反应的时间,他的脑子里只闪过一串数据:R-ARMOR 能将使用者的力量放大 35 倍。

韩均飞了出去,但不是被 R-ARMOR 打中,一道银色的光影插在拳头和韩均之间,挡住了那一拳。他被银色的影子撞开,很疼,但是比硬挨上一拳要轻多了。

他爬起来,看到一个银白色的机器人,双手抓着 R-ARMOR 的手臂,对峙着。

"你是谁!"曾平愤怒地问。

"我是你想杀掉的人。"银色机器人用清脆的女声回答。

"陆琪?"

"是我,顺便说一句,你们公司的超级打印机真棒,我老早就想打印些大玩具玩了。"

"这可不是在玩游戏!"

"我……"陆琪刚刚开口,就被曾平挣脱了,R-ARMOR 反手抓住银色机器人的手臂,轻松撕了下来。然后 R-ARMOR 一脚踢翻了机器人,将它踩在脚下。

"你临时打印出来的玩意怎么能跟我的比,我的全部精力都用来打造 R-ARMOR 了!"曾平吼道,重重地踩在机器人的胸膛,3D 打印特有的多层缓冲结构护甲陷下去一个深坑。"全部!这是我存在的意义！你们把它毁了！明白吗！毁了！"

　　每喊一句，曾平就再踩一脚，直到将机器人的身体踩出一个大洞才停下。

　　"我倒要看看你长得什么模样。"曾平操纵着 R-ARMOR 弯下腰，双手扯开机器人的胸甲，驾驶舱的位置……没有人。

　　机器人根本就没有驾驶舱。

　　"我在这呢！"又一个机器人出现在实验室，大步冲向 R-ARMOR，银色和绿色机器人又缠斗在一起。

　　"想打败我？"曾平的拳头砸打在机器人腰间，机器人顺势旋转，一脚踢在 R-ARMOR 前胸，R-ARMOR 后退几步，但是嘴上不停。"我和这套装甲里训练了上千个小时！"

　　"我这半辈子都在用这种方式感知世界！"陆琪的机器人继续进攻，曾平躲开凌厉的一拳，从侧面勾拳打在机器人的头部。这一击打坏了机器人的无线装置，机器人瘫倒在地上。

　　"你不觉得这事可笑吗？"又一个声音在门口响起，"你从一开始就反对 3D 打印，现在你将彻底败在 3D 打印的手下。"

　　银色的机器人再次向 R-ARMOR 发动攻击，十几个回合之后，它再次倒在 R-ARMOR 的拳头下。但是又有一个新的机器人补充上来。

　　很快，曾平就露出了疲态，他的反应变慢了，攻击也不再果决，攻击时愤怒的咆哮也变成了沉重的喘气。

　　陆琪的机器人逮到一个机会，将 R-ARMOR 摔在地上，盔甲的左臂肘关节超过了转动的最大限度，断了，断口处电线暴露出来，冒出点点火花。幸好曾平的左手早就没有了，不然此时也免不了骨断筋折。

　　R-ARMOR 勉强站起来，还想挥出右拳，陆琪再次击倒它。银色战士压住 R-ARMOR，复合材料的机械手插入 R-ARMOR 胸甲的缝隙，掀开驾驶舱的门，露出里面面目狰狞、瘦弱可怜的曾平。

陆琪将手伸向他。

"陆琪！"韩均见状，高喊制止了女孩，"别伤害他！"

"不不不，我……我只想看看他。"陆琪辩解道。

"好了，没事了，你回来吧。"韩均说，他绕过 R-ARMOR 和陆琪的机器人，走到黛西身边，"冯……冯总，那个……"

陆琪走进实验室，她戴上 VR 头盔，微型飞行器在她身前半米左右的位置，引导她的前进，像导盲犬一样。

"是这个女孩上传的那段视频，嗯，怎么说呢，"韩均搓搓鼻梁，"完全是个误会，这……"

黛西疲惫地摆摆手，"别说了，我不在乎。"

她转向陆琪，"你能看见我吗？"

飞行器上下晃动几次，表示点头。

"这个机器人是你设计的？"

"是的，我很早就设计好了，但是我家的打印机只能输出 50CM 以下的东西，所以我一直没有试过，阿姨，你们公司的 3D 打印机真棒，我很早就想试试了。"

"嗯，对。"黛西看看陆琪的飞行器，又仔细端详银色机器人。

她敏锐地感觉到，陆琪是个 VR 应用的天才，也许，她能够取代曾平的位置？

"啊……"有人长出一口气，曾平醒了。R-ARMOR 跌跌撞撞地站起来，这代表着 NETLORD 公司最高技术结晶的东西，现在残破不堪，摇摇欲坠。

"曾平，够了。"韩均挡在黛西和陆琪前面，"我很抱歉你遭受的一切，如果可以的话，我希望能够补偿你。"

"NETLORD 都不能给我的，你能给我吗？"曾平看着对面的三个人，没有眼睑的眼睛转了转，"我只想向毁掉我的人……"R-ARMOR 举起右手，手里抓着一直涂着蓝漆的钢瓶——曾平病床前的氧气罐。

"报仇！"曾平大吼，将氧气罐扔了过来。

"小心！"韩均回身护住黛西和陆琪。

咣的一声巨响，钢瓶撞上墙壁，倒在地上。撞击使钢瓶裂开一道缝隙，氧气通过裂缝嘶嘶向外跑。

微型六轴飞行器落在地上。

陆琪在那一瞬间切换了控制，她操纵机器人挡住了钢瓶。钢瓶弹回去，砸在 R-ARMOR 上，盔甲仰面倒地。

在反作用力下，钢瓶滚动两圈，滚到了绿色机械腿旁边，不动了。

"不好，会爆炸的。"韩均快步跑到 R-ARMOR 旁边，将曾平从稳定装置中解开。刚才的撞击砸中了曾平，他原本就瘦弱的半边胸膛塌了下去，嘴角满是血迹。

"放开我！"

"别闹！会爆炸的！"

韩均将他抱起来，失去了四肢的曾平并不重，抱在怀里像抱着一个孩子，其实他仍然是个孩子。

曾平拼命挣扎，用手臂的断桩抽打韩均的脸："放开我！我不走！"

"不走你会死的！"

"我早就死了！"曾平猛地一挺身子，手臂戳在韩均的眼睛上。韩均眼前一黑，松了手，曾平就势挣脱，他落在地上，用残缺的四肢奋力爬开，竟然重新爬回到 R-ARMOR 的驾驶舱。

"回来吧，他不会离开的。"看到韩均站在 R-ARMOR 前发呆，黛西叫道。

"我不会离开的，这里，才是我的世界。"曾平看了韩均最后一眼，合上扭曲了的驾驶舱盖。

钢瓶还在嘶叫，氧气扩散开来。R-ARMOR 的左臂断裂处冒出一股火花，然后，爆炸了。

火焰和气浪爆发开来，掀翻了韩均、黛西和陆琪。

黛西从地上爬起来，顾不得烧焦的头发和脸上被碎片划出的伤口，她呆呆地看着火焰中心的 R-ARMOR，曾平透过驾驶舱的圆窗和她对视，火焰包裹了曾平，但他无动于衷。

所有的一切，这么多年来的努力，全部消失殆尽。

黛西转身，走出实验室，走过漫长的走廊，回到自己的办公室。她给自己倒了一杯威士忌，一口喝干。她从柜子中拿出 VR VISION，戴在头上。眼前浮现出她刚发现曾平的时候，那个丑陋的孩子是那样的粗俗愤怒，她陪着他康复，帮助他排解心中的怒火。她还看到他第一次进入 VR 世界，看到失而复得的手脚时的表情。

她把自己留在那里。

韩均扶起陆琪，VR 头盔被震飞了，女孩又露出她本来的脸。

"这就是真正的火焰吗？"陆琪问。

"是的。"

陆琪向火焰伸出手去，但很快又缩了回来，"疼！"

"对，它会让你疼。"韩均说，"这是现实最坏的地方，也是最好的地方。"

火渐渐熄灭，化作一股黑烟，真实而又虚幻。

（全书完）